AF372968

Christa Winsloe

Das Mädchen Manuela

e-artnow 2018

Joseph Conrad
Gesammelte Werke: Romane + Erzählungen: Das Herz der Finsternis + Der Geheimagent + Nostromo + Lord Jim + Jugend + Das …Mit den Augen des Westens + Gaspar Ruiz …

Ödön von Horváth
Gesammelte Werke: Romane + Erzählungen + Dramen + Gedichte + Autobiografie + Briefe: 145 Titel in einem Buch: Der ewige Spießer, …Tag, Don Juan kommt aus dem Krieg…

Hermann Stehr
Gesammelte Heimatromane: 15 Titel in einem Buch

Robert Louis Stevenson, Karl May
Die besten Seeabenteuer für den Sommerurlaub: Romane, Seesagen, Seeschlachten & Geschichten berühmter Seehelden (Über 120 Titel in einem Band): Fliegende …Der schwarze Korsar, Der Pirat …

John Henry Mackay
Der Unschuldige - Die Geschichte einer Wandlung

Christa Winsloe

Das Mädchen Manuela

Der Roman zum Film »Mädchen in Uniform« (Lesbenromantik)

e-artnow, 2018
Kontakt info@e-artnow.org

ISBN 978-80-273-1205-4

Inhaltsverzeichnis

Erstes Kapitel

Manuela war ein ersehntes Kind, ein im voraus heiß geliebtes Kind. Manuela sollte geboren werden. Manuela sollte ein Mädchen sein. Ehe sie auf die Welt kam, stand ein Haus bereit. Ein schon ungeduldig werdender Vater. Eine Mutter, tief vertraut mit diesem Kinde, noch ehe sie es in den Armen hielt. Zwei Brüder waren gewisse Kameraden. Etwas gönnerisch, aber stolz auf sie – nun da sie wirklich da war.

Manuela mußte am Sonntag geboren werden – es mußte auch Weihnachten sein. Als die beiden Brüder vom Weihnachtskindertheater heimkehrten, lag sie in der Wiege. Sie war angekommen wie ein Weihnachtsgeschenk. Die beiden Brüder wunderten sich nicht. Soeben hatten sie ja das Christkind in der Wiege liegen sehen, im Stall von Bethlehem. So, daß der fünfjährige Bertram zum zehnjährigen Alfred in einer Vorstellungsverwirrung meinte: »Tragen wir sie in den Stall, das wird ihr Spaß machen.« Nur der Einwand, daß weder Kühe noch ein Esel im Stall seien, sondern lauter Pferde, die es in Bethlehem gar nicht gab, ließ ihn von dem Vorhaben abstehen.

Obwohl jeder sagte, das Kind sei schön, entsprach das nicht der Wahrheit. Denn die dunklen Augen, deren Weißes blau war, entbehrten der Augenbrauen. Man stülpte dem Säugling ein Häubchen auf, um die Kahlheit des Schädels zu decken.

Ängstlich streichelte Frau Käte das haarlose Köpfchen, und als sich dann endlich einzelne seidige, dunkle Haare zeigten, wurde ein Familienfest daraus, und Herr von Meinhardis fand, man müsse eine Flasche Moselwein aufmachen.

Die ersten Jahre vergingen wie ein einziger Schlaf. Lela konnte über den Rand ihrer Wiege nicht hinaussehen. Nur manchmal öffnete sie groß ihre Kirschenaugen, wenn im Hof Vaters Pferde trappelten. Oder wenn die Brüder lärmend von der Schule kamen, ihren Ranzen in die Ecke warfen und »Mutter!« riefen.

Mutter war sie, die immer da war. Sie, die kam, wenn Lela schrie, sie, die beruhigte, wenn Lela weinte. Lela – das war der Name, den das Kind bildete, nachdem es sich selbst als ein Wesen, gesondert von ihnen allen, erkannt hatte. Der feierliche Name Manuela war für ihr winzig kleines Mäulchen zu schwer. Sie nannte sich Lela, und dabei blieb es dann auch.

Später hat Lela ein Bettchen mit hohen Gittern, damit sie nicht hinausfallen kann. Es ist dunkel im Raum, nur durch die Türritze dringt von außen her ein Lichtstrahl. Der Raum ist hoch.

Lelas seidenweiche Haare sind fest zurückgebürstet und mit einem Band zusammengebunden. Fast schmerzt es. Draußen geht man hin und her. Unruhe im Haus. Rufen und Antworten und wieder Stille. Lela soll schlafen. Sie liegt auf dem Rücken. Mitten auf der Brust, von ihren beiden Händen umklammert, schläft ihr schwarzer Bär. Seine Schnauze hat schreckliche Schnurrbarthaare, wie Papa, wenn man ihn küßt. Aber Lela liebt »Bär« doch und erst recht, wenn die anderen sagen, er sei abscheulich. Neben Bär rechts und links, mit den Köpfchen auf Lelas Achseln, schlafen die beiden Schnuckis. Zwei weiße Kaninchen. Das heißt, sie waren einmal weiß. Schnucki Nummer eins hat keine Ohren mehr, und die Lederschnauze ist kahl. Mutti hat mit roter Tinte ein Kreuz darauf gemacht, damit man weiß, was vorne ist. Schnucki zwei ist noch neu und mehr zum Streicheln da. Es hat »richtiges« Fell. Es ist nicht leicht, alle drei auf einmal zu umarmen.

Jetzt trappeln draußen Pferde, und ein Wagen hält knirschend auf dem Sand. Lelas Herz klopft. Sie preßt die Augen zu. Sie weiß, jetzt werden Mutti und Papa die Treppe hinuntergehn, und dann werden sie beide draußen in den Wagen steigen, und dann wird eine Wagentür zuschlagen, und dann ist alles tot und das Haus leer.

Lela krampft die kleinen Finger in das schwarze Plüschfell ihres Bären. »Mutti soll kommen, Mutti muß kommen und mir gute Nacht sagen.« Heimlich betet sie, obwohl sie weiß, daß man den lieben Gott mit solchen Kleinigkeiten eigentlich nicht belästigen darf – sie betet: »Lieber Gott, mach, daß Mutti noch mal 'reinkommt!«

Da öffnet sich behutsam die Tür. Lela hält fest die Augen geschlossen. Eine sanfte Stimme sagt: »Sie schläft.« Vorsichtig beugt die Mutter sich nieder. Lela ist plötzlich in schweren

Blumenduft eingehüllt. Die kühlen Blüten an Mutters nackter Schulter streifen ihr Gesicht. Lela öffnet ein ganz klein wenig die Augen. Ein weißes Atlaskleid – eine glitzernde Brillantbrosche. Mutters schlanker Arm steckt in langen weißen Glacéhandschuhen, die sich unnatürlich anfühlen. Zart zeichnet die Hand ein Kreuz auf Lelas Stirn: »Gott segne dich, mein Liebling.«

Es knistert und rauscht eine Schleppe. Die Tür knarrt ein wenig. Auch durch die Türritze kommt jetzt kein Licht mehr. Lela reißt die Augen weit auf in der Finsternis.

Die Straße ist naß. Das Pflaster ist holprig. Die Laternen flackern und klirren im Wind. Menschenleer die Straße. Nur die eisenbeschlagenen Hufe lärmen. Im Wagen riecht es nach altem Leder. Wenn der Laternenschein einen Augenblick die Insassen streift, glitzert eine Ordensschnalle. Bunte Bänder dicht aneinandergereiht. Roter Kragen und silberne Borte. Hell geputzte Knöpfe.

»Was ist, Käte, warum seufzt du?« kommt's aus der Wagenecke.

»Ach, du weißt doch, mir sind diese Hofbälle eigentlich eine Qual.«

»Glaubst du, mir machen sie Spaß?« fragt der Major von Meinhardis gekränkt. »Gott weiß, wen ich da wieder zu Tisch führe. Na, und das Essen. Diese Massenfütterungen sind furchtbar. Alles wird kalt serviert. Ein weißer, weichlicher Fisch, und dann Filet – immer Filet.«

Drüben schweigt es. Im Dunkel stiehlt sich ein trüb belustigtes Lächeln über Frau Kätes zartes Gesicht. Aber schon ist sie wieder ernst. Es wäre ja gut gewesen, still zu Hause zu bleiben, bei den Kindern. Zu stricken, einen Brief an Großmama zu schreiben und früh zu Bett zu gehen. Nicht all die fremden Menschen sehen zu müssen. Sie fürchtet sich ein wenig. Es ist dort alles sehr laut. Die Männer, die müde sind vom Dienst, pulvern sich mit Alkohol auf und haben bald rote Gesichter über ihren engen Kragen. Sie tanzen sich heiß und drücken einen an sich. Man wird schwindlig beim Walzer. Dennoch langweilen sich die meisten. Zu Hause...

Lelas Mutter ist noch fremd in dieser Garnisonstadt Dünheim mit ihrem kleinen Hof. Offiziere werden wie Schachfiguren von unsichtbarer Hand gepackt und woanders hingesetzt. Weggenommen und weitergeschoben, ohne daß man ahnt, warum und wieso. Man zahlt ihnen die Umzugskosten, aber niemand fragt danach, ob sie Freunde verlassen, ob ihrer Frau das neue Klima bekommt – ob sie dort weit von ihrer Heimat ist, ob die Kinder in der neuen Schule weiterkommen oder nicht. Man wird »versetzt«, und dort sitzt man. So klammert sich das Herz einer Frau an die alte Heimat, weil man ihr nie Zeit läßt, sich eine neue zu schaffen. Überall ist's wie auf Abbruch. Einmal – sicher wie der Tod – kommt die Versetzung. Bis dahin »macht man alles mit«, wo man gerade ist. Das Regiment ist die unweigerlich festgesetzte Gesellschaft. Ob du sie magst oder nicht, die Frau des Kommandeurs, des Majors, des Oberleutnants sind deine Freundinnen. Die werden eingeladen und laden ein und niemand anders. Du kannst unmöglich mit der Frau eines Arztes oder eines Bankiers verkehren – du kommst auch gar nicht in Versuchung, denn es ist durch Konvention gesorgt, daß du sie nicht kennenlernst.

Dann fährst du zum Hofball. Hofball ist Dienst. Da kann man nicht absagen. Wenn man todkrank ist, kann man allenfalls vorher bitten, nicht eingeladen zu werden. Aber einer Einladung – einem Befehl nicht Folge leisten, das gibt's nicht. »Lieber zu Hause bleiben...« Frau Käte wagt es ja gar nicht zu sagen. Welch lächerliches Argument: lieber stricken, lieber einen Brief schreiben – lieber bei den Kindern bleiben. Und sie muß doch nach Pöchlin schreiben. Sie hat für die letzte Wurstsendung von Großmama noch nicht gedankt. Und der Sack Kartoffeln für den Winter und der Zentner Äpfel. Der Schinken reicht mindestens vierzehn Tage. Die Jungens kriegen davon aufs Brot für die Schule. Was die beiden jetzt viel essen. Eigentlich wie erwachsene Männer. Dabei sind sie erst acht und dreizehn Jahre. Aber sie wachsen eben. Alis Hosen sind schon wieder zu kurz. Die kann dann Berti tragen – aber Ali muß einen neuen Anzug haben. Diesen Monat geht's nicht mehr – wenn nicht Großmama ...Freilich, Großmama hat auch Sorgen. In Pöchlin gibt es alles – nur kein Geld.

Es ist ein regenarmer Sommer gewesen. Gott weiß, wie die Ernte war. Frau Käte sieht im Geiste ihren Vater vor dem Regenmesser stehen, die Millimeter gefallenen Regens abzählend.

Dieses Glas, an einem angesägten Baumstamm befestigt, ist der unheimlichste Feind ihrer Kindheit gewesen. Alles hing von diesem Glase ab. Dürre – der Schreck von Vater und Mutter. Dürre – die Angst des Hofgesindes. Dürre – Krankheit fürs Vieh. Dürre – Mißernte. Mißernte – Schulden. Schulden – Hypotheken. Hypotheken – Ruin. Dann lagen weiße Staubdecken, von der Landstraße hergeweht, auf den Rosen und den Ilexbüschen. Dann welkten die Bäume gelb im Sommer. Dann riß die Erde. Dann spalteten sich die Hufe der Pferde. Dann gediehen die unnatürlichen, wie aus Blech gemachten Agaven vor dem Haus. Stockig und landfremd spotteten sie des Durstes der Geranien und Margeriten. Die Ähren im Feld blieben klein und öffneten ihre Hülsen und streuten ihre spärlichen Samen auf die harte Erde. Düster im prallen Sonnenschein lag das Haus, und düster und schweigend gingen die Bewohner aneinander vorüber...

Da hält der Wagen mit einem Ruck. Ein galonierter Lakai reißt den Wagenschlag auf – ein Spalier von Neugierigen rechts und links glotzt auf Frau Kätes schmalen Fuß im weißen Atlasschuh. Aber sie tritt nicht auf nasses Trottoir – ein dicker roter Teppich ist aufs Straßenpflaster gelegt, und über ihr schützt sie ein Baldachin vor der Feuchtigkeit leisen Regens, zu dem sie dankbar aufblickt. Einen Augenblick zögert sie, um auf ihren Mann zu warten. Er entsteigt dem Wagen mit Umständlichkeit – die Sporen an den Lackstiefeln zwingen ihn, seitwärts auf die Wagenstufen zu treten. Der pelzgefütterte, hellgraue Umhang mit dem Biberkragen liegt in reichen Falten wie eine Schleppe auf den Stufen des Wagens. Seine braune, knochige Hand rafft den Mantel zusammen. Einen Augenblick unwillig und dann lachend, streifen seine schwarzen, lebendigen Augen die Zuschauer. Leicht legt er die rechte Hand an die Mütze, um dem dienernden Lakai zu danken, dann geht er ohne jede Befangenheit, fast wohlig berührt von den bewundernden und neidischen Blicken der Umstehenden, auf die Wartende zu, bietet ihr den Arm und führt sie die Stufen zum Portal hinauf.

Diese Unbefangenheit gehörte zu Major von Meinhardis wie seine rechte Hand. Sie war ihm eigen und angeboren. Er gefiel sich und gefiel anderen. Er ließ gern durchblicken, daß er von einer spanischen Großmutter »was abgekriegt« hatte. Seine gelbe Hautfarbe, sein hoher Spann, seine dunklen, weichen Haare waren undeutsch. Seine Regimentskameraden nannten ihn manchmal: »alter Exote« – dann konnte er ein kleines eitles Lächeln nicht unterdrücken. Liebevoll beschützerisch führt er seine Frau die Stufen hinauf, wie immer in ähnlichen Fällen leise gerührt von ihrer offenbaren Schüchternheit und Fremdheit. Dieser Zug an ihr hatte ihn ja gefangengenommen damals – komisch, wie man in solchen Momenten daran denken mußte: an früher.

Es war Manöverzeit gewesen. Einquartierung. Hitze, Staub und Müdigkeit. Fremde Männer auf müden Pferden, mit staubigen Stiefeln und braunen Gesichtern, ritten sie in die Lindenallee von Pöchlin ein. Das große, weiße, kühle Haus öffnete sich, und drei schüchterne junge Mädchen führten die unbekannten Gäste auf ihre Zimmer. Man riß die Uniform vom Leib, man badete und fiel aufs Bett zu totenähnlichem Schlaf. Fliegen summten am Lüster, brummten an den Scheiben. Der Leutnant von Meinhardis zwinkerte in das grünschattige Licht uralter Kastanien vor dem Fenster. Die Kleine, die Jüngste, wie hieß sie? Käte – er lächelt – Käte. Große Augen – gesagt hat sie, glaube ich, nichts – Mädchen vom Land – wie kommst du dazu, lieber Meinhardis? Du bist wohl verrückt geworden. Wenn das die Prinzessin Schuwaloff hört – na, und die Schermetjeff in Baden-Baden – Meinhardis und eine Käte. Sie lachen mich ja aus. Hier riecht's nach Äpfeln – denkt er weiter –, sogar nach Goldparmänen und Reinetten. Reinetten schrumpfen wie alte Weiber. Käte – sie wäscht sich mit Lavendel – das habe ich gerochen, ob das weiße Kleid oder ihr Haar oder ihre Hände: deutlich Lavendel. Bittersauber. Komisch...

»Der Teufel hole diese Einquartierung. Diese leichtsinnigen Husaren kann ich überhaupt nicht leiden«, sagt der alte Pöchliner und klopft an seinem Barometer. Aber dann kommt doch ein Tag, wo alle weißen Türen in Pöchlin mit dicken Girlanden aus blauen Kornblumen bekränzt sind. Roter Mohn stand auf dem Tisch und Kerzen mit weißen Manschetten. Und die weißen Tüllvorhänge waren gestärkt, und das Parkett spiegelte glatt. Der Pfarrer im schwarzen Talar und dem weißen Beffchen sprach zu Tisch den ersten Trinkspruch, und dann stellten sich die Kameraden im roten Rock und dem blauen Dolman über der Schulter vor die Türe mit hochgekreuzten Säbeln und ließen Braut und Bräutigam darunter weg schreiten, hinaus ins Leben – unter Säbeln.

Das alles blitzt vorbei, während Meinhardis langsam die teppichbelegten Stufen hinaufschreitet. Frau Käte fröstelt. Sie zieht den Umhang fester um sich.

Vor den Garderoben trennt man sich. Die Herren werden von Lakaien, die Damen von Beschließerinnen in weißen Häubchen und Kleidern aus starrer schwarzer Seide in Empfang genommen. Hohe, goldgerahmte Spiegel an den Wänden sind dazu da, den zaghaften Neulingen Selbstbewußtsein einzuflößen und die sicheren Blicke schöner Frauen mit stolzen Tiaren aus blitzenden Brillanten aufzufangen. Erst hier lassen die ängstlichen Hände die langen, vor Schmutz zu hütenden Schleppen los. Erst hier knöpfelt man mit kleinen Knöpfern die engen Handschuhe endgültig zu. Dicke Nähkissen mit Nadel und Faden stehen bereit für Unfälle aller Art. Hastiges Begrüßen von Bekannten, inoffiziell sozusagen, denn das eigentliche Guten-Tag-Sagen beginnt erst oben im Saal. Es herrscht eine nervöse Stille im Raum. Man flüstert unterdrückt.

Drüben bei den Herren ist es anders. Da stöhnt man laut über enge Röcke, man reckt vor dem Spiegel den Hals aus zu hohen Kragen, man flucht über einen Riß, den das Rasiermesser in eiliger Hand über das Kinn gezogen hat. Man beklagt sich über Schuster, die nicht mehr verstehen, hohe Lackstiefel zu machen – man fragt, wer von auswärtigen Gästen kommen wird, und bürstet mit kleinen Bürstchen den Schnurrbart vorm Spiegel. Einige befrackte Herren fühlen sich bedrückt in ihrer Farblosigkeit, die sie kaum mit einem roten Ordensbändchen erheitern können. Sie kommen nicht auf gegen diese roten Kragen, grünen Uniformen, blauen Röcke und weißen Kragen, gegen Silber und Gold, Lack und buntes Tuch. Sie sind blaß mit ihrer Stubenfarbe gegen die wetterroten und braunen Gesichter der Reiter. Den Claque unterm Arm stehlen sie sich an ihnen vorüber – die Minister und die Kammerherren vom Kabinett, von denen man keine Ahnung hat, wo und wie sie eigentlich ihren Tag verbringen.

Eine breite Treppe, wieder mit roten Läufern belegt, führt nach oben. Blumen säumen die Stufen. Oben steht ein Kammerherr des Großherzogs. In Vertretung des Hausherrn empfängt er die Gäste. Jeder erhält hier einen kleinen, zusammengefalteten Karton mit eingepreßter goldener Krone. Die Tanzkarte. An seidener Schnur ist ein kleiner Bleistift bereit, die Namen der Tänzer vorzumerken. Das Programm steht fest: Walzer, Polka, Rheinländer. Souper. Walzer, Lancier, Polka, Walzer, Rheinländer, Française und Kotillon.

Alle Räumlichkeiten des alten Schlosses sind an diesem Abend geöffnet. In Gängen, an Türen stehen Lakaien in roten Livreen, goldene Schnüre über der Brust, mit Kniehosen und Eskarpins. Lüster mit Hunderten von warm rotleuchtenden Kerzen geben mildes Licht, beleben die Gesichter und machen die Augen erglänzen. Niemand drängt. Trotz Enge ergibt sich ein sachtes Hin und Her. Ein Grüßen und Begrüßen. Frau Käte gesellt sich zu einigen Damen, während Meinhardis eifrig bemüht ist, seinen Namen auf die Tanzkarten der besten Tänzerinnen einzutragen.

Ein Klopfen bringt das summende Geräusch der Stimmen zum Schweigen. Man tritt zurück, und der Großherzog in Paradeuniform, die Großherzogin führend, schreitet vorüber in den großen Saal.

Dort beginnt der Empfang. Neue Gäste werden vorgestellt. Leise setzt unterdessen ein Walzer ein, und der erste Tanz beginnt. Die alten Damen gruppieren sich langsam an den Wänden entlang auf den Sofas, ältere Herren ziehen sich in die Rauchzimmer zurück. Noch friert man ein wenig, noch steht man herum, noch fühlt man sich wenig heimisch. Man muß so vielen Leuten guten Tag sagen, weil es sich so gehört. Frau Käte sucht die Frau des Kommandeurs auf, sie begrüßt die Hofdamen, die sie huldvollst, als seien sie ihre Vorgesetzten, nach ihren Kindern fragen. Frau Käte darf niemand beleidigen, und so, wie sie ihrerseits ihren Pflichten nachkommt, so melden sich die jüngeren Offiziere, die ihrem Mann unterstellt sind, bei ihr. Freilich sehen sie dabei gar nicht aus, als falle diese Pflicht ihnen schwer. Sie strahlen sie förmlich an. Man führt Käte zum Tanz – man führt sie ans Büfett zu einem Glas Sekt. Allmählich wird es wärmer im Raum. Schon sind die Spitzen einer Schleppe von den Sporen eines Tänzers gerissen. Die

Kerzen haben höhere Flammen und betropfen tückisch die ahnungslos unter ihnen stehenden Uniformen.

Frau Käte fliegt von Arm zu Arm. Ermüdet läßt sie sich zu einer Gruppe älterer Damen führen und setzt sich zu ihnen. Gern mischt sie sich in das Gespräch.

»Nein, ich lasse die Butter aus Norddeutschland kommen. Ich finde es sparsamer. Sie hält sich auch gut. Ich quetsche sie in einen großen irdenen Topf und gieße Wasser drauf. Fünf Kilo kommen so bedeutend billiger.«

»Ja, aber zum Kochen verwenden Sie sie nicht?«

»Manchmal doch.« Sie schämte sich ob ihrer Verschwendung, und wie um sich zu entschuldigen: »Ich bin ja vom Land, Exzellenz. Da ist man so verwöhnt mit Fett...«

Und die alte Exzellenz nickt verständnisinnig.

Aber man läßt Frau Käte keine Ruhe. Ein eleganter großer Offizier kommt auf sie zu, und sie erhebt sich.

»Was machen Sie denn da bei den alten Schachteln? Da gehören Sie doch nicht hin...« Frau Käte senkt den Kopf. Sie spürt die harte, silberne Stickerei der Uniformmanschette an ihrem Nacken. Es tut weh. Er hält sie fester als nötig.

»Wissen Sie denn gar nicht, daß Sie sehr großen Charme haben?«

Diese männliche Stimme, die da so von oben her auf sie einredet, ist ihr peinlich. Sie wünscht, daß die Musik zu Ende gehe. Sie ist auch etwas rot geworden.

»Sie verstecken sich viel zuviel. Sie gehen zuwenig aus, eine junge Frau wie Sie.«

»Ach, das ist doch nichts für mich.«

»Das ist für jede Frau etwas«, und der Mann führt sie, nun die Musik endet, in einen Seitensalon unter eine Stehlampe. Frau Käte hat das nicht gewollt. Aber es ist ihr nicht gelungen, zu entrinnen.

Oberleutnant von Kaisersmark setzt sich nah zu ihr. Das altmodische Sofa ist sehr tief, und Kaisersmark sitzt so, daß sein linkes Knie den Boden berührt, das gibt ihm eine fast kniende Stellung. Er sagt kein Wort, sondern seufzt nur.

»Fehlt Ihnen etwas«, fragt Käte besorgt. Sie sieht, wie schlaff die Falten sind, die sich in Kaisersmarks Gesicht von der Nasenwurzel zum Mund herabziehen. – Schade um das schöne Gesicht, denkt sie.

»Liebe gnädige Frau, eigentlich fällt es mir schwer, Sie mit etwas zu erschrecken, wovon Sie lieber nichts wissen sollten. Aber ich glaube, ich werde ein besserer Mensch sein, wenn ich es Ihnen gesagt habe. Ich habe Schulden gemacht und keine Aussicht, sie jemals bezahlen zu können. Der Kommandeur hat mich verwarnt, aber ich kann ihm nicht helfen.«

»Und Ihr Vater?«

»Er verkauft das Gut, das überlastet ist.«

»Ihre Freunde...«

»Das ist das Schlimmste. Denen schulde ich allen.«

»Es gibt doch Bankiers...«

»Auch denen schulde ich!«

»Und nun...«

»Ja, also liebe, schöne, kleine Frau, Sie sehen mich heute zum letzten Mal. Heute abend ziehe ich die Uniform aus« – er blickt auf die gestickten Tressen –, »und morgen fahre ich mit einem Handkoffer in einen anderen Erdteil.«

»Nach Amerika? Und was wollen Sie denn dort tun?«

»Ich weiß es nicht. Teller waschen, wahrscheinlich.«

Einen Augenblick ist es still. Einige junge Paare gehen durchs Zimmer, und ein alter Lakai bietet Bowle, Bier und Mineralwasser an. Kaisersmark ergreift ein Glas Wasser und schüttet es hinunter. Käte beginnt von neuem:

»Ich verstehe nicht – verzeihen Sie – wie kam es denn so – dazu.«

Kaisersmark zuckt die Achseln.

»Gott, wie es eben immer kommt. Mein Vater hat mich da in das teure Regiment gesteckt und gedacht, ich würde ja doch bald eine reiche Partie machen – das Geld für die ersten Uniformen hat er sich gepumpt. Na ja, aber eine Kasino-Rechnung hat man doch – und standesgemäß wohnen muß man auch. Und – zugegeben – man braucht nach dem stumpfsinnigen Dienst und der vielen albernen, langweiligen Geselligkeit auch mal was anderes. Gott, ich habe mich verliebt – und das kostet eben auch Geld. Das Gehalt? Das reicht für Zigaretten.«

»Ja, aber...«

»Sie meinen, ich war leichtsinnig? Da haben Sie wahrscheinlich recht. Aber machen Sie mir das mal vor! Wasser trinken, wenn vierundzwanzig Kameraden beim Mosel sitzen. Oder mit einem schlechten Pferd vor dem Regiment herreiten. Oder alte Uniformen und geplatzte Lackstiefel tragen. Das kann keiner. Und dann so ein reiches Mädel überfallen. – Nee, ich habe es nicht fertiggebracht. Die Kameraden haben mir einen geladenen Revolver hingelegt...«

Käte reißt entsetzt die Augen auf.

»Aber ich habe ihn nicht genommen. Ich erschieß' mich nicht, ich will leben.«

»Natürlich sollen Sie leben, und vielleicht drüben – wer weiß...« Kaisersmark nimmt Kätes Hand, beugt sich darauf nieder:

»Wollen wir jetzt tanzen gehen?«

Sie nimmt seinen Arm, und er führt sie der Walzermelodie entgegen.

Im Rauchzimmer ist die Luft blau. Auf dem Tisch stehen dicke Rotweinflaschen und viele Zigarrenkisten. Die Gesichter glänzen und sind rot angelaufen.

»Nee, das kann er nicht machen, wenn er noch so verliebt in das Mädel ist.«

»Gott, Axelstern, das sind doch sehr ordentliche Leute, die Löwensteins, und reich.«

»Na ja, gut und schön, aber Juden! Und er mit seiner Stellung bei Hof. Nee, ausgeschlossen. Wenn er so was macht, fliegt er hier 'raus und sitzt übermorgen in einem scheußlichen Grenznest, in einem Linienregiment.«

»Aber hübsch ist sie, sogar schön. Eigentlich...«

»Ja«, lächelt Axelstern. »Sie haben ja was, diese Judenmädels – Temperament und – na, prost.«

In einer anderen Ecke beugt sich ein ganz junger Leutnant hinüber zu seinem Kameraden.

»Aber du, Stellungskrieg? Das wär' doch gar kein Krieg. Denk doch bloß mal, du kriegst den Feind gar nicht zu sehen und wirst totgeschossen.«

»Hm, zugegeben, schön ist das nicht.«

»Sieh mal, mein Vater hat den Siebziger Krieg mitgemacht, da haben sie Attacken geritten, Nahkampf und so. Da müßte man eben ein Kerl sein. Aber Schützengraben? Unritterlich.«

Auf der nassen Straße draußen fuhren die Wagen an. Sie waren pünktlich bestellt, denn es wurde Rücksicht darauf genommen, daß die Herren früh aufstehen mußten zum Dienst. Aber nicht alle gingen nach Hause. Viele schlenderten, den Säbel hängenlassend, noch einer kleinen Kneipe zu, um in Gemütlichkeit die Ballereignisse zu besprechen.

Meinhardis schloß Frau Käte die Tür auf, küßte sie: »Gute Nacht.«

»Komm nicht so spät, bitte.«

»Aber Käte, ich will ja nur noch einen Schoppen trinken. Von der Tanzerei kriegt man einen elenden Durst.«

Frau Käte legt die vielen Blumen, die ihr der Kotillon gebracht hat, in ein Waschbecken. Liebevoll löst sie Schnur und Draht und besprengt sie vorsichtig. Die Mimosen duften stark und die weißen Narzissen fremdartig. Geräuschlos öffnet sie eine Tür und steht vor Lelas Bett. Lela atmet ruhig, beide kleinen Hände vergraben in Bärs struppigem Fell.

Lela schleicht in ihren roten Pantöffelchen leise zur Tür und öffnet sie behutsam. Es ist noch dunkel drin bei Mutti. Die Vorhänge sind zugezogen. Aber die Tür hat ein wenig gequietscht, und vom Bett her kommt die verschlafene Stimme Frau Kätes: »Ja, Schätzchen?« und von der Tür ängstlich: »Mutti, darf ich zu dir kommen?« und von drüben: »Ja, mein Liebling.«

Auf den Zehenspitzen tastet sich Lela im Dämmerlicht des Zimmers hin zum Bett. Die Bettdecke hebt sich, und wie ein Küken unter die Glucke schlüpft, so kriecht Lela in die Wärme.

Dicht hin zu Mutti, die ihren Arm um sie schlingt. Lelas unordentliches Köpfchen liegt an ihrer Brust.

Eine Zeitlang ist es still. Dann Lela: »Mutti, war es schön gestern?«

»Ja, mein Herzchen, sehr schön.«

»Mutti, waren die anderen Damen auch so schön wie du?«

»Ach, viel schöner, Liebling!«

»Aber Mutti, du bist doch schön, ich weiß das.«

»Ich bin nicht schön, Lela. Ich will auch gar nicht. Ich will gut sein.«

Eine Weile ist Ruhe, dann kommt es zögernd von Lela:

»Ja, Mutti…«

Draußen auf der Straße ist Pferdegetrappel. Es rast ein Wagen vorbei. Im Hause ist Stille. Die Buben sind schon in der Schule, und das Kinderfräulein ist in der Kirche.

»Mutti, warum geht Fräulein Anna jeden Morgen in die Kirche?«

»Weil sie katholisch ist.«

»Warum gehen wir nur Sonntag morgens?«

»Wir sind evangelisch.«

»Ist Fräulein Anna frommer als wir?«

»Nein, wir gehen ja auch manchmal wochentags nachmittags.«

»Ja – aber Mutti, eigentlich muß es schön sein morgens, wenn es noch dunkel ist in der Kirche, oder abends, wenn Lichter brennen.«

»Der liebe Gott ist immer da, Lela, auch am Tag.«

»Ja, Mutti.«

Dies, daß der liebe Gott immer da war, war für Lela ein bißchen unheimlich. Lieber sollte er in der katholischen Kirche sein, von der sie nun einmal nicht loskam.

Diese katholische Kirche war das Aufregendste, was es für Lela in Dünheim gab. Den Mittelpunkt der kleinen sauberen Stadt in Süddeutschland bildete das neue Schloß, das sich der Großherzog erbaut hatte. Davor lag ein großer Platz mit Bäumen und Promenaden. Jeden Mittag spielte dort eine Militärkapelle, und die Leute, die Zeit hatten, gingen da auf und ab. Von dort führte eine schöne breite Straße zu dem Denkmal eines alten Großherzogs. Am Hoftheater und am alten Schloß vorbei kam man in die sogenannte Altstadt. Winkelige kleine Straßen, in deren Mitte der Markt lag. Zwischen dem neuen Schloß aber und demjenigen Stadtteil, wo einzelne Häuser in Gärten lagen und auch Manuelas Elternhaus stand, lag die katholische Kirche. Lelas Weg in die Stadt führte stets daran vorüber oder vielmehr darum herum. Es war ein sonderbares rundes Gebäude. Die Wand war vollkommen kahl und fensterlos. Ohne jeden Schmuck. Nur dünne Linien, dort, wo ein Quader auf dem anderen stand, waren sichtbar. Das Ganze war gedeckt von einer ziemlich flachen Kuppel aus kaltem Schiefer und mutete eher an wie ein Gasometer oder eine Riesenschachtel als eine Kirche. Wäre nicht über dem bescheidenen Eingang ein Kreuz angebracht gewesen, hätte man es auch für eine Art Zirkus halten können.

Die Undurchdringlichkeit dieser feindlichen Mauer, dieses fensterlos verschlossenen Hauses, aus dem eintöniger Gesang und Orgelklänge ertönten – wenn man sehr viel Glück hatte, konnte man ganz von weitem Kerzenschimmer im Dunkeln ahnen –, erregte Lelas Phantasie. Fräulein Anna hätte sie ganz gewiß gern mitgenommen. Aber Mutti würde das nie und nie erlauben. Das wußte Lela. Und fühlte es an dem Ton, in dem Mutti antwortete, wenn Lela sie nach der runden Kirche fragte.

Lela forscht, als sie vorübergehen:

»Fräulein Anna, wie ist es da drin?«

»Ach, sehr, sehr schön, Lela!«

»Fräulein Anna, ich möchte doch so furchtbar gerne einmal…«

»Mutti will das nicht haben – du hast ja auch eine Kirche, nicht wahr?«

»Ja, Fräulein Anna.«

»Na siehst du. Und wenn du brav bist, dann geht Mutti mit dir Sonntag morgen in die Garnisonkirche – nicht wahr?«

»Ja, Fräulein Anna.«

Schweigend gehen sie nach Hause.

Im Augenblick, wo sie in den Garten treten wollen, wird Papas schwarzer Hengst herausgeführt – und Papa neben dem Pferd winkt: Lela, Lela! Und Lela stürzt sich in seine Arme, die sie emporheben in einem Riesenschwung und auf das Pferd setzen. Der Araber tänzelt ein wenig, aber Papa bringt ihn zur Ruhe und schickt sich an, das Pferd über die Straße hinüber zur Reitbahn zu führen.

Lela strahlt. Das hat sie sich immer gewünscht. Fräulein Anna flüstert: »Herr Major, die gnädige Frau...« Aber Meinhardis hört nichts, er ist ja so stolz auf seine Tochter, er will sie zeigen!

Die Reitbahn, eine große dämmerige Halle, ist voller Menschen. Damen in Reitkleidern stehen herum, Herren in Uniform oder roten Röcken sind schon aufgesessen. Plötzlich ein jäher glücklicher Schreck: Musik setzt ein. Der Donauwalzer. Lela wird von irgend jemand auf die Tribüne geführt und auf die Rampe gesetzt. Als ob die Pferde nur darauf gewartet hätten, fangen sie an, sich im Galopp im Walzertakt zu wiegen. Es bilden sich Paare: Immer ein Herr und eine Dame. Ganz dicht bei Lela kommen sie vorüber. Da ist Papa – oh, eine hübsche Dame ist das, die mit ihm reitet! Sie hat dicke weiße Perlen in den Ohren und einen kleinen Dreispitz auf und ganz helle blonde Haare und rote Backen. Das Reitkleid ist eng zugeknöpft, aber doch sehr schön, denkt Lela, und Papa, er reitet eigentlich gar nicht – er spricht und lacht mit der Dame, und es ist so, als ob das Lachen ihn schüttelte und gar nicht das Pferd, auf dessen Rücken er den Takt des Schwebens gelassen mitmacht. Beide, Papa und die Dame, grüßen jedesmal zu Lela hinauf, wenn sie vorüberreiten. – Die Pferde fangen an zu dampfen. Ihre Hufe schlagen dumpf an die Bretterbohlen der Rampe. Die Nüstern schnauben. In der Mitte der Bahn steht ein Mann und gibt Kommandos. Da trennen sich die Pferde an der einen Seite, und dann treffen sie sich wieder. Sie ziehen Kreise, große und kleine, einmal schnell, einmal langsam. Lela ist wie im Traum – und mitten darin Papa und die schöne, schöne Dame.

Beim Mittagessen ist es heute sehr still. Ali und Berti löffeln schweigend ihre Suppe. Papa spricht kein Wort, und Ali sieht verstört zu Mutter hinüber. Sie versucht so zu sein wie immer, aber ihre Unterlippe zittert, und sie ißt nicht. Lela hat ein unklares Gefühl, als sei sie schuldig, als habe sie etwas verbrochen. Es war so schön – aber vielleicht darf man es nicht tun? Vielleicht ist es so etwas Ähnliches wie mit der katholischen Kirche? Stumm geht sie hinauf und wagt nicht, wie Alfred es tut, Mutti zu umarmen, nachdem Papa die Türe hinter sich zugeschlagen hat.

Lela geht zu Laura. Laura ist ihre Taube. Sie steckt ihre kleine Nase in die Flügel hinein und küßt Laura ins Genick, da, wo sie ein schwarzes Ringelchen aus Federn hat. Lauras rote Krallenfüße klammern sich um ihre kleinen Finger, Lauras Federn riechen so lau und gut

»Laura, ich hab' dich so lieb!« sagt sie leise, und eine dicke Träne rollt auf die Federn nieder.

Lela hat einen Lappen in der Hand und eine blaue Schürze um, und Mutti auch, und der ganze Tisch steht voll Silber. Leuchter, die man zusammen- und auseinanderschrauben kann, Teller mit lustigen Rändern. Viele, viele Gabeln und Messer. Aber die soll Lela nicht anrühren – sie hat einen silbernen Brotkorb vor sich, der ringsherum ein ganz dünnes Gitter hat, da können ihre kleinen Fingerchen schön hinein und sauber machen. Auf den meisten Tellern steht etwas geschrieben. Zum Beispiel: Unserm lieben Meinhardis zum Abschied von seinem Regiment oder: Erster Preis im Flachrennen. Gedächtnisrennen von Ziethen. Und ein Datum. Von einem liest Mutti vor: »Meiner lieben Kammerkatze«. – »Mutti, was heißt denn das ›Kammerkatze‹?«

»Kammerkatze? Das war ein Pferd, ein sehr gutes Pferd. Aber Papa hat es verkauft«

»Warum, Mutti?«

»Weil Papa nicht soviel Pferde haben kann.«

»Warum kann er nicht soviel Pferde haben?«

»Weil das zuviel kostet. Die fressen zuviel.«

»Sie fressen doch bloß Hafer, Mutti.«

»Ach Kleines, das verstehst du nicht!« – und ein tiefer Seufzer entringt sich Muttis Brust.

Lela fühlt, daß sie nicht weiterfragen soll. Still putzt sie ihr Körbchen. Dann kommt was anderes. »Wir müssen den Tisch ausziehen«, sagt Mutti, und da müssen immer alle helfen. Da wird der Eßtisch gepackt und einfach nach zwei Richtungen auseinandergezogen. Lela zieht mit, und Flink bellt. Flink ist ein brauner Hund unbestimmter Rasse, der gerne mitredet, wenn etwas Besonderes geschieht, und heute ist es so besonders, denn es kommen Gäste.

Es werden viele Bretter eingelegt zwischen die auseinandergerissenen Tischteile, sie werden von unten gestützt, und Lela und Flink krabbeln unter den Tisch, wo es dunkel ist, und gucken nach, ob alles stimmt, und dann kommt eine grüne Filzdecke drüber und dann ein riesiges langes Damasttischtuch.

Mutti geht mit Lela zum Wäscheschrank. Lela sieht aufmerksam zu, wie Muttis Hände die hohen Stapel der Servietten abzählen. Mutti hat lange, ganz weiße Finger – Lela hat die Hände so gern. – Wenn Muttis Hand sich doch mal zwischendurch auf meinen Kopf verirrte, denkt sie, oder so zwischen Kleid und Hals – bei Mutti ist das so gut! Papa tut das zwar auch manchmal, aber da kitzelt es bloß. Es ist schrecklich, denkt Lela weiter, von unten her zu ihrer Mutter aufsehend, daß Mutti sich morgens immer so glatt frisiert. Wenn das Haar ein bißchen locker und gebrannt ist, sieht Mutti viel hübscher aus, und dann kommt manchmal Besuch, und der Besuch sieht Mutti so mit der festen engen Frisur, und das ist dann so schlimm, daß Lela sich versteckt, als sei sie selber nicht gut frisiert. Aber Mutti hat im Augenblick gar keine Zeit für Lela. Lela muß Servietten schleppen. Jetzt klirrt es. Mutti ist am Büfett – sie nimmt eine Kristallschale nach der anderen heraus. Die darf Lela auswischen, und dann öffnet Mutti Kompottgläser, und dicke grüne Früchte ergießen sich in die glitzernden Schalen. Von oben sieht's nicht so lustig aus, aber von der Seite, wo das Glas geschliffen ist. Und jetzt kleine gelbe Mirabellen – und rote Kirschen in ein anderes und schwarze Nüsse in das nächste. Einzeln werden sie auf den Tisch gestellt. Jetzt kommt die Obstschale – Lela darf die Tüten öffnen. Orangen, Trauben, Äpfel, Nüsse, Mandeln, Datteln – wie zu Weihnachten.

»Mutti, warum haben wir das nur für Gäste und nie für uns?«

»Weil wir arme Leute sind, Kind.«

Lela schweigt. Wie traurig das ist, denkt sie, daß wir arme Leute sind. Aber warum sind wir arm? Papa hat Pferde – arme Leute haben keine Pferde. Mutti hat Ballkleider – arme Frauen haben doch keine Ballkleider. Und Silber haben wir auch, und viele Tischtücher, und einen Diener. –

»Mutti, haben arme Leute immer einen Diener?«

»Du bist ein kleines Dummchen, mein Liebling. Das verstehst du nicht.«

Die Kinder werden heute früher als sonst zu Bett geschickt. Mutters Schlafzimmer ist Damengarderobe. Da steht die Waschfrau in ihrem Sonntagskleid. Und bei Papa legen die Herren ab. Es ist kalt draußen, und die Sporen der Herren klirren auf der Treppe. Zwei Lohndiener sind aufgenommen worden. Sie gießen roten und goldgelben Wein in Glaskaraffen. Lela schleicht zur Tür und späht hinaus. Wie ein Märchen sieht der Tisch aus. Kerzen brennen in den silbernen Leuchtern, viele Blumen liegen auf den Tisch gestreut, ganz ohne Wasser. Das Kerzenlicht macht Sternchen in den geschliffenen Gläsern und läßt sie glitzern. Die Diener ziehen sich Handschuhe an und verabreden untereinander, wie sie servieren werden. Sie müssen da anfangen, wo die Frau des Kommandeurs sitzt, und dann zu der nächsthohen Dame gehen und zuletzt zu Mutter. Warum zuletzt zu Mutter? Das kränkt Lela.

Auf jedem Platz liegt eine Karte mit dem Namen derjenigen Person, die da sitzen soll. Papa hat zwei dicke Zigarren geraucht, bis er die Tischordnung fertig hatte, und Mutti war ganz böse, weil das die Gästezigarren waren, und Papa hat gesagt, wenn er für die Gäste arbeitet, verdient er auch die Zigarren, und Mutti hat nicht gesagt, daß sie den ganzen Tag und den Tag nachher und die ganze Woche schon für die Gäste arbeitet und abends nur Bratkartoffeln und Spiegelei gegessen hat. Mutti sagt überhaupt nie etwas, wenn Papa in einem bestimmten Ton antwortet. Und Papa scheint dann gar nicht zufrieden zu sein, er wirft meistens dann die Tür sehr laut zu.

Die Gäste sprachen zuerst sehr wenig, als sie sich niedersetzten. Lela hörte von ihrem Bettchen aus die vielen Suppenlöffel klirren und nur einzelne Stimmen. Dann wurde die Suppe abserviert. Erst nach und nach kam ein Gespräch in Gang; gegen Ende war ein Riesenlärm, der fürchterlich aufflammte, wenn die Diener die Tür öffneten.

Lela wartete gespannt, denn jetzt würde Papas Pferdebursche kommen, der Karl und ihr von der süßen Speise bringen. Einen ganzen Haufen rosa gesponnenen Zucker brachte er. Das sah wie ein Märchen aus. Eis, gelbes Eis mit einem sonderbaren Geschmack. Karl kniete neben ihrem Bett am Boden und hielt ihr den Teller. Sie stand im Bettchen auf und freute sich über den hohen Rand. Nur wenig Licht vom Korridor drang herein.

»Nach was schmeckt das, Karl?«

»Das ist Maskino«, sagte Karl, und dann kam er wieder auf den Zehenspitzen und brachte ihr furchtbar heimlich ein dünnes hohes Glas. Als sie trinken wollte, prickelte etwas an ihrer Nase.

»Was ist denn das, Karl?«

»Champagner.«

Und Lela trank.

Dann schlich Karl leise hinaus, vorsichtig nach rechts und links spähend, ob man ihn auch nicht gesehen hatte. Vor der Gnädigen war man zwar sicher, aber Fräulein Anna würde so etwas wahrscheinlich auch nicht gebilligt haben. Plötzlich entstand ein Riesenlärm im Eßzimmer. Stühle wurden abgerückt, man wünschte sich laut eine gesegnete Mahlzeit und schob mit rotem Kopf, erhitzt und erleichtert, die Treppe hinauf, dem Mokka, den guten Zigarren und den bunten Likörflaschen zu.

Frau Käte lächelte alle an und fühlte sich wie nach gewonnener und unverwundet überstandener Schlacht. Meinhardis sprach schon ein bißchen laut – aber man klopfte ihm auf die Schulter: Der gute Meinhardis, was der für Witze erzählt – ein reizender Mann!

Lela ist fest eingeschlafen, nachdem die Gäste hinaufgegangen sind. Später sind Wagen vorgefahren, und allerhand fremde Diener sind hereingekommen, um ihre Herrschaften abzuholen. Einer nach dem anderen hat sich mit höflichem Dank verabschiedet. Auch Frau Käte hat sich todmüde niedergelegt. Nur Meinhardis ist mit ein paar Herren sitzen geblieben. Die leeren Flaschen sind zu Batterien gewachsen, und die Aschbecher sind bis zum Rande gefüllt. Aber es ist so gemütlich. Jetzt ist's erst richtig. Jetzt ist man unter sich, kann sich erzählen, was man will. Wie immer kommt man von Pferden und Frauen nicht los. Meinhardis läßt sich Schönes über Frau Käte sagen und schmunzelt dazu.

Lela schläft fest, als die Türe leise geöffnet wird. Sie erwacht auch gar nicht, als Papa sie aus dem Bett nimmt und sie samt der Bettdecke hinaufträgt. Sie sieht nur auf einmal lauter hübsche Herren in grünen Uniformen und roten Kragen, die sie anlachen.

Einer nimmt sie auf den Schoß. Lela zieht ihre nackten Füßchen unter sich, sie reibt sich die Augen, man lacht. Sie sitzt auf dem Schoß von Rittmeister Sellner, den kennt sie, den mag sie, der hat ein sehr schönes Gesicht.

»Gib mir einen Kuß«, sagt Sellner, und Lela tut es.

Aber warum lachen die anderen so? Jetzt wollen alle einen Kuß haben – aber Lela will nicht mehr. »Nein – die anderen nicht«, erklärt Lela.

Mutti hat am Morgen Migräne. Es muß sehr still sein. Papa bringt aber am Mittag ein Veilchensträußchen, und Mutti muß darüber lächeln, obwohl sie so furchtbare Kopfschmerzen hat.

Im Gebüsch haben die Kinder sich eine Indianerburg gebaut. Papas Manöverzelt ist mit Hilfe von Karl sachgemäß aufgepflockt worden. Ein paar Nachbarkinder in großer Kriegsbemalung sind da. Berti ist Winnetou mit gewaltigem buntem Hauptschmuck und Tomahawk im Gürtel, selbst Ali, der bald 16jährige, spielt heute mit, aber wohl nur, weil Lela ihn so sehr darum gebeten hat.

Lela hat man auch eine Hahnenfeder auf den Kopf gesteckt und mit einem Stirnband befestigt. Sie ist die Squaw und hat zu Hause zu bleiben und zu kochen, während die Männer sich auf den Kriegspfad begeben. Mit Riesengeschrei stürmen sie von dannen, um mit Skalps und Jagdtrophäen, Triumphgeheule ausstoßend, heimzukehren. Lela sitzt verlassen in dem Zelt. Einer der Jungens, Bertis Freund Gerhard, hat lange Indianerhosen an mit Fransen, die ganzen Seitennähte hinunter, sehr ernst und zum Fürchten sieht sich das an. Lela ist traurig, daß sie bloß eine Squaw ist. Wieder einmal grübelt sie über das Unglück nach, daß sie ein Mädchen ist und keine Indianerhosen tragen darf. Warum dürfen Mädchen keine Hosen tragen, höchstens zum Turnen? Fräulein Anna sagt, es ist nicht passend. Aber es muß doch wunderbar sein, so wie ein Mann daherschreiten zu können, eine Waffe im Gürtel und …

Sie schrickt zusammen. Einer der Rothäute hat sich herangeschlichen und hält mit teuflischer Gebärde seinen langen Speer vor sie hin, an dessen Spitze als Beute aufgespießt Lelas Bär steckt. Lela stößt einen furchtbaren, herzzerreißenden, gellenden Schrei aus. Aber schon ist Ali zur Stelle. Er packt den ahnungslosen Jungen, entreißt ihm Bär, der Sägespäne blutet, haut dem Jäger ein paar kräftige Ohrfeigen und nimmt die zitternd schreiende Lela in die Arme. Vom Hause her hat man den Lärm gehört. Mutter und Fräulein Anna sind schon da.

»Das ist doch nicht so schlimm, Lela«, meint tröstend Fräulein Anna. »Wir nähen das Loch wieder zu.«

Aber Lela schreit nur um so gellender, gefoltert von dieser Vorstellung:

»Nicht nähen, bitte, bitte, nicht nähen!«

Mutter nimmt sie in die Arme.

»Nein, mein Liebling«, sagt sie beruhigend, »das brauchen wir ja auch gar nicht, das wächst von selber wieder zu.«

Ali und Mutti müssen beide neben Lelas Bett sitzen bleiben, bis sie eingeschlummert ist. Noch im Schlaf zuckt sie zusammen. Ihre kleine Hand hält sie fest über Bärs Wunde, bis Ali heimlich der tief Schlafenden das Spielzeug entwenden kann und Mutti den Schaden beim Lampenlicht repariert. Erst als Bär, nur etwas schlanker geworden vom starken Blutverlust, wieder auf seinem Platz an Lelas Brust liegt, kann Ali sich mit gutem Gewissen zu Bett legen.

Die beiden Geschwister sehen sich nicht ähnlich. Lela schlägt eher dem Vater nach, während Ali, der kluge, ruhige Ali, mehr blond ist und der Familie der Mutter gleicht. Aber trotzdem gehört Ali zu Lela. Immer ist er da, wenn Lela ihn braucht. Berti ist ja noch ein richtiger Junge, er zieht Lela an dem spärlichen Zöpfchen, das sie trägt und das ihr ohnehin Kummer genug bereitet, er versteckt ihr die Schnuckis, er holt sich aus ihrer Puppenküche die Teller, um seine weißen Mäuse daraus zu füttern.

»Berti, du sollst das nicht!« weint Manuela. »Dann kann doch Laura nicht mehr daraus fressen, Laura findet, weiße Mäuse riechen schlecht.«

Aber dann steht Ali da. Er findet die Schnuckis, er entreißt Berti die Puppenteller, er sägt und bastelt Spielzeug für Lela, zwei ganz winzig kleine Puppenstübchen aus Ziehknochen von Pöchliner Gänsen zaubert Ali, der kunstreiche Ali, für Lela. Er setzt Lela auf sein Fahrrad und fuhrt sie im Garten herum. Das ist das Schönste und zugleich Ängstlichste, was Lela sich denken kann. Die Beine baumeln links und rechts herunter, und man muß den Oberkörper weit vorbeugen, damit man die Lenkstange zu fassen bekommt. Manchmal zittert sie zu fallen, aber immer wieder ist es Alis große Jungenhand, die sie festhält.

Muttis Geburtstag. Das fühlt man kommen im Haus. Mutti ist im Mai auf die Welt gekommen. Lela ist seit langem geistesabwesend. Wenn Mutti sie etwas fragt, muß sie immer an ihr Geheimnis denken, an das, was sie Mutti schenken wird, und was sie nicht verraten darf, weil es eine Überraschung ist. – Aus Angst, davon zu reden, kann sie gar nicht antworten. Wenn Mutti ins Kinderzimmer kommt, ruft Lela: »Mach die Augen zu!« – bis sie ihre Stickerei versteckt bat. »So, jetzt!«, und die gehorsame Mutti öffnet die Augen.

Ist Mutti gegangen, kommt das Deckchen wieder zum Vorschein. Ein weißes Deckchen, auf dem Rosengirlanden mit hellem Blaustift vorgemalt sind. Lela hat grüne Seide, ganz weiche schillernde Fäden, die sind für die Blätter. Dann hellrosa und rote für die Blüten. Es ist furchtbar schwer, so einen Faden in das Nadelöhr zu kriegen. Das Öhr ist klein, und die Seidenfäden spalten sich, und dann muß man sie ein bißchen lecken und mit Daumen und Zeigefinger zwirbeln. Aber dann wird der Faden immer ein bißchen dreckig. Lela seufzt tief auf. Es ist ihr ganz heiß vor Anstrengung. Aber der Tag kommt. Aus Pöchlin ist ein Riesenpaket gekommen mit allerhand Herrlichkeiten von Großmama. Im Salon wird ein weißes Tischtuch auf den Mitteltisch gedeckt. Eine Torte mit Lichtern – furchtbar viele. Mutti muß lange im Bett bleiben heute. Erst wenn Papa vom Dienst kommt, wird beschert. Es kommen Blumen über Blumen. Ein ganzer Fliederstrauch in einem Topf. Bunte Tulpen und Anemonen. Das ganze Regiment schickt Grüße. Papa hat schöne Sachen gekauft, was Silbernes und was ganz Kleines in einem Etui: ein Ring mit einem Sternchen aus Türkisen. Lelas Deckchen, gewaschen und fein ausgebügelt, liegt ganz vorn. Ali hat einen Kasten gesägt und Berti ein wunderschönes Blatt geschrieben. Es ist ein großer doppelter Papierbogen mit Blumen und Engeln darauf. Und da steht in ganz feiner Schrift, wie Berti sonst nie schreibt, ein großer Glückwunsch. Wie eine ernste Urkunde sieht es aus, und darunter steht: »Dein getreuer und dankbarer Sohn Bertram.«

Auf einmal kommen Soldaten in den Garten. Sie stellen sich in einem Kreis auf, in die Mitte der Kapellmeister, und Papa geht in Muttis Zimmer mit einem Blumenstrauß und küßt Mutti, Lela im weißen Kleid und einer Rosenschärpe hinterher, und beide Jungens in neuen Matrosenanzügen genieren sich wegen der Feierlichkeit. Unter den Klängen der Geburtstagsmusik wird Mutti zu ihren Geschenken geführt. Sie umarmt alle, und ihre Backen sind ganz rot, und dann kommen viele, viele Besucher und gratulieren Mutti. Und Fräulein Anna hat nicht genug Blumenvasen. Lela darf die Torte anschneiden und sie der Musik hinuntertragen in den Garten, und Ali trägt Gläser und Berti den Wein. In der Küche brutzelt eine Pöchliner Gans. Und Papa hat staubige Finger, weil er eine ganz alte Flasche Wein aus dem Keller geholt hat, und die darf man nicht abwischen, damit jeder sieht, daß sie echt ist.

Heute sind alle, alle lieb mit Mutti. Und es duftet im ganzen Hause nach Rosen und Flieder und Kerzen und Kuchen. Und immerzu kann man zu Mutti kommen, denn heute darf sie nichts tun. Nicht flicken, nicht in die Küche gehen, nicht rechnen nur auf dem Sofa sitzen und schön sein. Und Lela krabbelt auf ihren Schoß und schließt fest beide Arme um ihren Hals.

»Mutti, Mutti, Mutti, ich hab' dich so furchtbar lieb!«

»Ali, laß mich auf deinem Fuß wippen!« bettelt Manuela. Ali weiß wohl, daß das Lelas ganz großes Vergnügen ist: er muß die Beine kreuzen, und Lela stellt sich auf den schwebenden Fuß und schaukelt so auf und nieder.

Aber Ali ist heute so abwesend.

»Lieber nicht, Lela. Ich habe Kopfweh«, sagt er, und Lela geht um Ali herum wie ein kleiner Hund, der fühlt, daß irgend etwas nicht stimmt.

Ali will auch nicht essen. Er will nicht weggehen, nicht Fußball spielen. Ali legt sich ins Bett. Drei lange Tage Blutegel! Lela ekelt sich furchtbar: Dicke schwarze Würmer sind das mit Alis Blut drin.

»Wozu ist das, Mutti?«

Mutti nimmt Lela an der Hand. Ali liegt im Bett, ganz steif, aber seine Augen suchen die Tür. Er fragt Lela, die auf ihrer Mutter Schoß sitzt:

»Ist das der Lehrer?«

Wie – kennt Ali denn Mutti nicht mehr? –

Lela verkriecht sich scheu an Muttis Brust, die trocken aufschluchzt.

Ali starb in derselben Nacht.

Ungewöhnlich früh wurde Lela am nächsten Tage geweckt. Berti stand mit nacktem Oberkörper im hellen Sonnenlicht. Geräuschlos weinte er vor sich hin, und Lela sah, wie seine Tränen eine nach der anderen an ihm herabliefen. Er verzog kaum sein Gesicht, vergaß nur, sich anzukleiden, stand, stand und weinte.

Fräulein Anna, die Lelas Haare kämmte, sagte ihr, daß Ali nun im Himmel sei.

»Ja«, sagte Manuela bloß, und nichts rührte sich in ihr. Nichts tat ihr weh. Es war heute nur alles so anders im Hause als sonst. Oft und öfter ging die Hausglocke. Zu Mutter huschten schwarze Damen ins Zimmer. Drinnen war es still. Manche dieser Besucherinnen legte die Hand auf Lelas Kopf: »Arme Kleine, daß sie das schon erleben muß!«

Lela versuchte, das rechte Gesicht dazu zu machen, denn sie begriff allmählich, daß sie bedauernswert war. Alles war doch sehr aufregend und interessant. Es kamen Telegramme und Blumen. Es kamen auch Verwandte, es kamen Wagen mit schwankenden Lorbeerbäumen, das ganze Haus duftete wie eine Gärtnerei. Man stellte die Hausglocke ab. Das Läuten tat Mutter weh.

»Komm zu Ali«, sagte jemand, und Lela stand an einem großen Kasten, in dem Ali schlief. Es war alles gar nicht mehr wie zu Hause – es war auch ein anderer Ali. Er hatte Blumen in der Hand und ein Kreuz – Kerzen brannten, und der ganze Raum war voll grüner Pflanzen wie ein Wald. Schön war das. Vielleicht war es so ungefähr in der katholischen Kirche.

Alle weinten. Lela schämte sich, weil sie nicht weinen konnte. Und erst als sie Mutter aufschluchzen hörte, stürzte sie auf sie zu und klammerte sich an ihre Kleider.

»Nun haben wir keinen Ali mehr«, sagte Mutter.

Und da – da erst brach ein wütender Schmerz auf im Herzen des Kindes.

»Mutti, Mutti!« schrie Lela. »Mutti, nicht weinen!«

Dies, daß Mutti weinte, war das eigentlich Furchtbare, und es mußte also wohl schrecklich sein, daß Ali gestorben war.

»Komm, sieh ihn dir noch ein letztes Mal an«, sagte Mutti. Aber Lela zitterte – das war nicht Ali, nein, diesen Ali wollte sie nicht ansehen.

Dann kam der Morgen, wo man ihn wegtragen würde. Lela stand am Fenster und sah, daß Alis Schulkameraden auf der Straße und im Garten aufgebaut standen wie Soldaten. Lela war stolz, daß sie da waren. Nun standen alle um den Sarg, die Offiziere vom Regiment, ganz unbeweglich in ihren Paradeuniformen, Helm mit Helmbusch im Arm, die Hände auf dem Säbel gefaltet. – Wie Denkmäler, dachte Lela. Mutter saß umgeben von Frauen unter einem schwarzen Schleier, ganz unsichtbar. Der Pfarrer sagte schöne Worte zu Mutti, die Lela nur halb begriff. – Aber dann setzte draußen die Musik ein, eine ganz langsame, traurige Melodie – und da endlich begann das Kind, furchtbar und unaufhaltsam zu weinen.

Es kamen die täglichen Friedhofsbesuche. Der Friedhof flößte Lela Furcht ein. Es war ihr Amt, Wasser vom Brunnen zu holen, um die Blumen an Alis Grab zu begießen. An der Pumpe stand angeschrieben, es sei verboten, von diesem Wasser zu trinken. Das Wasser war nicht sauber. Es floß an Leichen vorbei, so erklärte auf Lelas Fragen die Mutter.

Wenn Lela die Augen zukniff, sah sie die Leichen liegen. Alle unter der Erde, eine unübersehbare Schar, steif wie Ali gelegen hatte. »Und später sind nur noch ein paar Knochen übrig«, sagte Berti.

Das Schlimmste war aber ein Komposthaufen, der außerhalb der Friedhofsmauer auf einem tiefgelegenen, ebenfalls ummauerten Terrain seine Stätte hatte. Dorthin mußte Lela die welken Kränze tragen, während Mutter betend allein am Grabe zurückblieb. Dieser Haufen rauchte, er war für das Kind nicht tot und nicht lebendig. Der Verwesungsgeruch all der Buketts mit Schleifen, der rostige Draht, die braunen schleimigen Blumen, hier und da ein Stück Flor, ein Blechkorb, eine zerbrochene Vase flößten Manuela noch mehr Angst ein als die wohlgepflegten Reihengräber, unter denen sie die Leichen liegen wußte. Sie war jedesmal froh, wenn sie von dort wieder bei Alis Grab anlangte, wo Mutter auf einer Bank saß und still vor sich hin starrte oder die gelb gewordenen Efeublätter vom Grabe las.

Am Gedenkstein ihres Bruders machte die kleine Manuela die ersten Lesestudien. Sie litt darunter, nicht alle Aufschriften auf sämtlichen Grabsteinen lesen zu können, denn sie sehnte sich nach einem Zeitvertreib für die langen Stunden, die Mutter, tief versunken, bei Ali zubrachte. Und so lernte sie lesen, kaum daß die Mutter, mit all ihren Gedanken ungegenwärtig, es gewahr wurde.

Mutter war verändert seit Alis Todesstunde. Lelas kleines liebebedürftiges Herz fühlte es wohl und zog sich zusammen, wenn sie Mutter dort sitzen sah, eine in sich gekehrte, trauernde Frau, fern allen Lebenden, und wie daheim in einer Welt, vor der Manuela sich fürchtete.

Und jeden Abend, wenn die Sonne unterging und es Zeit war aufzubrechen, hörte sie, wie Mutti leise wehmütig sagte: »Gute Nacht, mein Junge«, und es war, als spräche sie zu einem, der sie hörte.

Zweites Kapitel

»Ja, mein lieber Meinhardis, das ist nun eine scheußliche Sache.« Der alte Oberst streicht mit seinem kleinen Finger die Asche von seiner dicken Zigarre. Er lehnt sich zurück und betrachtet sein Gegenüber. Meinhardis pafft auch dicke Rauchwolken und zwinkert zum Fenster hinaus. Er mag seinem Vorgesetzten nicht ins Gesicht sehen. Der soll nicht merken, wie ihm zumute ist. Es war schon recht freundlich an sich, daß ihn der Oberst hatte zu sich rufen lassen, um ihm seine Versetzung persönlich mitzuteilen.

»Dieses Mühlberg ist ja eine üble Garnison«, fährt der Oberst fort. »Der Papierkorb der ganzen deutschen Armee sozusagen. Lauter Verbrecher, die Kerls dort – na und nun wollen se eben mal einen Anständigen haben, der bei dem Gesindel aufräumt. Da sind se nu da oben am grünen Tisch ausgerechnet auf Sie verfallen. Große Ehre natürlich und Avancement und mehr Gehalt. – Aber schön? Schön ist anders.«

Meinhardis macht eine Bewegung, die soviel heißt wie: Befehl ist Befehl. – Und Oberst von Merkel spricht weiter:

»Die sollen da gejeut haben, die Kerls. Machen lauter Dummheiten. Immer, wenn einer was ausgefressen hat, schicken sie ihn an die Grenze – alte Geschichte. Da hamse nun mal Pech, alter Exote – mein herzliches Beileid. Aber Sie werden der Bande schon zeigen, was 'ne Harke ist.«

Meinhardis fühlt sich verabschiedet, er erhebt sich:

»Ich danke vielmals, Herr Oberst – es war sehr freundlich, daß Herr Oberst … Solche Sachen kommen vor – es hätte ja auch noch schlimmer werden können. Ich werde mal nach Hause gehen und das meiner Frau … Frauen, für die ist das eben … Na, wollen nicht weich werden! Ich empfehle mich, Herr Oberst!«

Seine Sporen klirren ruckartig zusammen. In der Linken hält er die Mütze, die Rechte ergreift der ältere und schüttelt sie kräftig.

»Na, Kopf hoch, Meinhardis! Es wird schon gehen!«

Draußen schnallt Meinhardis seinen Säbel um, und wie er sich zufällig im Spiegel sieht, rückt er mit der Hand seinen Kragen zurecht. Nun wird er bald keinen roten Kragen mehr tragen. Die Uniform kommt nun weg. Jetzt kommt eine andere. Hellblau und weiß. Lächerlich. Weiße Kragen werden immer dreckig, und so hellblau 'rumzulaufen ist ja scheußlich, wenn man gewohnt war, in Dunkelgrün seinen Dienst zu tun und zu reiten. Reiten in Hellblau – grotesk, denkt er schlecht gelaunt. Die Uniform ist viel teurer als die alte. Sicher. Na und der Umzug. Arme Käte! Der Blumenfrau kauft er einen Busch Margeriten und Kornblumen ab, die hat Mutter gern – sehen so nach Pöchlin aus.

Frau Käte nahm wie alles Unabänderliche auch diese ja immerhin erwartete Versetzung ruhig hin. Sie wußte gut, was es bedeutete, in diese Stadt zu ziehen, die noch vor wenigen Jahren in Feindesland gewesen war. Unbestimmt hatte auch sie das Gefühl, keiner glücklichen Zeit entgegenzugehen. Aber sie wollte ihrem Mann das Herz nicht schwerer machen als nötig. Noch hatte sie Zeit. Er würde vorausfahren und Wohnung suchen. Und dann war jetzt eine so sonderbare Ruhe über sie gekommen. Sie war nicht mehr ganz da. Sie ging noch häufiger zur Kirche, als sie es von jeher getan hatte, sie ging allein und kehrte jedesmal zurück mit einem tief gestillten Ausdruck. Ihre Augen waren nach innen gerichtet, auf ein allen unsichtbares Ziel. Es machte sie gütig, geduldig und fast heiter. Mit Selbstverständlichkeit ging sie daran, das Haus aufzulösen. Die kleine Lela ging schweigsam und wie ein Schatten hinter ihr her.

Dann kam der letzte Tag. Nachdenklich wanderte Frau Käte von Zimmer zu Zimmer. Vor dem Fenster, an dem Alis Arbeitstisch gestanden hatte, blieb sie lange stehen. Dann sah Lela, wie sie ihren Hut und ihre Handschuhe nahm, auch ein paar Blumen, die sie morgens gekauft hatte. »Mutti, soll ich mit zu Ali?« fragte Lela, die diese Stunde kannte, aber Frau Käte beugte sich nieder und sah dem Kind in die Augen. Zum ersten Mal behielt sie den tieftraurigen Mund, den erstaunt leidenden Blick, ohne den Versuch, dem Kind ein zärtliches Lächeln zu schenken. Ernst sagte sie:

»Nein, Lela. Heute muß ich ganz allein gehen, ich muß Ali adieu sagen – jetzt bleibt Ali allein, ganz allein hier. Ohne mich.«

Lela ging ihr bis zur Gartentür nach und sah, wie Mutter rasch und entschlossen die Straße hinaufschritt, wie jemand, der weiß, daß man ihn erwartet.

Für heute konnte Lela nicht mehr spielen. Sie nahm Flink am Halsband und legte seinen Kopf auf ihren Schoß. Ein merkwürdig trauriges Glück stieg in ihr auf. Heute hatte Mutter zu ihr gesprochen, als wäre Lela ein erwachsener Mensch – es war ein Geheimnis, und Lela würde es niemand auf der Welt sagen.

Lela stand vor dem Bahnhof in Mühlberg. Ihre rechte Hand hielt Mutti fest. Aber Mutti sprach mit Papa, und man kümmerte sich nicht um sie. Sie sah sich um. Wie unordentlich es hier war. Und wie viele Soldaten. Papa konnte keine zwei Worte sprechen, ohne zu grüßen. Soldaten kamen und gingen. Waren sie gewöhnliche Soldaten, blieben sie mit einem Ruck vor Papa stehen und hielten die Hände links und rechts fest an die Seite gepreßt. Erst wenn Papa mit der Hand abwinkte, konnten sie weitergehen. Waren es Offiziere, die vorübergingen, so hoben sie die Hand zur Mütze. Auch Mutter schien das nervös zu machen. Sie war blaß und abgespannt.

»Was ist denn heute hier los?« fragte sie.

»Nichts«, sagte Meinhardis. »Es stehen doch hier vierundzwanzig Kavallerieregimenter, nicht gezählt die Bayern, Infanterie, Artillerie und Pioniertruppen.«

Papa war eigentlich nicht richtig Papa wegen der anderen Uniform. Lela versuchte zwar, darüber wegzusehen, und fühlte, daß sie darüber nicht reden sollte – aber immer wieder flog ihr Blick hinüber zu seinem weißen Kragen.

Jetzt fuhr ein Landauer vor, auf dessen Bock ein Soldat saß und die Zügel hielt. Er war auch hellblau und weiß. Die Koffer wurden aufgeladen, die Pferde zogen an – geradeswegs auf eine Mauer zu. Eine hohe Mauer, auf der oben Gras wuchs. Der Eingang der Mauer sah aus wie ein Tunnel. Lela hatte Angst. »Was ist das, Papa?«

»Das ist der Festungswall! Mühlberg ist doch eine Festung.«

»Und warum ist denn der Tunnel so gebogen – warum geht es nicht geradeaus – und warum ist es so dunkel, daß am Tag Licht brennt?«

»Damit nichts passiert, wenn die Franzosen kommen und mit Kanonen da hineinschießen.«

Lela riß die Augen auf. Im Tunnel war so viel Lärm, daß sie nicht mehr sprechen konnte. Mutti legte die Hand auf ihren Schoß:

»Laß nur, Herzchen – die Franzosen kommen nicht.«

Hatte Mutti das gesagt, um sie zu trösten? Meinte sie es ernsthaft? Wenn die Erwachsenen in diesem Kinderton mit einem sprachen, wurde man so unsicher. Doch nicht zu glauben, was einem gesagt wurde, wäre wiederum »ungezogen« gewesen. – Aber schließlich, beruhigte das Kind sich selbst, am Ende ist ja Papa dafür da, daß die Franzosen nicht kommen.

Die große Mauer, die Lela so erschreckt hatte, umschloß die ganze Stadt. Unterhalb dieser Mauer waren Wassergräben, und dann kamen wieder dicke Mauern und wieder Gräben. Ein breiter Fluß wurde zum natürlichen Schutz dieser Riesenburg. In den Mauern waren Kasematten, Räume mit Munition und Kanonen und Räume, um viele Soldaten darin unterzubringen. Es war ganz dunkel darin. Nur schmale Schießscharten gaben winzige Lichtstreifchen. Es roch muffig und feucht. Die Stadt, die so fest zusammengeschlossen war, konnte sich nicht ausdehnen. Platz war teuer. Die Straßen schmal und die Häuser hoch und eng. Von vielen Kaminen stiegen massenhafte, röhrenförmige Schornsteine auf. Krumme, gerade und gewundene. Der Qualm, der aus ihnen kam, war gelblich und warf eine rußige Decke auf Dächer, Fensterbretter und Straßen. Wie von den engen Häusern bedrängt und in die Höhe getrieben, ragte ein gotischer Dom mitten aus dem Steinmeer. Spitz stach der Kirchturm hinaus und hinauf ins Blaue.

Meinhardis hatte eine Wohnung gesucht. Alle waren finster, alle eng, alle Fenster blickten auf Mauern. Und Käte hatte doch gesagt: »Ich muß ein Stück Himmel sehen.« Gärten gab es in Mühlberg überhaupt keine. Aber eines Tages entdeckte er doch ein paar hohe Bäume direkt an der Hauptstraße, dem Dom gegenüber. Ein großes geschlossenes Einfahrtstor unterbrach eine feindlich starrende Mauer. Daneben ein kleineres Tor mit einem Glockengriff zum Ziehen. »Concierge« stand daran.

Es stellte sich heraus, daß dies ein vor dem Krieg 1870/71 erbautes Privatpalais war, dessen Bau durch den Krieg unterbrochen wurde. Aber ein langer Flügel und ein Teil des Mittelhauses waren vorhanden. In der Mitte lag ein weiter Hof, und an der unbebauten Mauerseite war Raum geblieben für einige hohe Bäume. Eine sagenhafte alte Dame wohnte im Oberstock des langen Flügels und wollte den Offizier des Feindesheeres nicht sehen, nicht empfangen, geschweige denn je das untere Stockwerk ihm vermieten.

Meinhardis gebrauchte eine List. Er zog die Uniform aus und machte der alten Französin einen Besuch in Zivil. Lustig griff seine Hand nach dem Schnurrbart, der ein wenig gezwirbelt wurde. Seine Augen lachten über diesen Feldzug gegen den Feind, den er mit seinem ausgezeichneten Französisch, seinem Charme und seinem ziemlich hohen Mietangebot zu erobern gedachte. Die steife alte Dame wurde auch richtig überrumpelt. Nie hatte sie gedacht, daß ein »Prussien« so höflich sein, so liebenswürdige Dinge sagen, so feine Manieren haben könnte. Aber dann war es doch, als verwinde sie ihre Niederlage nicht. Sie zog weg nach Frankreich, überließ der Familie Meinhardis das untere Stockwerk, und das ihre, das obere, blieb leer.

Sie hinterließ nur »le concierge«: Monsieur Girod. Er bewohnte einen fünfeckigen kleinen Pavillon im Hof, der an der Mauer lehnte, zwischen der großen Einfahrt und dem kleinen Eingang. Monsieur Girod war kein schöner Mann. Er hatte einen Spitzbart und ein Käppi mit Schirm. Buschige Augenbrauen und einen stechenden Blick. Er hatte fast immer einen alten Besen in der Hand, und Lela fand, er sah aus wie der Gemahl der Hexe in Hänsel und Gretel. Wenn er überhaupt sprach, so schimpfte er. Seine französischen Flüche waren Lela unverständlich. Aber deswegen fürchtete sie ihn nicht weniger. Und es gab sofort Anlaß zu fluchen. Monsieur Girod, so wünschte Meinhardis, sollte das Einfahrtstor nur über Nacht schließen und es am Tage offenhalten. Er hatte in den rückwärtigen Gebäuden einen Stall gefunden, und die Pferde mußten dort hinein. Aber Monsieur Girod war sechzig Jahre alt. Das Tor war seit der Einnahme von Mühlberg durch die Preußen nicht mehr geöffnet worden. Die Schlösser rostig. Sie wollten sich nicht ölen lassen. Der preußische Offizier und sein Soldat auf den hohen Pferden sollten ruhig auf der Straße stehen und vor dem geschlossenen Tor warten, wenn es Monsieur Girod so paßte.

Monsieur Girod führte Krieg. Mit seinem Besenstiel in der Hand, ganz alleine in dem kleinen Pavillon vor dem leeren Haus, führte er seinen Krieg weiter gegen die Invasion der preußischen Reiterei.

Lela hatte ein Zimmer ganz allein für sich. Zwei hohe Fenster gingen zur Straße. Die Fensterbretter waren aus weißem, mit grauen Adern durchwachsenem Marmor. Ihr Bett stand in einem Alkoven. Auf der einen Seite dieser Nische führte eine Tür durch einen kurzen Gang zu einer zweiten Tür im Korridor. Auf der anderen Seite ging man in einen Wandschrank hinein. Eine Tür genau wie jene zum Flur – und man stand in einem engen Korridor, an dessen Wänden Haken befestigt waren. Der enge Korridor führte sogar rechter Hand um die Ecke, wo nun absolute Dunkelheit herrschte. Von dort war kein Ausgang.

Die ganze Wohnung war voll solcher heimlichen Schränke und Winkel. Man glaubte, durch eine Tür zu gehen und stand vor einer Reihe Brettern, bereit, Geschirr oder Wäsche aufzunehmen. Man öffnete eine Tapetentür und vermutete einen Schrank, da führte ein Durchgang mit Biegungen weit hinüber in einen glasgedeckten Hof. Die Wohnräume waren in einer Flucht angeordnet. Wenn man in die erste Tür eintrat, sah man wie in alten Schlössern gleich durch sieben Räume hindurch. Das erste Zimmer ist reich mit Stuck verziert. Goldene Engel mit hohen Flügeln in den abgerundeten Ecken. Manuela steht auf den Zehenspitzen und sieht über den Marmorsims des hohen Kamins in den Spiegel. Über ihr brennt der bronzene Lüster mit Kerzen, und Manuela sieht hundert Lüster und hundert Manuelas und zwanzigmal hundert brennende Kerzen, weil auf der anderen Seite wieder ein Kamin ist und wieder ein hoher Spiegel mit goldenem Rahmen. Manuela kann es nicht glauben, daß man hier »zu Hause« sein soll. Seufzend nimmt sie ihre französische Grammatik unter dem Arm hervor, legt sich vor das Holzfeuer nieder, öffnet das Buch und starrt in die glimmende Hitze.

Von Berti sah Lela in dieser Zeit wenig. Sie war auch mit sich selbst und ihren eigenen Erlebnissen vollauf beschäftigt. Nachdem sie in Dünheim bisher nur privaten Unterricht bekommen hatte, ging sie nun zur Schule mit allen anderen Kindern. Es war eine städtische Schule, und viele der kleinen Mädchen hier im Grenzland waren Französinnen. Sie sahen anders aus als die Kinder, die sie bisher gekannt hatte. Aber gerade das fand Manuela eigentümlich und interessant, und auch ihre Namen klangen so eigentümlich und so schön. Schräg vor ihr saß Jeanne Arnos. Sie hatte lockere brandrote Haare und trug immer eine große weiße glänzende Atlasschleife im Haar. Neben ihr saß Andrea mit kurzen Haaren, die sich widerspenstig sträubten. Sie hatte einen ganz dünnen Hals und sehr schmale Hände, an denen sie Armbänder und Ringe trug. Amelie hingegen sah aus wie ein unordentlicher, schmutziger Junge. Ihre schwarzen Haare hingen strähnig über ihr Gesicht und verdeckten ihre riesigen, grauen Augen. Aber Lela hatte sie fast am liebsten. Lela wollte sie etwas fragen, aber sie wagte es nicht. Lela fühlte sich den kleinen Französinnen gegenüber verpflichtet, sehr lieb mit ihnen zu sein. Waren doch die Franzosen von den Deutschen besiegt worden. Es mußte ein schreckliches Gefühl sein, besiegt worden zu sein. Ob sie wohl alle sehr traurig waren? Berti, den sie nach seiner Ansicht fragte, meinte zwar: »Nein, die sind viel zu frech dazu. Und außerdem ist es doch schon so lange her...«

Aber natürlich, so belehrte er sie weiter, konnte es jeden Tag wieder Krieg geben, so wie damals im Jahre 70. Dann müßten alle Frauen und Mädchen in vierundzwanzig Stunden 'raus aus der Stadt. Nur die Männer dürften bleiben.

Lela, mit aufgerissenen Augen, fragt:

»Wohin denn?«

»Ach, das ist egal! Nur hier dürft ihr nicht bleiben. Weil hier geschossen wird. Jeder von euch kriegt eine Kiste, so wie sie die Soldaten haben, und da kannst du alles 'reinpacken, was du brauchst.«

Ängstlich Lela:

»Die Schnuckis auch?«

»Das glaube ich nicht«, antwortet Berti energisch. »Nützliches nur, selbstverständlich.«

Am nächsten Tag in der Schule wurde wirklich »Mobilmachung« geprobt. Auf ein Glockenzeichen im Hof mußte man aufstehen. Die Lehrerin zählte: Eins – dann packte man seine Bücher. Zwei – dann trat man aus der Bank. Drei – man zog den Mantel an. Vier – man stand zwei und zwei vor der Klassentür. Man hatte nicht nach Hause zu rennen, sondern gemessen im Sturmschritt zu gehen. Dort hatte man dann seine Kiste zu packen.

Der Gedanke an die Kiste, und ob alles hineingehen würde, was sie lieb hatte, ging Lela nicht aus dem Kopf. Alles, was nicht mitkonnte, würde ja wahrscheinlich von den Franzosen genommen werden. Und so eine Soldatenkiste war doch so klein. Und Mutti wollte lauter Wäsche und Strümpfe darin haben, und Schulbücher und Kleider und Schuhe. Bei Tisch fragte Lela, nur um zu hören, ob sie noch Zeit habe für eine letzte Entscheidung:

»Papa, kommen die Franzosen bald?«

Papa lachte aus voller Kehle. Mutti sagte, sie solle doch nicht so dumm fragen, es sei gar kein Gedanke daran. Aber Papa nahm sie in Schutz:

»Sie hat doch ganz recht, es kann ja passieren – aber Krieg«, sagte er, »das ist nicht so schlimm, wie du denkst. Ich hab' doch das schon mal mitgemacht. Das war ganz hübsch.«

»Papa, hast du richtig mal einen Franzosen umgebracht, so hineingestochen in ihn?«

»Ja, das habe ich – aber das muß man doch, wenn Krieg ist. Die haben ja Onkel Helmuth auch umgebracht, die ›Roten Hosen‹.«

Ja, das hatten sie. Über dem Sofa in Papas Zimmer hing seine Schärpe. Ein silberner Gurt mit einer Quaste, und daran klebte braunes, trockenes Blut. Und sein Helm hing auch da und sein Degen. Lela wagte kaum mehr, noch weiter »dumm« zu fragen. Aber sie konnte sich eines nicht vorstellen: was würde aus Amélie, aus Andréa und Jeanne, wenn die Franzosen schössen?

Müßten sie auch weg – und wohin? Oder würden sie gleich auf der Stelle von den Deutschen mit totgemacht? »Unsinn«, sagte Berti. »Kein Deutscher kämpft gegen Frauen und Kinder.«

Aber Manuela wollte doch immerhin auf jeden Fall jetzt doppelt lieb zu Amélie, Andréa und Jeanne sein. Sie lud sie alle zu sich ein – was Meinhardis nicht ganz recht war. Aber diesmal nahm Mutti Lela in Schutz. Ihre Tochter durfte einladen, wen sie wollte. Im Gegenteil, Mutti war nett zu all ihren Freundinnen, die zuerst etwas ängstlich zu den Mützen, Säbeln, Reitpeitschen und Offiziersmänteln schielten, die in der Garderobe hingen.

Amélie vor allem mußte sehr oft kommen. Sie war es auch, die Lela half, ihr Märchen aufzubauen. Denn Lela wollte ein Märchen haben, ein richtiges. Keins aus Büchern und kein Bild zum Ansehen – sie wollte sich ein eigenes Märchen schaffen. In Lelas Spielzeugschachtel fand sich eine Menge kleiner Püppchen, und Amelie verstand es, allerhand wunderbare Stoffreste zu ihrer Kostümierung zu beschaffen. Stoffe, wie Lela sie nie vorher gesehen hatte: Brokate, weiß und silbern, Chinebänder mit Rosen und Girlanden, Schleier und Spitzen, Gaze, hellgrün, für Nixen, dicker roter Samt für eine Königsschleppe, für eine Fee weiße Seide, für Elfen Tüll, winzige Restchen von Pelz, Federchen, grüne und türkisblaue, ja Sternscheinchen für Diademe.

Alles war von Kleidern, die Amélies Mama trug. Lela wollte nur ein einziges Mal Amélies Mama sehen, aber Amélie sprach nie von ihr, und Lela wagte kein Wort. Mit heißem Gesicht saß sie da und verkleidete ihre Puppen. Tischchen und Sessel, die zum Teil noch des armen Ali Werk gewesen waren, wurden herbeigeholt und im völlig finstern Teil des Kleiderschrankes, damit ja alles recht geheimnisvoll blieb, ein Märchenpalast aufgebaut. Eine Tischrunde, ein Königsmahl sollte das Ganze darstellen. Die Tischordnung war nicht leicht. Man hatte zu wenig Prinzen und zu viele Elfen, und dann – war es eben doch sehr dunkel.

Amélie wußte Hilfe. Am nächsten Schultag brachte sie Lela eine kleine runde Rolle mit, aus einem nudeldicken Wachsfaden, rosenrot und herrlich duftend. – Es riecht katholisch, dachte Lela. Daraus schnitten die beiden Kinder kleine Kerzen und reihten sie auf dem Tisch des Märchenkönigs. Die Kerzen brannten und knisterten leise, es war feierlich und schön. Viel, viel schöner gewiß als in der katholischen Kirche, und in ihrem flackernden Licht glänzten Brokat und Seide, und der rote Sammet des Königsmantels leuchtete tief.

Andächtig saß Lela, noch nachdem Amelie nach Hause gegangen war, im geschlossenen Schrank und betrachtete all den Glanz, als Sofie, das pralle Dienstmädel mit den roten Armen und der Stupsnase, durch den Kerzengeruch aufmerksam gemacht, die Schranktüre aufriß.

Großer Gott, wie sie schrie. Und dann stürzte sie, indem sie die zitternde und schreiende Lela gegen die Wand drückte, auf die Tafelrunde zu, pustete die Kerzen aus und kreischte: »Du steckst uns ja das Haus an, du ungezogenes Kind! Gleich sage ich es der gnädigen Frau, dann wirst du schon sehen, was es gibt!«

Eine nach der anderen riß sie die Puppen heraus.

»Und in lauter Lumpen sind sie – soll ein ordentlicher Christenmensch so was für möglich halten! Halb nackt sitzen sie da – schämst du dich denn gar nicht, du? Aber ein schlechtes Gewissen, das hast du gehabt, bist in die sündige Dunkelheit gekrochen, damit keiner dich sieht – und da treibst du es…«

Lela sah ihr starr nach. Keine Träne brachte sie auf. Ach, Mutter hätte verstanden – aber Mutter war nicht zu Hause. Mutter war eingeladen.

Stumm ließ sich Lela zu Bett bringen. Sie konnte keinen Bissen essen, sonst merkte man ihr nichts an. Erst als es dunkel war im Zimmer und sie an die Leere und wüste Unordnung hinter der Schranktür dachte, löste sich langsam der Krampf, und sie fing an zu weinen. Ganz leise, ohne Schlucken, ohne einen Laut, rollte Träne auf Träne auf das Kopfkissen. Aber da war auf einmal Mutters süß duftende Hand auf ihrem Haar, da nahmen sie Arme auf, und sie durfte ihren Kopf an Mutters Brust drücken und mit ihrem verzerrten Mäulchen Mutters weiches Gesicht küssen. Es war ja so gut, so zu weinen, und sie mußte immer mehr weinen, weil das so wohl tat, und eigentlich war dies Weinenkönnen schöner als alle Märchenpuppen im Schrank.

Das Märchen versank, und die Wirklichkeit war wieder da. Da war die Schule, und da war noch etwas anderes, was Lela nachzudenken gab. Es war nur wenige Tage später, als Berti in ganz ungewohnter Ritterlichkeit Lela eine große Tafel Schokolade mitbrachte und sie in eine Ecke des dunklen Korridors zog.

»Du, Lel, du mußt mir einen Gefallen tun!« – Und rasch weiter: »Kennst du in deiner Schule die Eva von Mahlsdorf?«

Lela dachte nach. Ja, die kannte sie. Ein großes, aschblondes Mädchen mit langen Haaren und einer roten Tellermütze auf.

»Ja, was ist mit der?«

»Also, wenn du sie siehst, dann sag ihr einen schönen Gruß von mir. Willst du?«

Lela war bereit. Das war doch ganz einfach! Eva ging zwar in eine viel höhere Klasse als sie, sie gehörte zu den »Großen«, aber in der Pause spielten sie alle im Schulhof, da sah sie Eva jeden Tag.

»Danke, Lel. Du bist lieb. Und dann, weißt du, mußt du gut aufpassen, was sie für ein Gesicht macht, wenn du sagst, mein Bruder Bert...«

Lela versprach es. Das war doch nicht schwer, und es freute sie, Bert einen Gefallen tun zu können. Sie hatte, besonders seit Ali tot und Berti kein solcher Quälgeist mehr war, immer eine Art von Bewunderung für ihren älteren Bruder. Er war lichtblond und hatte helle Augen. Er verfügte über ein gewinnendes Lächeln, und die Menschen waren ihm rasch zugetan. Die Dienstboten und Stallburschen liebten ihn, die Kameraden, die Verwandten. Oft hatte Lela hören müssen, daß man sagte: »Ach, der Berti ist doch ein liebes Kind!« Und erst nach längerer Pause: »Lela auch.« – Lela empfand ihre dunklen Haare, ihre dunklen Augen als minderwertig dem blonden Bruder gegenüber. Um so glücklicher war sie, ihm jetzt einen offenbar so wichtigen Dienst erweisen zu können.

Am nächsten Tag lief sie vor lauter Eifer, ihre Mission auszuführen, viel zu früh in die Schule. In der ersten Stunde war sie unaufmerksam, in der zweiten verpaßte sie alle Fragen. Dann läutete endlich – endlich die Pausenglocke. Ihr Zehnuhrbrot vergessend, stürzte sie hinaus und postierte sich gegenüber dem Eingang, aus dem die Kinder der anderen Klassen herauskamen.

Der Strom ergoß sich an ihr vorbei. Ihr wurde ganz schwindelig vom Aufpassen. Da, endlich kam Eva, ihre blonden Haare schüttelnd und lachend – ach, wie lachend! – heraus. Rechts und links hielt sie zwei andere Mädel am Arm. Sie schien ihnen etwas sehr Drolliges zu erzählen, denn sie schüttelten sich fast aus vor Lachen und steckten dann die Köpfe zusammen, um zu flüstern. Lela hatte auf einmal das Gefühl, furchtbar häßlich zu sein. Ihr Gesicht schien ihr gelb, ihre Beine zu dünn, ihr Hängerkleid so arm, die Hände so knochig und die schwarze Schürze entsetzlich. Sie stand und stand, bis die Pause zu Ende war und der Hof leer.

Zu Hause erwartete sie Berti schon an der Tür:

»Hast du's ihr gesagt?«

»Nein, morgen!« Und schnell schob sie Berti beiseite. Den ganzen Tag ging sie unruhig umher, sah in den Spiegel und studierte ihr Gesicht. Nein, sie war sicher nicht hübsch. Sie war blaß von Hautfarbe, ihr Hals mager. Das Hängerkleid war abscheulich. Wenn sie nur Hosen tragen könnte wie Berti, dann würde sie sich wohler fühlen. Manchmal erlaubte Mutti, daß sie in dunkelblauen Knickerbockers turnte. Dann fühlte sie sich frei und lustig. Ja, wenn sie so zur Schule gehen könnte! Dann würde sie einfach hingehen zu Eva und einen Diener machen und »gnädiges Fräulein« sagen und ihre Schulmappe tragen und vor ihr über einen Zaun springen oder auf einen Baum klettern und von oben heruntergrüßen, dann würde sie sie zum Tanz engagieren und ihr Blumen schenken. – Da fiel ihr ein, das wenigstens könnte sie doch! Aber kaum dachte sie an die Ausführung, so waren da Berge von Hindernissen. Woher nehmen? Geld hatte sie – aber weglaufen, Blumen kaufen und sie dann verstecken? Und würde sie dann den Mut haben ...? Man würde sie auslachen! Ach, wenn die wüßten sie würden nicht lachen.

In einem der langen dunklen Korridore war für beide Kinder ein Turngerät angebracht worden. Es war eine runde Stange, frei hängend an zwei Stricken. Die Stange konnte Manuela gut mit ihren Händen umfassen. Dann brachte sie mit ein paar Schritten das Gerät in Bewegung und schwang sich hinauf. Am fliegenden Trapez machte sie Kniewellen, ließ sich mit dem Kopf nach unten hängen und auf und ab pendeln. Dann war da unten ein riesiges Publikum, und sie schwebte in der Zirkuskuppel, und alle Scheinwerfer beleuchteten sie, und die Musik hielt an, wenn sie die »Große Welle« machte, und wirbelte einen Tusch, wenn sie im hohen Bogen durch die Luft absprang, in die Kniebeuge versank und mit einem weiteren Sprung stand. Dann raste Applaus, und Manuela, die natürlich ein Mann war, in engem, weißem Seidentrikot, verneigte sich lächelnd, als wollte sie sagen: O bitte sehr, das ist noch gar nichts! –

Der nächste Morgen kam. Lela hatte sich in der großen Pause zurückgehalten. Arm in Arm mit Jeanne Amos war sie um den Hof herumgewandelt, friedlich ihr Brot kauend, als sei nichts geschehen und als sollte auch nichts geschehen. Heimlich beobachtete sie Eva. Eva war mit einem Apfel in der einen, mit einem Buch in der anderen Hand langsam, lesend, aus der Tür getreten. Jetzt lehnte sie mit dem Rücken an der Mauer, stand auf einem Fuß, ein Knie gebogen, stützte sie sich an der Wand. Eva sah und hörte nichts und las. Ab und zu biß sie in den Apfel. Jedesmal, wenn Lela vorüberkam, hatte sie Herzklopfen. Wenn Kinder im Vorüberrennen ihr die Aussicht auf Eva nahmen, wurde sie unwillig. Eva hatte ein rotes Kleid an mit einem kurzen Faltenrock und einem weißen Jungenkragen. Beim Lesen fielen ihre mattblonden Haare über ihr Gesicht. Die Haare waren locker und wellig, ohne lockig zu sein. Ihre Hände waren weiß, und ihre Finger liefen spitz zu. Lela kannte Evas Nachhauseweg. Als es zwölf Uhr läutete, rannte sie, nachdem sie alles gut vorbereitet hatte, als allererste aus der Schule. Nicht nach Hause – denn sie bog rechts um die Ecke und lief noch ein paar Häuser weiter, wo sie einen breiten Hauseingang wußte. Dort riß sie sich die Haarschleife vom Zopf und löste ihre Haare, als seien sie beim Laufen aufgegangen. Sie haßte ihre Frisur. Ihre Schultasche warf sie zu Boden und griff sich mit beiden Händen ins Haar. Dann schüttelte sie sich wie ein Hund, der nach einer Liebkosung sein Fell in Ordnung bringt, und stülpte ihre Matrosenmütze wieder auf.

Jetzt spähte sie nach Eva aus, die wirklich alleine, die Mappe schlenkernd, daherkam. Lela schlug das Herz in der Kehle. Aber mutig trat sie auf Eva zu und fragte bescheiden: »Darf ich dir die Mappe tragen?« Dabei wurde sie rot, und ihr war heiß. Sie griff, ohne Eva anzusehen, nach ihrer Mappe und ging neben ihr her.

Eva lachte.

»Wo kommst du denn her? Hast du etwa auf mich gewartet?« sagte sie, sichtlich geschmeichelt.

Lela konnte nur nicken. Die Mappe war schwer.

»Siehst du«, sagte Eva, »das hast du davon! Warum schwärmst du auch für mich? Da hat man gleich Unannehmlichkeiten.«

»Ich schwärme gar nicht für dich«, sagte Lela trotzig.

»So, na, laß mal sehen!« Eva machte eine Bewegung, so daß Lela zwischen sie und die Hauswand geriet, sie drängte sie bis zur Wand, daß Lela nicht ausweichen konnte. Evas Hände lagen auf ihrer Schulter, und sie steuerte sie nach rückwärts, bis sie die Hauswand berührte.

Lela hatte in jeder Hand eine Schulmappe und war so ganz hilflos. Langsam ließ Eva ihre Hände an ihrem Hals hinaufgleiten und spielte mit ihren Ohren. Lela war noch nie ohnmächtig geworden. Angsttränen standen in ihren Augen.

»Sieh mich mal an! Ganz richtig in die Augen!«

Lela tat es nicht, in wahnsinnigster Scham warf sie die Bücher zu Boden und packte die Arme Evas.

»Soso, du willst dich wehren?« lachte Eva. »Das wäre ja das Allerneueste!« – und sie gab ihr eine leichte Ohrfeige. »Du Indianermädchen, du!«

Lela fühlte ihre Knie wanken. Da ließ Eva sie los.

»Na, gut, wenn du nicht willst, dann nicht! Ich kann auch ohne dich leben, mein Kind.« Sie nahm ihre Mappe vom Boden auf und schickte sich an zu gehen. »Adieu«, sagte sie noch, aber Lela konnte den gar nicht freundlichen Gruß nicht erwidern, weil irgend etwas ihre Kehle zuschnürte.

So, jetzt war alles verdorben! Jetzt würde Eva nie, nie mehr mit ihr sprechen! Warum war sie so dumm gewesen? Grübelnd, mit hängendem Kopf, die Augen am Boden, trottete sie langsam heimwärts.

Natürlich wartete Berti schon auf sie. Berti war hochaufgeschossen für seine vierzehn Jahre. Obwohl Lela auch in der Klasse die größte war, kam sie sich Bert gegenüber immer klein vor.

»Nun, hast du mit ihr gesprochen? Was war?« fragte er rasch und leise und ging ihr in ihr Zimmer nach.

Manuela entledigte sich ruhig ihrer Sachen. »Schwärmst du eigentlich für sie?«

Bert war empört.

»Schwärmen – das tun Mädel –, ich verehre sie.«

Lela sagte gelassen: »So?« Und schwieg. Er bekam auch für heute nicht mehr aus ihr heraus und beendete die Diskussion damit, daß sie eben eine ungefällige und dumme Person sei, die von nichts etwas verstehe, und das sei das letzte Mal, daß er ihr etwas anvertraut habe.

Krachend flog die Tür zu. Lela blieb sonderbar ungerührt. Wenn Berti sonst mit ihr zankte, hatte sie regelmäßig herzbrechend geweint. Aber heute war irgend etwas anders geworden. Beinahe heiter ging sie hinein zu Tisch.

»Das wird 'n schwere Sache werden«, sagte Karl, der Pferdebursche, der mit einer Kiste voll Handwerkszeug in Lelas Zimmer getreten war, und blickte auf die Straße.

»Was denn, Karl?«

Obwohl Lela am liebsten jetzt allein geblieben wäre, am besten in dem dunklen Schrank, wo einmal ihr Märchen gelebt hatte, und dort, mit beiden Händen ihre Ohren zuhaltend, an Eva und ihre Hände gedacht hätte, war ihr die Störung ganz recht. »Ach, hier soll die Fahne 'rausgehängt werden. Und die ist ziemlich lang. Und das Fenster ist gar nicht hoch.« Nachdenklich untersuchte er die Mauer unter dem Fenster. Manuela freute sich auf die Fahne. Fahne bedeutete immer ein Fest in irgendeiner Form. Diesmal bedeutete es: Der Kaiser kommt. Dann war schulfrei und alles beflaggt und immerzu Militärmusik und Parade, und Papa setzte den Helm auf mit dem Helmbusch, den sie kämmen durfte, und dann läuteten die Glocken, die wundervollen Glocken vom Dom. Es läutete sogar die »Mutte«. Das war eine uralte, große, dicke Glocke, sie hatte einen Sprung und durfte deshalb nur ganz selten bei furchtbar feierlichen Gelegenheiten geläutet werden. Und dann immer nur ganz allein, und die Töne waren weit auseinander, weil so ein Ton so lange brauchte, bis er fertig war. Man mußte reichlich warten, bis der nächste kam. Karl hämmerte Eisenkrampen in die Mauer unterhalb des Fensters. Er hämmerte und lachte.

»Warum lachen Sie, Karl?«

»Na, weil ich mir denke, den Franzmännern wird die preußische Fahne, die schwarz-weiße da, kein großes Vergnügen machen. Wenn's noch 'ne deutsche wäre – aber so...«

Frau Käte hatte wohl auch dieses Bedenken gehabt und in aller Eile ein breites Band aus schwarz-weiß-roten Streifen zusammengenäht, so daß die Fahne noch eine Schleife erhielt. Die Fahnenstange war auch schwarz-weiß bemalt und hatte oben eine goldene Spitze.

»Das Fenster können Fräulein Manuela heute nacht nicht ganz zumachen, weil die Stange dazwischen ist.«

»Ach, das macht nichts, Karl.« Manuela war stolz, daß die Fahne bei ihr hing, aus ihrem Fenster und nicht aus einem anderen. Sie hatte darum gebeten und schließlich ihren Wunsch durchgesetzt.

»Karl, wird illuminiert?«

»Freilich, die gnädige Frau hat schon Kerzen gekauft. Und Zapfenstreich ist auch.«

Am Nachmittag begannen die Vorbereitungen in allen Häusern. Tannengirlanden wanden sich von Fenster zu Fenster. Teppiche hingen von Balkons. Leitern wurden angestellt und Dekorationen von schwarz-weiß-rotem Tuch über den Türen befestigt. In den Schaufenstern stand das Bild des Kaisers, von einem Kranz papierener Eichenblätter verziert. Fähnchen wurden verkauft. Alle Fenster wurden voll Kerzen gestellt.

Manuela hatte eine brennende Kerze in der Hand und hielt das untere Ende einer anderen zum Wärmen daran. Wenn es weich war, preßte sie die Kerze auf das Fensterbrett und hielt sie fest, bis sie kalt war. In jedem Fenster standen zwölf Kerzen. Kaum konnte sie die Dunkelheit erwarten. Der Fackelzug sollte durch die Hauptstraße ziehen, an der Meinhardisschen Wohnung vorüber.

Während Manuela und ihre Mutter die Kerzen an der ganzen Fensterfront entzündeten, hörten sie von weitem die Kommandorufe des Zapfenstreichs herüberklingen. Dann setzte die Musik ein.

»Mutti«, sagte Lela, indem sie ängstlich auf die unsicher beleuchtete Straße hinabsah, »da ist ein Mann, der immer 'raufguckt – der steht schon den ganzen Nachmittag da.« »Ach, das wird ein Detektiv sein, Kind, der paßt auf.« »Mutti, auf uns?«

»Nein, Dummchen. Auf den Kaiser, damit man ihm nichts tut und kein Attentat auf ihn verübt. Überall, wo er hingeht, wird er bewacht. Deshalb ist Papa auch hier – der muß auch aufpassen.«

Lela hatte Mitleid mit dem Kaiser. Wie schrecklich mußte das sein, wenn man ihm ein Vergnügen machen wollte, und er hatte eigentlich die ganze Zeit Angst.

»Mutti, hat der Kaiser Angst?«

»Nein, Liebling. Der Kaiser hat nie Angst. Nur wir haben Angst, daß die bösen Franzosen ihm was tun.«

In der Ferne ertönte Trommelwirbel. Dann war einen Moment Totenstille, und dann erscholl ein dreifaches, rauhes unheimlich tönendes »Hurra! Hurra! Hurra!«, und die Musik setzte ein zu einem Marsch.

Auf der Straße unten drängten sich die Menschen. Die Soldaten, die zur Absperrung längst dort gestanden hatten, hielten nun ihre Gewehre quer vor sich hin und drängten so die Menge auf den Bürgersteig zurück. Unsicher flackerten die Kerzen in den Fenstern. Ein feuchter Abendwind bewegte die bunten Fahnen. Es roch nach Tannengrün. Die Leute auf der Straße wurden still. Die Musik kam näher. Musik zu Pferde. Die Blasinstrumente warfen gelbe Lichter. Die Pferde trugen rote Büschel an den Ohren und goldgestickte Schabracken. Die Straße war so eng, daß die Pferde die Soldaten streiften.

Jetzt kam ein unheimlicher, gelbroter Schein über alle her. Lela griff nach der Hand ihrer Mutter: Fackeln. Ein Meer von Feuer. Hoch in erhobener Hand trugen viele Hunderte von Studenten die brennenden Kolben. Die Flamme lag über ihren Köpfen rot züngelnd und schwarz ausqualmend. In Schritt und Tritt gingen sie eng gedrängt in Reih und Glied. Die Musik entfernte sich, und nun siegten die Glocken über alles. Langsam beginnend, setzten sie von allen Seiten ein.

Lela blickte auf in das Gesicht ihrer Mutter, das vom Feuerschein eine unwirkliche Farbe trug. Mutter sprach. Sie bewegte den Mund. Aber Manuela konnte nicht hören, was sie sagte. Nur ihre flackernden Augen konnte sie sehen. So fest sie konnte, preßte sie Mutters Hand, als müsse sie sie festhalten, als sei Gefahr, daß sie wegschwebe. Drüben die Häuserwand lag im Licht, wie die Nachbarhäuser bei großen Bränden aussehen. Man starrt sie an und denkt: Ihr könntet auch noch abbrennen. Warum nicht? Es kann jeden erreichen. Diesmal rettet man euch, aber das nächste Mal ... Die Gesichter der Menschen in den Straßen im Feuerschein waren stumm. Man hatte das Gefühl, als sei ein Fest bereitet worden und aus irgendeinem Grunde sei es nicht ganz gelungen. Die Glocken schwiegen jetzt, und vom benachbarten Dom, hoch vom Turme, kamen erst leise, dann lautere Töne, getragen vom Wind, über eine stille Stadt in Feuerschein und Kerzenlicht, über Tausende und aber Tausende einer lauschenden Menge riefen Blasinstrumente und Posaunen mit Kraft und Sicherheit die Menschen an:

> »Ich bete an die Macht der Liebe,
> Die sich in Jesu offenbart ...«

Lela faltet die Hände. Ihr Choral, ihr Lieblingschoral, der in ihrer evangelischen Kirche gespielt wird, der tönt vom hohen katholischen Dom. Wie die letzten Töne verklingen, hebt grausig und schwer die alte »Mutte« mit dem Sprung ihr schaurig-ernstes Lied an.

Die Kerzen in den Fenstern verlöschen, die Straße wird dunkler. »Jetzt werfen sie die Fackeln zusammen«, sagt jemand, und die »Mutte« tönt und tönt, und ihre Rufe zittern dröhnend, daß die Fensterscheiben klirren und man etwas wie physischen Schmerz im Ohr fühlt. Einzelne auf der Straße, die teilnahmslos waren, heben nun den Kopf und blicken zum Turm empor, als hätte man sie gerufen. – Die »Mutte« ist eine Französin, denkt Lela, und wahrscheinlich freut sich jetzt Amélie, daß sie läutet. Lela ist froh, daß Amélie und die anderen auch eine Freude haben, aber sie sagt das nicht. Schnell fielen ihr im Bett die Augen zu. Die Straße wurde leer. Schräg gegenüber war noch ein Fenster hell. Eine Tür von der Straße führte zu einer Schenke. Dort war Lärm und Rauch. Gewirr und Diskussion. Hier und da mahnte eine Stimme zur Ruhe. Hier und da patrouillierten Schutzleute vorüber. Sie hatten ein Auge auf das Lokal, sie blieben stehen und berieten untereinander. Aber dann gingen sie langsam weiter. Frau Käte trat noch einmal in Lelas Zimmer und spähte hinaus auf die Straße. Im Augenblick war alles still. Dann trat sie an Lelas Bett. Das Kind schlief ruhig. Das war nicht immer der Fall. Frau Käte hatte es längst bemerkt, daß Lela sich im Schlaf herumwarf und träumte. Als hätte sie Angst vor etwas. Als hätte sie Verfolgungen zu leiden im Traum. Ja, sie schrie manchmal. Kindisches Zeug, wie: »Die Franzosen kommen!« oder: »Sie schießen, sie schießen!« Dann weckte sie ihr Kind und flüsterte ihm beruhigende Worte zu. Berührte sanft seine Stirn, und Lela schlief ruhig wieder ein, ohne sich am nächsten Tag zu beklagen, ja sie wußte nicht einmal davon. Leise schlug Frau Käte ein Kreuz über Lelas Stirn. Lautlos schloß sie die Tür, und Lela blieb allein, in tiefem Kinderschlaf jetzt, und noch immer, wie in alten Zeiten, ihre beiden geliebten Schnuckis im Arm.

Laute, heitere Stimmen auf der Straße weckten sie nicht. Ein paar angetrunkene Gestalten torkelten aus der Schenke. Ihr betrunkenes Französisch war unverständlich. Es war windstill, und die Fahne hing bewegungslos herab. Tief herab auf die Straße, Wer faßte sie? Wer zog? Wer half? Das schwere Ende der riesigen Fahnenstange in Lelas Zimmer hob sich plötzlich empor. Mit einem hellen Krach rissen die Eisenpflöcke aus der Wand und schlugen an die Scheiben. Etwas fiel, und unten schrie jemand. Aus Weh oder aus Freude?

Noch hegt das eine Ende der Fahnenstange auf dem Fensterbrett. Wirres Durcheinander. Stoff reißt, Holz kracht, Lela steht leichenblaß mitten im Zimmer. »Mutter, Mutti, Mutti!« – Aber ihre Stimme steckt im Hals, es kommt kein Ton. Die Tür der Schenke springt auf. Mensch über Mensch speit sie aus. Dunkle Gestalten. Die Arme in der Luft. Sie machen Sprünge. Sie reißen einen Fetzen weg. Sie stampfen ihn in die nasse, schmutzige Straße. Nur eines hört Lela: »A bas les Prussiens! A bas les Prussiens!«

Diese Parole kannte sie. Das waren die ersten französischen Worte, die sich ihr ins Ohr gedrängt hatten: »Prussiens« und »à bas«. – Die Fahnenstange ist weg. Vor Lelas nackten Füßen liegen Scherben. Das Fenster ist riesenweit aufgesprungen. Langsam, furchtlos geht Lela auf das Fenster zu. Es ist niemand mehr da – auch die Fahne nicht. Weit entfernt johlt und grölt es: die Marseillaise.

Als Lela erwachte, war sie in Muttis Bett. Ihre Hand lag fest in Mutters Hand. Ihr Kopf auf Mutters Schulter. Es war warm und gut. Nur die Augen öffneten sich so schwer. Sie waren geschwollen wie von langem Weinen. Hat sie geweint, heute nacht? Wie kam sie nur in Muttis Bett? Irgend etwas war geschehen, die Fahne … Ach ja! Enger drängt sich das Kind an die Mutter. Hier kann ihr nichts widerfahren. Papa sagt immer, sie sei nun zu groß, um in Muttis Bett zu kriechen, das sei nur etwas für kleine Kinder, aber nun war sie doch da, und das war gut. Wenn man doch nie mehr von da weg müßte. Hier gehörte sie doch her und nirgendwo anders. Allein im Bett war es so kalt. Allerdings die Schnuckis – aber die Schnuckis wollte man ihr auch wegnehmen. Sie sei zu groß. Was war mit der Fahne? Franzosen hatten sie heruntergerissen. Warum nur hatten sie das getan? Lela seufzte.

Daran erwachte Frau Käte.

»Was ist, Liebling?«

»Mutti, wenn wir nun alle sehr gut zu den Franzosen sind, glaubst du nicht, sie werden sich trösten, daß sie den Krieg verloren haben?«

Heute ließ man Lela nicht in die Schule gehen. Lela war glücklich. »Kleines Faultier«, sagte Mutti. – Aber das war es ja nicht allein, Mutti wußte nicht, daß das gut war – Evas wegen. Eva würde sich ärgern, Eva würde sehen, daß Manuela sich gar nichts aus ihr machte. Nur – man konnte das Mutti nicht erklären. Warum eigentlich konnte man es nicht? –

Sie bekam ein Körbchen in die Hand und durfte Mutti in die Markthalle begleiten. Wie konnte nur ein Markt aussehen, der in einer Halle war? Lela war als ganz kleines Kerlchen schon immer leidenschaftlich gern mit der Köchin zum Markt gegangen. Aber der Markt in Dünheim war eben etwas ganz Gewöhnliches gewesen. Dicke Bauernweiber saßen da, die eine schreckliche Mundart sprachen und für Obst, Kartoffeln und Blumen Bezeichnungen hatten, die man erst lernen mußte. Manche hatten weiter nichts als einen auf dem Pflaster ausgebreiteten Sack und darauf ein paar Rüben, Meerrettich und Salat. Um den alten Brunnen, in der Mitte, saßen die Blumenweiber. Zu denen war man ganz zuletzt gegangen, wenn man noch zwanzig Pfennig übrig hatte, und hatte für Mutti ein paar Vergißmeinnicht eingekauft. Aber hier, hier war alles ganz anders – auch der Markt.

Die Markthalle war zwar nicht eine Halle, wie Manuela sie sich vorgestellt hatte. Sie empfand eine kleine Enttäuschung, als sie vor dem großen Gebäude stand. Es sah mehr aus wie eine riesengroße Scheune. Darin ging's lebhaft zu. Schreien, Rufen, Gestikulieren. Lela betrat, ängstlich Muttis Hand fassend, den Raum. Sie konnte, da sie aus der Sonne kamen, erst nicht recht sehen. Erst allmählich gewöhnte sich ihr Auge an das Halbdunkel.

»Eh bien, Madame désire? Madame est déjà servie?« klang es von allen Seiten.

Lela blieb angewurzelt stehen. Sie hielt ihre Mutter fest bei der Hand. Als erlebe sie ein Wunder, das gegen alle Naturbegriffe trotzdem wahr schien, kam es von ihren Lippen: »Mutti, die Marktfrauen sprechen französisch!«

Frau von Meinhardis war schon an einen Stand getreten und betrachtete einen Riesenstapel Spargel.

»Mutti, woher können denn die Bauernfrauen Französisch?«

»Weil sie Französinnen sind, Dummchen.«

Jetzt war für Lela nichts mehr zu sagen. »Französinnen« waren doch anders. Und dann waren die hier so fein, so höflich – gar nicht wie Marktfrauen.

Sie hörte, wie ihre Mutter französisch handelte. Es ging um den Spargel. Da waren ganz große, ganz dicke, runde Pakete mit vielen, vielen Bunden Spargel. Sie hatten blau-lila-rosa Köpfchen. Andere, kleine Pakete, ganz dünne, wie für Puppen, waren grün, grasgrün und nicht sehr lang und hatten ausgewachsene Köpfchen. Dann war da normaler Spargel, wie sie ihn immer gesehen hatte, in Pfundpaketen mit rosa Maschen, und dann eine Reihe ganz blasser, ganz fetter, dicker mit schneeweißen, dicken Köpfen – das war der teuerste. Neben Lela erhob sich am Boden eine Pyramide aus Radieschen. Ein richtiger, kleiner Turm. Unten breit und oben spitz zulaufend, so hoch wie Lela selbst. Das Grüne war unsichtbar nach innen gekehrt, von außen sah man nur massenhaft zarte Schwänzchen an roten, kugelroten Köpfchen. Sie mußte lachen – es war zu hübsch. Fast tat es ihr leid um das Gebilde, als man ein paar nasse Büschel in ihren Korb legte.

Da sah sie etwas Neues: »Mutti, Gurken, jetzt schon Gurken.« »Ja, mein Kind. Aber die sind zu teuer für uns.«

Mutti hatte den billigsten Spargel gekauft. Den fetten weißen Champignons, die in einem sauberen Spankorb zu einem Berg aufgeschichtet lagen, gab Lela nur einen sehnsüchtigen Blick. Mutti mußte sie auch gesehen haben, aber wenn schon die Gurken zu teuer waren ... Langsam gingen die zwei weiter. Es gab da eine Menge Früchte und Gemüse, die Lela nie gesehen hatte. Dicke, lilablaue Auberginen, sonderbare Salate, die sie Chicoree nannten. All diese Sachen kaufte Mutti nicht, obwohl es doch sehr interessant gewesen wäre. Aber Lela sagte lieber nichts. Man mußte nicht unbescheiden sein und durfte nicht immer das Beste haben wollen. All das war für irgendwelche unbekannten anderen da. Denn jemand würde ja »das Beste« kaufen. Zum Beispiel die jungen Gänse, die da hingen, die Hähnchen zum Braten, die Tauben und Küken. Obwohl Lela ganz froh war, daß sie nichts Blutendes in ihren Korb tun mußte, konnte sie nicht umhin, ihnen einen Blick zu schenken.

Die großen Lachse und silbrigen Fische, die da zerschnitten glitschig und kalt auf nassen Tischen lagen, waren ihr zuwider. Aber gerade hier blieb Mutter stehen und kaufte einen Schellfisch. Lela versuchte wegzusehen, denn auch der kam aus einer Tonne, die übervoll an der Seite stand und den niedrigsten Preis trug. Glücklicherweise nahm Mutter das fleckige braune Papier selbst in Empfang.

Der Fischverkäufer war lange nicht so höflich wie die Gemüsefrauen. Rasch packte er das Gewünschte zusammen und warf es Mutti beinahe ins Gesicht. Er sagte auch nicht »Danke«, nicht einmal »Adieu«, als sie gingen. Lela wußte nicht, hatte es daran gelegen, daß Mutti nicht wußte, was Schellfisch auf französisch hieß, oder daran, daß sie eben nur Schellfisch gekauft hatte.

Auf dem Nachhauseweg, neben Mutti herschreitend, warf sie heimliche Blicke in die Schaufenster, um ihr Spiegelbild zusammen mit Muttis zu erhaschen. Sie war ja schon ein großes Mädel und ging Mutti schon fast bis zur Schulter. Aber sie wuchs ihre Kleider furchtbar schnell aus. Immerfort mußte Mutti den Kleidersaum auslassen und die Ärmel verlängern, weil ihr dünnes Handgelenk zum Vorschein kam. Und wieder fühlte sie den heißen kleinen Schmerz in der Brust. Eva. Heute hat sie sie nicht gesehen. Aber morgen. Morgen wird sie bestimmt Bertis Gruß ausrichten. Sie wird mit ihr sprechen. Warum auch nicht? Auch wenn andere dabei sind. Sie sieht Mutti von der Seite an. Was Mutti wohl sagen würde, wenn Lela sie jetzt fragte, ob sie morgen in die Schule ein anderes Kleid ...Aber Mutti hat andere Sorgen.

Sie ist vor einer Konditorei stehengeblieben, sich eines Besuches erinnernd, der morgen eintreffen soll. Ihre Schwester und ihr Schwager aus Berlin wollen sich Mühlberg ansehen. So war es wohl angebracht, hier noch etwas Teegebäck zu bestellen.

Monsieur Calignan war kein Preußenhasser. Als er Lelas Blick und offenes Mäulchen sehnsüchtig auf die hohen Gläser mit den vielfarbigen Bonbons gerichtet sah, stand er nicht an, ihr ein paar davon einzuwickeln und sie zu Salatkopf und Radieschen in ihren Korb zu legen. Lela sagte ihm ein scheues: »Merci bien.« Aber innerlich war sie erregt und neugierig, was nur in diesen komischen Eierchen sein könnte, die sie schon hundertmal im Schaufenster bewundert hatte. Kaum daheim, brachte sie ein weißes zwischen die Zähne. Es war furchtbar hart. Dann krachte es, und eine Mandel kam zum Vorschein. Ein wenig enttäuscht betrachtete sie die übrigen: mattlila, blaurosa, bräunlich. Komische Farben. Von außen ganz hübsch, aber recht hart, und innen nichts als eine ganz gewöhnliche Mandel. Langsam ließ sie eins nach dem anderen in eine offene Schublade fallen, es klang, als wären es Steine. Und wieder hatte sie versäumt, Mutti ein Wort wegen des Hängerkleides zu sagen.

»Also, kämm dir die Haare glatt – wie siehst du denn aus! Und zieh die neuen Schuhe an und eine frische Schürze um. Tante Luise sieht es sofort, wenn du nicht sauber bist. Mach schnell, sie können gleich dasein!«

Manuela lief in ihr Zimmer. Sie tauchte die Haarbürste leicht ins Wasser und fing an, ihren Kopf damit zu bearbeiten. Tante Luise Ehrenhardt war bei den Kindern nicht beliebt. »Sie meint es gut«, sagte Mutti zwar, aber wenn sie einen küßte, fand Berti, machte sie es so, daß man die Zähne spürte und Angst hatte, daß sie einen biß. »Sie hat selbst nie Kinder gehabt und versteht es deshalb nicht so gut«, meinte Mutti entschuldigend. – Aber der Onkel, das war etwas anderes. Onkel Ehrenhardt war lieb und lustig. Ein eisgrauer kleiner Herr mit einer etwas hellen Stimme, die er oft dämpfen mußte, um beruhigend auf Tante Luise zu wirken, die sich immer gleich über alles so aufregte. Dann nannte sie den Onkel beim Nachnamen: »Ehrenhardt, glaube mir, es war so.« Und General Ehrenhardt, der den Titel Exzellenz trug und viele Orden, sogar einen zum Halskragen heraus hatte, sagte immer ja. Es kostete ihn gar nichts – es war eine lebenslange Gewohnheit. Dabei lächelte er zwar ein wenig. Nur manchmal lächelte er nicht, und er sagte dann ganz heiter und endgültig, in der Hoffnung, es nun nie mehr sagen zu müssen: »Du hast eben immer recht.« Dabei haute er dann seine Zeitung auf den Tisch, und seine knochigen, kleinen Hände mit dem Siegelring und dem Wappen zitterten ein wenig. Aber Tante Luise war ganz ruhig. Sie hatte eine hohe Frisur, aus der sich nie ein Härchen löste. Wie aus Lack festgemauert zwei Rollen und angenagelt mit eisernen Haarnadeln. Ihr Gesicht war rosig, etwas rundlich, und eine obstinate kleine Nase machte es ihr sehr schwer, so würdig auszusehen, wie sie gern wollte. Der vom Korsett hochgeschnürte Busen und das Doppelkinn über dem hochgeschlossenen Kleiderkragen halfen allerdings, diesen Defekt wiedergutzumachen. Sie war eigentlich nicht groß, aber sie schien groß zu sein. Es lag an ihrer Haltung. Und an der Haltung des alten Generals, klein zu scheinen, obwohl er gar nicht so klein war.

Und nun waren sie also wieder einmal da, Onkel Ehrenhardt und Tante Luise, und hatten natürlich versäumt, den Kindern etwas mitzubringen.

»Herrje, jetzt haben wir aber was vergessen!« sagte der Onkel beim Mittagessen. »Aber Luise, eigentlich ist das doch immer deine Sache!«

Berti und Lela wagten sich nicht anzusehen, sondern starrten mit leise zuckenden Mundwinkeln auf ihre Teller nieder, wie es sich für ordentliche Kinder gebührt. Natürlich war das Geschenkekaufen Tante Luises Sache. Aber was dabei herauskam, das kannte man zur Genüge. Meist waren Onkel und Tante sonst zum Weihnachtsabend erschienen, wo gleichzeitig Lelas Geburtstag gefeiert wurde. Tante Irene, Mutters andere Schwester, die selber viele Kinder und wenig Zeit hatte, sandte jedes Jahr zwei Päckchen in buntem Papier mit goldenen Bändchen und einem Tannenzweig darauf und zwei Kärtchen, auf denen zu lesen stand: »Für Manuela zum Geburtstag« und »Für Manuela zu Weihnachten«. Tante Luise indessen brachte stets nur ein einziges kleines Geschenk mit und sagte dazu: »Das ist nun für beides, mein Kind, für Geburtstag und Weihnachten...«

Diesmal nun waren sie im heißen Sommer gekommen, und es wurde beschlossen, daß Papa einen Wagen vom Regiment bestellen sollte, um alle zusammen, die Kinder mit, auf die Schlachtfelder zu fahren. Lela und Berti warfen sich verzweifelte Blicke zu. Die Schlachtfelder kannten sie schon in- und auswendig, aber was half es, wenn Besuch da war, ging es unweigerlich dort hinaus. Geduldig saßen sie bald darauf auf dem schmalen Rücksitz, Onkel und Tante Ehrenhardt vor sich, Papa vorne neben dem Soldaten, der die Zügel hielt. Es war ein leichter Jagdwagen, und er ratterte furchtbar durch die Straßen. Mutti war zu Hause geblieben; Kopfschmerzen vorschützend, entzog sie sich dieser Landpartie. Tante Ehrenhardt blickte um sich, wie ein Fremder, der eine Stadt besichtigt, sich umsieht.

»Ich finde, es sieht hier doch noch recht französisch aus, gar nicht wie in einer deutschen Stadt.«

»Na ja, Kindchen, es ist doch auch noch nicht so lange her, fünfundzwanzig Jahre – was ist das schon! Da kannst du nicht mehr verlangen. Das kommt schon mit der Zeit«, meinte Onkel Ehrenhardt.

»Man sollte aber doch so etwas nicht dulden, all die französischen Aufschriften, zu scheußlich! So was heißt Metzger und nicht Charcutier. Wenn ich hier was zu sagen hätte, dann müßten diese Schilder alle weg und lauter deutsche hin!«

Die Tante wurde ganz aufgeregt, als sie daran dachte, was sie alles täte, wenn sie etwas zu sagen hätte.

Jetzt fuhr man durch eine Vorstadt, die schon etwas Dorfmäßiges hatte. In blauen Jacken und Holzpantinen standen, Pfeife rauchend, die Männer vor den niedrigen Häusern. Scheu rannten die Pferde in raschem Tempo an ihnen vorüber.

Meinhardis trug zwar Zivil, aber der Soldat auf dem Bock schien sich nicht ganz wohl zu fühlen. Er saß kerzengerade und sah nicht links und nicht rechts.

Wenn man Pfeife raucht, muß man wohl sehr viel spucken, dachte Lela, bis sie plötzlich bemerkte, daß das Spucken all dieser Männer Absicht war. Ein alter Mann erhob hinter dem vorbeirasenden Wagen die Faust, spie aus und rief wütend, fanatisch, alles übertönend: »A bas les Prussiens.« Berti hatte nach vorn gesehen, und die anderen kehrten alle dem Alten den Rücken. Nur in Lelas erschrockene Augen hatte er blicken können, und da hatte er sich verankert, wild, eindringlich und drohend. Lela erschrak zum Übelwerden. Sie hielt sich fest an der kleinen Eisenstange bei ihrem Sitz. Nur nicht herausfallen, dachte sie. Die zerreißen mich. Nur schnell weiter, weiter und weg!

»Ich finde, Manuela sieht recht blaß aus«, äußerte Tante Luise. »Fehlt dir was, mein Kind?«

»Ach wo!« Meinhardis hatte vom Bock her die Frage gehört. »Sie steht immer so aus. Das hat sie von mir. Ein blasser Teint für solch kleines Mädchen, das ist sehr interessant.«

»Mir sind rote Backen bei Kindern lieber«, meinte Tante Ehrenhardt diktatorisch.

Manuela fühlte sich gedrückt. Ja, sie hätte auch lieber rote Backen gehabt und blonde Haare, wie Eva. Es war gar kein Wunder, daß Eva sie nicht leiden mochte. Heute war nun Sonntag, und gestern hatte sie Eva überhaupt nicht gesehen. Aber morgen – morgen würde sie es ihr endlich zeigen, daß sie sie auch nicht mochte. Sie war nun endgültig entschlossen, sich überhaupt nicht mehr um sie zu kümmern. Sie würde einfach vergessen, ihr guten Tag zu sagen, und Berti konnte sehen, wer ihr seine Grüße bestellte.

Da hielt der Wagen. »Le cheval blanc« – ein dickes, galoppierendes weißes Pferd auf schwarzem Schild hing über der Türe. Man kletterte vom Wagen. Die Pferde sollten hier rasten, und zum Mittagessen würde man zurückkehren. Mutig machte sich die kleine Gesellschaft auf den staubigen, sonnenbeschienenen Weg. Tante Luise spannte ihren Sonnenschirm auf. Die beiden Herren blieben stehen, um sich zu orientieren. Mit weit ausgestrecktem Arm wies Meinhardis auf die Hügellandschaft gegenüber. Dort hatte damals die Armee des Kronprinzen gestanden. Ehrenhardt wußte Bescheid. Er hatte auch »alles mitgemacht«. Den Sturm und den Abend nach dem Sieg.

»Tja, da ist mir doch was Dolles passiert, damals, den Abend, weißt du...«

Als Papa anfing, diese Sache zu erzählen, gingen Berti und Lela leise davon. Papas Kriegsgeschichten hörten sie nur an, wenn Mutters strenger Blick sie dazu zwang. Sie wußten ja, was nun kam. Aber Tante Luise war ganz Ohr.

»Ach, erzähl! Das ist doch so interessant, hier, an geweihter Stätte.«

»Na, so was Besonderes ist es ja eigentlich wieder nicht. Wir lagen den ganzen Tag da in Reserve und waren schon ganz wütend, wir Husaren, daß wir gar nicht drankamen. Das Gefecht ging schon seit frühmorgens. Und wir saßen da in einer Scheune und hatten nichts zu tun, als unsere Pfeife zu rauchen. Es war schon beinahe dunkel, da kam auf einmal das Signal und ›Aufsitzen!‹. In einer Sekunde waren wir oben auf den Gäulen, na, und ich steckte bald meine Pfeife in die Brusttasche. Jedenfalls ging's los, und wir in ›pleine carrière‹ drauf auf den Feind. Na, das war dann ein schönes Handgemenge. Die verfluchten Turkos, weißt du«, er blickte zu Ehrenhardt, der mit Verständnis nickte, »die hieben immer mit ihren krummen Säbeln nach den Handgelenken. Aber ich hatte um beide seidene Taschentücher gewickelt, die hatte mir zu dem Zweck meine Mutter geschickt. Na, was soll ich euch sagen, es ging doll zu. Ein scheußliches Gemetzel, aber meine Kerls waren großartig, brüllten wie die Löwen, und wir hauten uns durch.

Auf einmal war kein Feind mehr da. Wie weggeblasen die Kerls! – Na; wir hatten auch genug. Wir machten uns ein Lager in einem Hof in der Nähe, und wie ich mich hinsetzte, fühle ich einen furchtbaren Schmerz in der Brust. Ich kriege einen dollen Schreck und sage zu den anderen: Meine Herren, ich bin verwundet. Sie reißen mir die Attila auf, und da kommt eine Riesenwolke heraus, und mein Hemd und ich sind einfach gebraten. Na, was war passiert: Die Pfeife hatt' ich brennend eingesteckt, und beim Reiten war der glimmende Tabak 'rausgefallen und hatte mich geröstet. Wie ein Beefsteak sah meine Brust aus. Na, die haben alle gelacht!«

Tante Luise quietschte vor Vergnügen, und Onkel Ehrenhardt klopfte Meinhardis auf die Schulter. »Bist ein ganz doller Kerl, mein lieber Schwager.«

»Und nun will ich euch mal zeigen, wo das war, und wie die Schlacht verlief. Also hier, auf der Seite stand die Artillerie...«, und Meinhardis zeigte nach Osten.

Lela und Berti waren zusammen weitergeschlendert. Sie standen vor einem umgitterten Grab. Mitten auf kahlem, unbebautem Feld. Das Grab hatte ein Eisengitter ringsherum und ein Kreuz und zwei Lebensbäume rechts und links. Das Kreuz und das ganze Grab waren bedeckt mit Kränzen aus Perlen. Perlen in allen Farben, und ein Kranz trug in der Mitte auf einem Emailleschild eine Fotografie. Ein Mann mit Knebelbart und schwarzem Gehrock.

»Ach, komm, Lela, das ist ein französisches Grab«, sagte Berti und zog sie weg. Man rief auch schon nach ihnen: »Berti, Lela, kommt!«

Eine weite Ebene tat sich vor ihnen auf. Hier und da stand mitten auf einem Feld oder einer dürren Wiese ein Denkmal. Ihr nächstes Ziel war ein soeben eingeweihtes Jägerdenkmal. – Ganz von weitem sah es so aus wie ein Tintenfaß, dachte Lela. Ein riesiger Steinsockel auf Stufen. Schneeweiß schien er in der Sonne. Breit, behäbig. Nach oben verjüngt, trug er die mächtige, überlebensgroße Figur eines Soldaten in der Uniform der Jäger. Die Gestalt schien vorwärts zu schreiten und hielt den Arm weit hinausdeutend auf einen Hügel. Die ganze Figur schien aus purem Gold zu sein. Die Sonnenstrahlen zerbrachen daran in tausend Splitter. Es blendete so sehr, daß man die Augen schließen mußte, so daß man nur noch durch die Wimpern sah, nur so war es ertragbar.

Als Lela und Berti ankamen, waren die Erwachsenen damit beschäftigt, die Namen der Gefallenen und die Daten zu lesen. Sie hatten die meisten gekannt. »Ach, der Lassow, ein netter Kerl – schade um ihn! Er konnte so schön Ulk machen. Und Grüne – der, weißt du noch, das war der mit dem Mädel, die ihm nachreiste, der Hübsche, Blonde – jaja.«

Dann gingen sie weiter. Das Land war kaum bebaut. Es war voll Unkraut: Disteln und Nesseln, Hirtentäschchen und Löwenzahn, blasser, kleiner Mohn wucherten in Fülle. Viel Steine und Staub. Kein Baum, kein Strauch, Öde. Als könne sich das Land, von Erinnerung und Denkmälern beschwert, auf seine eigentliche Bestimmung nicht besinnen – so lag es da in Bruthitze und Trockenheit. Weiter drüben breitete ein wütend heroisch blickender Adler seine Riesenflügel aus Bronze über das tote Land. Dort wies ein Engel einem sterbenden Soldaten den Weg zum Himmel, fallend noch klammerte er sich an eine Kanone, die auch zerbrechend wankte. Einzelne Gräber machten dunkle Punkte in dem sonstigen Einerlei. Staubig, die Füße schleppend, stumm und müde zog der kleine Trupp dem Gasthaus »Le cheval blanc« wieder zu.

»Le vin gris« ist eine besondere Sache. Das ist ein ganz hellroter Wein. Er sieht aus wie Rotwein und Wasser. Viel Wasser und wenig Rotwein. Aber wer ihn leichtsinnig trinkt, merkt bald, daß der Wassergehalt nur gering sein kann. Unter Umständen kommt man erst zu dieser Überzeugung, wenn man aufstehen will. Da macht man die sonderbare Entdeckung, daß irgend etwas mit den Beinen nicht in Ordnung ist. Man hat schwere Gummistiefel an bis zum Knie, oder man watet überhaupt im Wasser oder hat Blei unter den Füßen, oder die Knie sind aus Watte. Aber das ist alles »le petit vin gris«. Er nennt sich ein kleiner Wein. Aber Onkel Ehrenhardt merkte es sofort: »Er hat es in sich.« Auch Tante Luise hatte rote Bäckchen und lachte über alles, was Papa sagte, wie eine Turteltaube. Nein, es war aber auch zu köstlich, diese Sache mit den Franzosen, die im Graben lagen, und Meinhardis ritt einfach über sie weg und brüllte sie auf französisch an, sie sollten sich wegscheren, und sie fielen drauf 'rein und dachten, er wäre ein »Guide de Napoléon«, weil die Husarenuniform so ähnlich war. Zu dumme Kerle.

»Na ja, sie haben dann noch so 'n bißchen hinter uns hergeschossen, meinen paar Leuten und mir. Aber getroffen haben sie nichts – wir ritten ja wie die Teufel«, endete Meinhardis die Geschichte.

Es war ein Grund, sich daraufhin zuzuprosten. Die kleinen Wassergläser mit dem hell schillernden Wein wurden erhoben, die Gläser klirrten, ohne viel Ton zu geben, aneinander und wurden wieder zum Munde gehoben. Onkel Ehrenhardt wischte sich umständlich seinen weißen Seehundsschnurrbart, legte dann wieder seine Arme bequem auf den Tisch. Seine Stirn war fast weiß, während die untere Hälfte seines Gesichts wetterbraun war, ganz fein durchwachsen von winzigen blauen Äderchen. Jetzt war seine wohlgeformte Nase etwas rötlich und seine Augen feucht.

»Erzähl uns noch was, lieber Schwager. Ich hab' ja auch so allerhand erlebt, aber ich krieg' das nicht so 'raus. Nee, reden, das ist nie meine Sache gewesen, das hab' ich mein Lebtag anderen überlassen. Hauptsächlich meiner lieben Luise.« – Mit einem koketten Blick hinüber zur Tante, die ein wenig verlegen war, ihm aber heute nichts übelnehmen konnte. Denn heute war nun mal ein Tag zum Vergnügen. Man reiste, man war bei Verwandten, man hatte einen Ausflug gemacht und Sehenswürdigkeiten gesehen, das alles zählte bei Tante Luise unter Vergnügen. Ja, man haute über die Schnur und trank am hellichten Tage Rotwein.

»Also, schieß los!« meinte sie gut gelaunt.

Meinhardis brauchte man gar nicht allzusehr zu bitten. »Na, wenn ihr durchaus wollt, dann erzähl' ich euch was von nach dem Krieg. Ich war damals bei der Okkupationsarmee in Frankreich geblieben.« Zu den Kindern: »Die Franzosen mußten noch was blechen nach dem Friedensschluß, und bis das erledigt war, blieben eben ein paar Truppen drüben im Land. Na, das war auch ganz schön.«

In der Erinnerung paffte er dicke Rauchwolken vor sich hin, daß man ihn einen Moment gar nicht sehen konnte, dann strich er vorsichtig die Asche in eine Schale und fuhr fort: »Wir kriegten nämlich doppelte Bezahlung damals, und wir veranstalteten so allerhand Vergnügungen, Pferderennen, Jagden und so was. Zu tun hatten wir ja nichts. Eines Tages also kommt da ein Mädchen zu mir, Laurence hieß sie. – Laurence!« wiederholte er träumerisch und lächelte vor sich hin. »Also: Laurence. Blonde Haare hatte sie und hellgraue Augen. Sie weinte furchtbar, ach, schrecklich! Zuerst konnte ich kein Wort aus ihr herauskriegen, aber dann kam's, was los war. Ihr Bräutigam war gefangengenommen und war in Berlin. Rührend war sie in ihrem schwarzen Kleid mit einer goldenen Kette und einem Medaillon dran, darin war seine Fotografie. Gräßlich sah der Kerl aus, sage ich euch. Na, ich tröstete sie so gut ich konnte, das arme Mädchen. Ich setzte mich auch gleich hin und schrieb an den Oberstkommandierenden, dessen Bruder den Oberbefehl über das Gefangenenwesen hatte. Ich kannte ihn von der Reitschule her, da hatten wir tolle Streiche zusammen gemacht. Na, im Grunde glaubte ich ja gar nicht, daß die Sache gelingen würde. Laurence aber mußte doch nun jeden Tag fragen kommen, ob ich etwas Neues wüßte und so. Na, geweint hat sie dann nicht mehr. Aber eines Tages kam der Bräutigam tatsächlich angereist. Ja, und ihr könnt es mir glauben oder nicht, sie wollte ihn gar nicht mehr haben.«

Vergebens suchte Meinhardis, sein befriedigtes Schmunzeln zu verbergen. Berti und Lela hatten gespannt zugehört. Diese Geschichte hatten sie noch gar nicht gekannt. Tante Luise warf auch schuldbewußt einen Blick nach den Kindern hin, die mit erhitzten Wangen und glänzenden Augen dasaßen. Berti tat, als hätte er nichts verstanden, und Lela sprang auf, seltsam erregt, umarmte ihren Vater und küßte ihn freiwillig, ganz gegen ihre Gewohnheit, mitten auf seinen Schnurrbartmund.

Erfreut griff der Vater nach ihren Händen. »Na, hat dir das so gefallen? Die Geschichte von der schönen Laurence?« fragte er stolz.

Lela nickte nur und strahlte ihn an.

»Eigentlich ist das keine Geschichte für kleine Mädchen«, sagte Tante Luise halb strafend.

Aber der Onkel meinte: »Ach was – das ist doch schon eine kleine Frau, unsere Manuela, was?«

Auch er hatte sie zu sich gezogen und drückte sie einen Augenblick an sich.

Lela hatte Wort gehalten. Sie hatte wirklich Eva in der großen Pause einfach »nicht gesehen«. Amélie hatte ihr dabei geholfen. Beide hatten sie sich in eine entfernte Ecke zurückgezogen, und Lela hatte den vorüberspazierenden Mädchen ostentativ den Rücken zugewendet. Aber plötzlich fühlte sie sich am Zopf gezogen, so sehr, daß sie den Kopf ganz nach hinten beugen mußte. Selig fühlte sie eine bekannte Hand ihre Schulter halten, und irgendein Duft der Haare ließ sie fühlen, wer es war. Nichtsdestoweniger schrie sie und wehrte sich, was durch ein lustiges Lachen hoch über ihr beantwortet wurde. Loslassend sagte Eva: »So geht es Leuten, die nicht guten Tag sagen können, Kröte.« Aber sie blieb stehen und weidete sich an der lächerlichen Verlegenheit Lelas.

»So, also du schwärmst nicht für mich, nicht wahr?«

»Nein«, antwortete Lela standhaft.

»Und warum wartest du dann auf mich? Und trägst meine Bücher, wenn ich fragen darf?«

»Ach, das – ich sollte dir doch bloß was von meinem Bruder ausrichten.«

Nun war Eva doch verdutzt »Wie heißt denn dein Bruder?« fragte sie rasch.

Manuela senkte den Kopf.

»Berti«, sagte sie leise.

Eva schob ihre Kameradinnen und Amélie zur Seite und nahm Lela am Arm, ein Ende weit weg, um mit ihr allein zu sein.

»So, nun wirst du mir Rede stehen«, sagte sie geradezu streng.

»Nein«, erklärte Lela, seltsam ergrimmt über das neu erwachte Interesse, das nicht mehr ihr galt.

Der Griff, mit dem Eva sie gepackt hielt, wurde fester: »Du wirst, verstehst du? Also los, was hat er gesagt?«

Lela log: »Gar nichts.«

»Das ist nicht wahr. Raus mit der Sprache. Es war wohl was ganz Schlimmes?«

Lela erschrak: »Nein, ach wo...«

»Na also, wird's bald?«

Lela schmerzte der Arm nun ernsthaft.

»Laß los!« preßte sie hervor.

»Nur, wenn du mir versprichst, daß du es mir genau sagst...« Lela versprach unter Evas Blick. Ihr frisch gewaschenes Kleid war ganz zerdrückt an der Stelle, wo Eva sie gepackt hatte. Im Grunde war sie froh, dieses Andenken mit nach Hause nehmen zu dürfen. Sie wollte die Unterhaltung möglichst hinziehen. So in dieser Ecke eng und alleine mit Eva zu stehen, das war Seligkeit und sollte nie aufhören.

Aber da läutete die Glocke, und die Pause war zu Ende.

Schnell sprach Eva auf sie ein:

»Hör mal, kommt ihr denn niemals in den Pulvergarten? Ich bin heute nachmittag da. Am Rundlauf könnt ihr mich treffen. Dann kann mir ja dein Bruder selber sagen, was er will, und ich werde ihm nicht erst den Arm abdrücken müssen wie dir.«

Es war höchste Zeit, der Hof schon fast leer. Eva war fort. Der Pulvergarten war eine Anlage jenseits des Flusses, die auf seiner Seite die Stadt begrenzte. Irgendwo waren dort Pulvermagazine, und da man deshalb in der Gegend nicht bauen konnte, hatte es sich von selbst ergeben, daß Anlagen entstanden waren. Lela liebte diesen Garten nicht sehr. In jedem kleinen Gebäude vermutete sie Explosionsstoff. Überall standen Tafeln mit roter Schrift auf weißem Blech mit der Warnung: Nicht rauchen! Eine Militärkapelle spielte. Es war ein Restaurant da, wo man Kaffee trinken konnte, und viele Spielplätze für Kinder und Erwachsene. Lela war mit ihrer Mutter schon öfters dort gewesen, aber daß Berti, ihr großer Bruder, sich herabließ, mit seiner Schwester zusammen in den Pulvergarten zu gehen, setzte alle in Staunen. Eigentlich wäre er ja lieber allein gegangen, aber anstandshalber war das nun dies eine Mal doch nicht gegangen, und Lela würde dort schon Freundinnen finden, so hoffte er.

Sie saßen beide auf einer schmalen Holzbank, ohne ein Wort zu reden. Vor ihnen war der Rundlauf. Eine Art Baum, von dessen oberem Ende an einer leicht drehbaren Scheibe vier Strickleitern herabhingen. Man konnte sich mit den Händen an den Leitern halten und auf ein gegebenes Zeichen gradaus laufen, und schon flog man in die Luft. Es war ein angenehmes Gefühl, so zu fliegen und die Beine hoch über die Köpfe der Zuschauer zu schwingen.

Lela und Berti verfolgten mit den Blicken ein rotes Kleid, fliegende Haare und ein freches Lachen, das ihnen ins Gesicht sprang, sooft das rote Bündel an ihnen vorüberflog. Lela hielt die rote Mütze auf ihrem Schoß. Der Rundlauf hatte noch drei solcher Strickleitern, aber die waren von anderen Kindern besetzt. Lela hatte große Lust mitzutun, und als jetzt Eva innehielt und ihr zurief: »Willst du jetzt mal«, legte sie blitzschnell Evas Mütze auf die Bank und lief hin.

Eva reichte ihr das Gerät: »Aber gib's nicht weiter, sonst kommen wir überhaupt nicht mehr dran.«

Lela war voller Eifer. Sie war geehrt, daß Eva so nett war – Eva hätte ja die Leiter auch fahrenlassen können, ohne sich darum zu kümmern, ob Lela auch einmal rundlaufen wollte. Mit einem dankbaren Aufleuchten in den Augen übernahm sie das Seil. Schon lief sie los und schon flog sie hoch, viel höher als die anderen Kinder. Kühn werdend, steckte sie das linke Bein durch die unterste Sprosse der Strickleiter und hielt sich nur mit der Linken, während die Rechte frei in der Luft Berti und Eva zuwinkte – aber die waren nicht mehr da.

Enttäuscht hielt Lela an. Die Bank war leer. Natürlich konnte sie jetzt nicht gehen und die beiden suchen, denn sie hatte ja Eva versprochen, den Rundlauf für sie besetzt zu halten. So blieb Lela beim Turnen. Aber die Freude war ihr völlig vergangen. Sie lief, nur um den anderen Kindern nicht im Wege zu sein, ließ sich fliegen und war wieder auf dem Boden. Die Innenflächen ihrer Hände fingen an, sie zu schmerzen. Man bekam leicht Schwielen an der Hand. Die Seile waren hart, und beim festen Zupacken schob sich die Haut zusammen und wurde gequetscht. Der Platz begann sich zu leeren. Es war kühl geworden. Die anderen Kinder gingen eins nach dem anderen nach Hause.

Lela ließ den Rundlauf fahren und setzte sich auf die Bank, wo Eva und Berti gesessen hatten. Sie mußten ja zurückkommen. Berti konnte ja nicht ohne sie nach Hause gehen. So wartete sie. Die Musik hatte aufgehört. Jetzt konnte man das Plätschern vom Fluß her hören. Eine Fledermaus schwirrte an Lela vorbei. Sie hatte keine Angst davor. Sie hatte Fledermäuse gern. Aber sie stand nun doch auf, denn es fröstelte sie. Aufs Geratewohl ging sie einen Weg entlang und rief zaghaft: »Berti! Eva!« Aber es kam keine Antwort.

Der Weg, den sie eingeschlagen hatte, lief eng zwischen hohen Gebüschen hin. Jetzt trat sie hinaus auf eine Böschung. Unten lief schnell und lautlos in kleinen Stromschnellen der Fluß vorüber. Im Röhricht quakte eine schläfrige Ente. Fern am Horizont ging die Sonne unter. Der Himmel war gelb und die Wiese am anderen Ufer unnatürlich grün wie das künstliche Gras, auf dem die Holzschäfchen bei den Weihnachtskrippen stehen.

Lela war noch nie so spät so allein gewesen. Es schauerte sie, und plötzlich, von unheimlicher Angst getrieben, rannte sie davon. Sie rannte mit offenem Mund, als wollte sie schreien, aber es kam kein Ton. Ihr Mund wurde trocken. Die Tränen trockneten auf ihren Wangen. Erst im Laufen packte sie die wahre Angst. Alles schien gespenstisch. Die Häuser mit Pulver, die Bäume, das Gitter, das alles umschloß. Die hohe Brücke über dem Fluß und die Festungsmauern. In der Stadt zündete man die Laternen an. Sie gaben gelbes Licht vor grünlichem Himmel. Viele Menschen hinderten sie am Laufen. Ihre Knie schmerzten, sie taumelte schon.

Frau Käte hatte noch kein Licht angezündet. Sie liebte diese Dämmerstunde. Ihre rastlose Tätigkeit des Tages machte bei Einbruch der Dämmerung halt. Da sank sie in einen tiefen, bequemen Stuhl und ruhte aus. Das Haus war leer. Meinhardis und Ehrenhardt waren zu einem Abendschoppen gegangen, und Luise machte Einkäufe. Die Kinder müßten ja bald da sein. Da hörte sie Lelas Schritt. Zwei Stufen auf einmal. Sie riß an der Klingel, die laut gellte, sie stürmte herein und warf sich der Mutter an den Hals. Zu sehr außer Atem, um zu sprechen, konnte sie auf Fragen nur mit dem Kopf nicken.

»Hast du Berti verlassen?«

Manuela nickte.

»Bist du allein nach Hause gelaufen?«

Dann fragte Frau Käte nichts mehr. Unbestimmt mußte sie fühlen, daß es nicht allein die Angst vor der Dunkelheit war, die ihr das Kind so erregt in die Arme warf. Beruhigend fuhr die Hand über Lelas Kopf, die das Gesicht an ihrer Brust vergrub, als müßte sie sich schämen. Noch immer flog Lelas Atem.

»Ruhig, Kindchen, ruhig!«

Die geliebte Stimme war so sanft und tat Lela wohl. Fester drängte sie sich an die Mutter. Schutz suchend vor ihrem eigenen Schmerz. Sie durfte nicht daran denken, was sie doch denken mußte: Eva und Berti – Berti und Eva. Irgendwo im Dunkeln im Garten beide und sie, sie – allein. »Ach Mutti, Mutti!« Endlich löste es sich, und Lela schluchzte auf wie ein ganz kleines Kind. Und die Mutter – als wisse sie alles, und vielleicht wissen Mütter alles – streichelte ihr Kind und sagte ihm leise ein Geheimnis ins Ohr.

»Laß gut sein, mein Geliebtes, ich bin da, und ich bin immer bei dir, und ich bleibe bei dir!«

Dann wurde es still im dunklen Zimmer. Der Straßenlärm drang nur undeutlich dort hinüber.

Die Schultasche ist schwer. Die Straße ist so lang. Manuela wäre so gerne nicht in die Schule gegangen. Aber vielleicht war das alles gestern ein Zufall. Vielleicht hatten die beiden sich wirklich verirrt, wie Berti dann abends gesagt hatte. Vielleicht hatten sie Lela wirklich gesucht. Sie hätte doch noch warten sollen. Aber wenn sie ehrlich war, fühlte sie doch, daß man sie ganz mit Absicht versetzt hatte, vielleicht heimlich darüber gelacht, daß sie dort immerfort turnte, damit Eva der Rundlauf zur Verfügung stand, von dem sie ja gar nichts wissen wollte. Vielleicht erzählte Eva die Geschichte den anderen Mädels auch. Das war leicht möglich. Und alle würden sie auslachen. Lela wünschte nur eines: Hier versinken, mitten im Straßenpflaster und nicht, nur nicht zur Schule müssen. Vor allem fürchtete sie sich vor dem frechen Aufleuchten in Evas Augen. Vor dem Spottlachen, das ihr so natürlich war. Aber Eva hielt sich versteckt. Nur beim Nachhausegehen sah Lela von weitem einen Augenblick ihr rotes Kleid um die Ecke verschwinden und fühlte einen stechenden Schmerz in der Brust. –

Tante Luise und Onkel Ehrenhardt reisten ab und nahmen die aufgeregte Feststimmung, die Besuche stets mit sich bringen, wieder mit sich fort. Papa kam immer finster nach Hause. Die meisten Mahlzeiten verliefen stumm. Manchmal sprachen die Eltern englisch zusammen, damit die Kinder es nicht verstehen sollten. Papa hatte sehr viel Dienst. Auch abends war er selten zu Hause, und selbst dann hatte er an seinem Schreibtisch zu tun, und alles mußte sich ruhig verhalten. Mutter ging viel in die Kirche.

Eines Tages kam Berti von der Schule nicht nach Hause. Man wartete mit dem Mittagessen, er kam nicht. Als man in der Schule Nachfrage hielt, hieß es, er sei wegen Kopfschmerzen um zehn Uhr morgens nach Hause geschickt worden. Die Unruhe im Hause stieg. Lela rannte zu allen möglichen Leuten, wo Bert Freunde hatte. Nirgends war er gesehen worden.

Als sie wieder heimkam, lag Berti im Bett, im dunklen Zimmer. Mutter war bei ihm. Lela solle leise gehen, sagte man ihr. Berti war im Schulhof gefallen und hatte sich den Kopf aufgeschlagen. Man hatte ihn nach Hause geschickt, aber Berti hatte den Weg nicht gefunden. Er war zur Kirche gegangen, wo sonst Konfirmandenunterricht war – und der Küster hatte ihn nach Hause begleitet.

Berti soll eine Gehirnerschütterung haben. Er phantasiert, sagt Sofie. Berti liegt in Mutters Bett. Mutter ist bei ihm. Lela darf nicht hinein. Papa kommt einen Augenblick nach Hause und geht wieder. Mutter bleibt bei Berti. Ein Sofa wird hineingetragen, da wird sie schlafen. Mutter kommt auch nicht zum Abendessen heraus. Lela sitzt ganz allein an dem großen Eßtisch. Die weichen Eier im Becher werden kalt. Mechanisch kaut sie ein Schinkenbrot.

Das Zimmer ist groß und hoch. Die Lampe auf dem Tisch gibt wenig Licht. Gedankenlos rutscht sie von ihrem Stuhl herunter und tritt vor die Tür. Sechs Stufen führen in den Hof. An der Treppe rankt Weinlaub. Lela setzt sich nieder auf die Stufen. Sie hat das Gefühl, als sei alles gar nicht ganz wirklich. Die trockenen Wipfel der Akazien im Hof schütteln sich und werfen kleine winzige Blättchen herab.

Monsieur Girod fegt den Hof. Mit seinen braunen, von Knoten bedeckten Greisenhänden legt er das Weinlaub auseinander, das Lela von ihm trennt. Heiser flüstert er ihr zu: »Est-ce qu'il a mal, le petit?«

Lela erschrickt. Aber doch froh, daß jemand zu ihr spricht, antwortet sie ihm freundlich auf französisch: »Ja, ich glaube, er ist sehr krank.«

Und Monsieur Girod entfernt sich langsam, vor sich hin murmelnd:

»Ah, quelle misère, pauvre Madame, quelle misère!« –

Die Tage schlichen grau und zäh dahin. Eva hatte keinen Blick für Lela. Es kam nicht einmal zu einem Gruß zwischen ihnen beiden. Keine Nachfrage nach Berti erfolgte, kein Gruß war an ihn auszurichten. Lela lungerte im Haus herum. In der Küche, im Stall, im Hof. Papa war immer schlechter Laune. Manchmal schrie er laut mit dem Stallburschen. Ja, einmal sogar mit Mutter. Berti ging es nur langsam besser. Hie und da durfte Lela zu ihm hineingehen. Aber Berti war so empfindlich. Licht tat ihm weh, und Lärm konnte er nicht leiden. Mutti wich nicht von seinem Bett. Sie hatte eine weiße Schürze an. Über dem Bett hing ein schwarzes Kruzifix mit einem weißen Heiland darauf.

Mutti wird mit Berti verreisen. Großmama wird kommen. Frau Käte bespricht die Sache mit Lela, als wäre sie eine Erwachsene.

»Berti muß aufs Land. Er muß sich erholen.«

»Weit weg?«

»Nein, gar nicht. Du kannst uns mal besuchen kommen mit Papa oder Großmama. Es ist sehr lieb von Großmama, daß sie herkommt. Die weite Reise...«

Manuela nickt zu allem ein stummes »Ja«

Eine furchtbare, schwere Angst legt sich ihr auf die Brust. Mutter will wegreisen, und sie soll zurückbleiben. Man läßt sie allein.

Großmama stand in dem Ruf, sehr, sehr gut zu sein. Lela würde ihr das auch nicht abstreiten. Sie war gut. Großmama schenkte jedem ihrer Enkelkinder zum Geburtstag und zu Weihnachten ein richtiges Goldstück. Zehn Mark. Sie pflegte diese Goldstücke mit einer alten Zahnbürste, warmem Wasser und Seife erst zu putzen und dann in ein weißes Seidenpapier zu wickeln. Es sollte glänzen. Und so glänzte es auch auf jedem weißgedeckten Geburtstagstisch im Schein der Lichter.

Großmama trug eine weiße Tüllhaube, die ihr Gesicht mit einer dicht plissierten Rüsche umgab. Unter dem Kinn fügten sich zwei schneeweiße, wohl gestärkte, breite Batistbänder zu einer großen Schleife. Großmama sah immer jung aus. Sie hatte eine lichte Haut, einen kleinen Mund, ein rundliches Gesicht und helle graublaue Augen. Großmutter hatte Muttis Bett und Zimmer bezogen. Es roch dort nun nicht mehr nach Lavendel und Creme Simon. Mutters Kleider waren aus dem Schrank genommen, und der Schritt, den Lela nebenan auf dem alten Parkett hörte, war nicht klappernd wie das Geräusch, das Mutti mit ihren Hausschuhen hervorbrachte, sondern ein reibendes Schlurfen. Langsam ging das von Tür zu Fenster, von Fenster zu Bett. Ununterbrochen mit Seufzen.

Großmutti hatte immer Geld und war immer bereit, Lela in die Confiserie laufen zu lassen, um die wundervollsten Törtchen zu kaufen. Großmutti bestellte einen großen Kalbsbraten, weil Papa ihn gerne aß. Großmutti war lustig. Papa war auch etwas besserer Stimmung, weil er Großmutti aufziehen konnte. Sie war eigentlich immer über ihn entsetzt. Über die schmutzigen Stiefel, mit denen er in den Salon kam, über die angerauchten Zigarren, die überall umherlagen, über die Tatsache, daß er Salz in die Suppe tat, ehe er sie gekostet hatte.

In Pöchlin war Großmutter an eine große Wirtschaft gewöhnt gewesen, mit Riesenvorräten. So kam ihr diese kleine, sparsame Stadtwirtschaft recht engherzig vor. Sie tat, was sie konnte, Papa und Lela zufriedenzustellen. Aber Lela freute sich nicht so, wie das von ihr erwartet wurde. Lela war still. Vergebens schenkte Großmutter Lela eine große Tafel Schokolade, sie blieb unberührt liegen. Auf Befragen erfuhr Großmutter, daß Mutti diese Lindt-Schokolade so gern möge und daß Lela sie aufheben wollte, bis Mutti wiederkam.

Lela kam zu spät von der Schule nach Hause. Sonst war sie immer zehn Minuten nach zwölf wieder da. Warf mit Riesenkrach, das war so Überlieferung von den Brüdern her, die Schultasche in eine Ecke, rief dem Mädchen, das die Tür geöffnet hatte, entgegen: »Ist Mutter da?« und stürzte ins Zimmer zum Guten-Tag-Kuß. War Mutter einmal nicht da, so war das die schlimmste Enttäuschung, die den Kindern geschehen konnte. Nicht wissend, was sie mit sich anfangen sollten, schlichen sie von Zimmer zu Zimmer, immerfort Ausschau haltend nach der Pflichtvergessenen. Jetzt eilte Lela nicht nach Hause. Langsam schlenderte sie durch die Straßen und besah sich die Auslagen. Sie begleitete Amélie nach Hause, die es nun doch erlaubte, daß Lela ihre Mutter besuchte.

Als Lela diese Frau das erste Mal sah, wollte sie es einfach nicht glauben, daß dies eine Mutter sein sollte. Sie umarmte Amélie nicht, als sie hereinkam, sie beachtete sie überhaupt nicht warf nur einen interessierten Blick auf Lela und fragte, ob sie französisch spreche. Sie rauchte Zigaretten und war sehr einfach, aber sehr elegant angezogen. Viele Fotografien von ihr selber standen in den Zimmern umher. Es war dunkel in der Wohnung, eine Menge Möbel war da, und trotzdem war es ungemütlich. Sie schenkte beiden Kindern Geld und sagte, sie sollten weggehen und draußen spielen. Dabei war Lela doch gekommen, um mit Amélie zusammen die Schulaufgaben zu machen. Das ging dann immer leichter und schneller. Was Amélie besser konnte, nämlich Rechnen und Geschichte, waren Lelas schwache Seiten – umgekehrt half Lela Amélie in der Naturkunde und bei allen deutschen Aufgaben. Amélies Mama sagte auch nicht wie Mutti: Nun wasch dir die Hände, kämm dir die Haare glatt und komm zum Essen, sondern nur: »Viens manger.« Amélies Mama hatte viele Zeitungen mit Bildern. Das war der Grund, der Lela immer wieder verführte, die unfreundliche dunkle Treppe dort hinaufzugehen. Madame Bernin gab ihnen einen ganzen Haufen in den Arm und schob sie ins Kinderzimmer. Da saßen dann die zwei Neunjährigen über »La vie Parisienne«, »Le Rire«, über Modezeitschriften und Kunstblättern. Amélie übersetzte Lela die französischen Witze, die sie allerdings auch auf deutsch nicht verstand. Sie freute sich an den eleganten Kleidern und nahm sich fest vor, wenn sie einmal erwachsen sei, sich so zu kleiden wie Madame Bernin.

Von diesen Besuchen sprach Lela zu Hause nicht. Nur einmal wunderte sie sich über eine Menge Bilder, die Papa mit der Schere aus einem Katalog ausgeschnitten hatte und in den Papierkorb warf. »Nichts für die Kinder«, sagte er dazu. Soviel Lela hatte sehen können, waren es Bilder, wie sie sie bei Madame Bernin zu Hunderten gesehen hatte, Statuen ohne Kleider und Bilder, auf denen lebendige Frauen waren mit nichts an. Die anderen Bilder durfte sie ansehen. Lela bedauerte den Verlust nicht, konnte aber das Verbot nicht verstehen. Allein, man verstand ja so vieles nicht, was die Erwachsenen taten. Großmama zum Beispiel verbot ihr sofort, in ihren Turnhosen in den Stall zu gehen. Warum gerade nicht in den Stall? Karl amüsierte sich immer über sie, nahm sie hoch und setzte sie auf die Pferde. Dazu sei sie nun zu groß, sagte Großmama. Immer war man für etwas noch zu klein oder schon zu groß. Lela sehnte sich danach, endlich erwachsen zu sein.

Lela konnte es nicht leiden, daß Großmama auf Muttis Platz bei Tisch saß. Konnte der Platz nicht leer bleiben? Lela aß nicht. Lela lernte schlecht. Lela sah unordentlich aus. Lela warf in einem Wutanfall Sofie hinaus, weil sie ihr, wie allabendlich, die Füße waschen wollte. Sie brauchte Sofie nicht mehr, sie wollte allein sein. Lela warf ein Wasserglas mit aller Absicht an den Marmorkamin. Lela wollte Lärm, Zank, Streit. So war's recht. Jetzt kamen sie hereingelaufen. Großmama: »Aber Kind, aber Kind!« – Papa: »Ungezogen?« Und eine Ohrfeige flog durch die Luft. Dann warf er die Tür zu und lief aus dem Haus.

»Was würde deine Mutter sagen, Kind, wenn sie wüßte, wie unartig du bist?«

Lela blieb stumm und rührte sich nicht, bis die Großmama murmelnd hinausgegangen war. So! So, da hatten sie's. Warum ließ man sie auch allein. Warum nahm man ihr ihre Mutti weg. Immer hatte Berti sie, Berti ganz allein für sich. Das war ungerecht. Sie, sie brauchte, daß Mutti nebenan schlief. Sie konnte nicht allein ins Bett gehen. Ja, sie stand zu spät auf. Aber warum soll man aufstehen, wenn man Mutti nicht guten Morgen sagen kann? Wozu? Wozu? Ach, ins dunkle Zimmer treten, wenn Mutti noch schläft – leise ans Bett schleichen. Wo sie warm liegt und, ohne die Augen zu öffnen, den Arm um einen legt, einen Kuß auf die Stirn drückt und sagt: »Guten Morgen, mein Häschen – komm bald wieder!« Dann konnte man eben in die Schule gehen und auch wiederkommen. Ach, wie sie sich nach Muttis Kuß sehnte! Nur einen, einen einzigen Augenblick bei ihr sein! Nein, das wußte ja keiner so wie Lela, wie Mutti war. Großmama wußte das nicht und Papa auch nicht, der machte Mutti ja weinen. Nur sie, Lela, wußte es. Und sie konnte jetzt nicht mehr weiterleben, wenn Mutti nicht nach Hause kam. Gleich kam. Sie mußte einfach kommen. Mit allen Kleidern warf sie sich aufs Bett. Nein, sie würde sich nicht ausziehen. Auch nicht waschen und nicht mehr essen, bis man ihr ihre Mutter wiedergab.

Vielleicht hatte der Vater doch eine Ahnung, was in dem trotzigen Kind vorging. Jedenfalls forderte er Lela auf, sich fertigzumachen, sie würden Mutti und Berti besuchen, Lela zeigte äußerlich keine Veränderung. Erst als sie in das niedrige Zimmer mit den zwei hohen Betten trat und Mutti sich von einem niedrigen Rohrstuhl vor dem Kamin erhob, löste sich etwas in ihr, das fast wie ein Stein in ihrer Brust gesteckt hatte. Seit Tagen – seit zwei Wochen, seit Mutter weg war.

Frau Käte beruhigte das schluchzende Kind. Papa sagte nicht, daß sie ungezogen gewesen war, und im Brief, den Großmama mitgeschickt hatte, stand auch nichts davon. Nachdem sich diese beiden Befürchtungen als überflüssig erwiesen hatten, überkam es Lela wie eine große, große Seligkeit. Papa blieb bei Berti, und Lela durfte, eingehakt mit Mutti, hinausgehen, spazieren.

Die Bäume waren gelb und rot. Fasanen liefen über den Weg. Beeren, rote und schwarze, gab es eine Menge. Durch einen Schleier schien die Sonne auf die nassen Blätter. Lela lief und kam, wie ein kleiner Hund um seinen Herrn springt. Sie pflückte einen herrlichen Strauß und legte ihn Mutter in den Arm. Durch dämmerndes Dunkel kehrten sie heim, ohne zu sprechen – in das kleine Dorf mit den geduckten Häusern und winzigen, hellen Fenstern, die aussahen wie der Friede selber.

Es gibt Menschen, die aus Angst vor dem Tode immer davon sprechen. »Wenn ich mal sterbe…«, sagen sie und wollen damit beweisen, daß sie sich mit dem Gedanken abgefunden haben. Es gab Offiziere, die immerfort davon redeten: »Wenn ich mal den Abschied nehme…« Waren sie arm, so zitterte ihre Stimme dabei, denn sie sahen nichts vor sich als eine kleine Pension und eine große Familie. Waren sie vermögend, so sahen sie sich endlich reisen, endlich auf Jagd gehen, endlich – endlich Zeit haben für viele schöne Dinge, für die ihnen bisher keine Stunde blieb. Wenn das Schicksal einen anderen traf, so hieß es oft: Er hat den Abschied bekommen. Das hatte einen unangenehmen Beigeschmack. Ja, es gab einen »schlichten Abschied«, der entehrend war. Ihm ging voraus ein Gerichtsurteil, ein »Kriegsgerichtsurteil«. Dieses Kriegsgericht tagte häufig. Es war zusammengesetzt aus einigen höheren Offizieren, die einfach als Offiziere und anständige Menschen urteilten, verurteilten. Meinhardis haßte die Tage, wo er diesem Gericht beizuwohnen hatte. Es waren immer »dumme Geschichten«, wie er sich ausdrückte, die da zur Sprache kamen. Alles waren nur »Dummheiten« für ihn. Und es fiel ihm schwer, dabeizusein und einem jungen Offizier die Karriere zu verderben wegen einer Dummheit. Ob jemand den Abschied bekam oder ihn genommen hatte, war oft nicht klar. Gelegentlich wurde einer gebeten, darum einzukommen. Dann hatte er ihn genommen, obwohl er ihn bekommen hatte.

Wie die Sache mit Lelas Vater war, wußte sie nicht. Die Tatsache, daß er den Abschied hatte, war einfach eines Tages klar. Mutter und Vater hatten zu beraten, wo sie hinziehen wollten. Sie waren ihr Lebtag von Stadt zu Stadt geworfen worden und hatten nun plötzlich die freie Wahl. Mutter zog es wieder nach Dünheim, der alten Heimat, wo Alis Grab war. Meinhardis wäre ganz gerne nach Berlin gezogen, aber der Einwand, daß Berlin zu teuer für die kleine Pension war, erstickte diesen Wunsch im Aufkeimen. »Willst du nicht irgendwas tun?« sagte Frau Käte.

Ja. Tun. Geld verdienen. Aber was? Was konnte ein Offizier außer Dienst denn eigentlich tun? Standesgemäß mußte es sein. Ein Mann, der dreißig Jahre anderen befohlen hatte, konnte sich schwer eine Stellung nehmen, in der er gehorchen mußte, und dann noch dazu – wem? Einem Zivilisten! Einem Kaufmann. Einem Koofmich – wie man die Kerle nannte. Nee – lieber Steine klopfen.

Aber man war doch kaum fünfzig Jahre, sehr gesund, sehr munter – was sollte man mit sich anfangen? Schon so ein Vormittag. Was taten Menschen am Vormittag, die keinen Dienst hatten? Schliefen. Gut. Reiten war ausgeschlossen, die Pferde mußten schleunigst verkauft werden. Alle vier. Dazu langte es nicht, daß man ritt. Wie lebte man ohne Pferde? Na ja, es mußte nun mal sein. Aber es hätte später kommen können. Wenn dieser Krach mit dem Regimentskommandeur nicht gewesen wäre … Aber darüber brauchte er nun nicht mehr nachzudenken. Was man jetzt mit sich anfängt, das war dem Generalkommando ganz gleichgültig. Das Generalkommando kümmerte sich um Leute in Uniformen. Zivilisten gingen sie nichts an. Und Meinhardis war nur Zivilist. Obwohl sein ganzer Schrank voll Uniformen hing. Obwohl er eine Sattelkammer voll Riemenzeug hatte. Obwohl neben seinem Schrank eine Batterie hoher Reitstiefel mit Hölzern darin stand. Obwohl er einen hellen Tuchmantel hatte, pelzgefüttert, mit Biberkragen, obwohl sein Waffenrock eben neu war, würde er doch bald nur noch seinen graugrünen alten Anzug tragen und Schlipse. Wie er Krawatten haßte! Einen weichen Hut statt Mütze und Helm. Graue Handschuhe anstatt weißer. Er würde auf der Straße nicht mehr damit belästigt werden, daß ihn alle Soldaten mit »Stillgestanden« grüßten. Die Offiziere, die er nicht kannte, würden an ihm vorübergehen, ohne ihn zu beachten, und vor denen, die er kannte, mußte er den Hut abnehmen.

Tun. Was sollte er tun? Er konnte nur eines: Befehlen. Was noch? Kriegswissenschaft – Taktik – Schießen – Pferde reiten. Er kannte auch ein paar Sprachen, aber nur soviel, als man zu einer Unterhaltung im Salon braucht. Einer Frau konnte er jegliches Schöne in allen Sprachen sagen, ob sie nun eine Prinzessin, eine Kellnerin oder ein Ladenmädchen war. Tun ... Frau Kätes Augen ruhten auf ihrem Mann in seiner kindlichen Trauer. Sie streckte ihre Hand über den Tisch hinüber und streichelte die seine, wie einem Kind.

»Manche werden Kurdirektor in einem Badeort, würde dir das nicht Spaß machen?«

Nein, Vergnügungsprofessor wollte er nicht sein. Womöglich verlangten die Leute da, daß man in einem Büro saß und rechnete.

Er konnte seine Gedanken noch nicht auf Zukünftiges einstellen. Er war über die Tatsache, daß er früher, als seine Kräfte nachgaben, aus seinem Beruf geschleudert wurde, noch nicht weg. Andere hatten Landgüter, wo sie ihren Kohl pflanzten. Aber er? Nichts hatte er. Nichts, als einen militärischen Grad und eine winzige Pension.

Frau Käte seufzte. Sie sah wohl, daß sie die Zügel in die Hand nehmen mußte. Sie mußte entscheiden. Und so beschloß man, nach Dünheim zurückzukehren. Da hatte er noch Freunde, und Frau Käte hatte Alis Grab.

Der Entschluß war gefaßt, aber ihn auszuführen war noch Zeit. Noch hatte Meinhardis für kurze Wochen seinen Dienst zu versehen, bis der Nachfolger seinen Platz besetzen konnte. Unterdessen bereitete man den Aufbruch vor. Es kamen Offiziere, es kamen Pferdehändler und Gutsbesitzer aus der Umgebung und ließen sich den Stall zeigen. Im Hof wurden ihnen die Pferde vorgeführt. Im Schritt, im Trab, im Galopp. Aus einem Reitpferd sollte ein Wagenpferd gemacht werden. Ein anderes trainiert werden für Rennen. Wortlos klopfte Meinhardis ihnen auf den Hals. »Alterchen«, sagte er bloß leise und zog ein letztes Stück Zucker aus der Tasche. Monsieur Girod öffnete ohne Widerstand das große Tor, wenn sie einzeln abgeführt wurden. Den Spatzen im Hof wurde der letzte Hafer hingestreut. Nur das Pferd, welches dem Regiment gehörte, stand noch einsam im leeren Stall. Sein ängstliches Wiehern hallte von den hohen Wänden.

Die Ordonnanz, der Soldat, der jeden Tag mit dem Regimentsbefehl kam, brachte Meinhardis ein großes, gelbes Kuvert, auf dem mit feiner Amtsschrift in deutschen Lettern »Nachtritt« zu lesen war. Darunter die Bemerkung: »Zu öffnen acht Uhr 15 abends.« Und weiter: »Sämtliche Herren des Regiments haben sich ab acht Uhr abends feldmarschmäßig ausgerüstet zu Pferde vor der Wohnung des Oberstleutnants von Meinhardis aufzuhalten.«

Es war sein letzter Dienst. Nachdenklich betrachtete er das dicke Kuvert. Er unterschrieb den Befehl, wie er es dreißig Jahre lang getan hatte – zum letzten Male. Die Ordonnanz nahm den Bogen strammstehend entgegen, wie jeden Tag, machte kehrt und »trat ab« auf seinen Wink. Monsieur Girod öffnete ihm die kleine Tür fast mit einem Diener.

Abends war der große Hof voll von Pferden. Die Offiziere standen, Zügel haltend, daneben. Man unterhielt sich gedämpft. Eine leise Erregung lag über allem. Den Pferden war es ebenso ungewohnt, um diese Zeit in die Dunkelheit hinauszutreten, anstatt im warmen Stall zu stehen oder sich im Stroh zur Ruhe zu legen, wie es den Herren ungewohnt war, jetzt nicht zu Hause oder im Kasino bei einem Glas Wein den Abend zu verbringen.

Meinhardis trat ans Fenster und rief mit sicherer Stimme: »Rittmeister von Allersleben.«

Ein »Zu Befehl« kam aus der Dunkelheit. Ein Geräusch von trappelnden Hufen, Aufsitzen und ein kurzes Schnalzen waren zu hören. Dann nahm der Rittmeister seinen Marschbefehl entgegen:

»Landstraße über Montjury. Dann Südost abbiegen, Wald links liegen lassen, an Bauernhof vorüber. Vier Meilensteine nach Osten steht Wachtmeister Reichelt und nimmt Rapport auf. Weiteres dort.«

Noch ein »Zu Befehl«, und der Rittmeister von Allersleben reitet gelassen davon. Noch ist er im Besitz seiner elektrischen Taschenlampe, seiner Landkarte, seines Kompasses. Aber dies alles wird der Wachtmeister Reichelt, wenn er ihn findet, ihm abnehmen – ihm eine weitere Marschroute geben und ihn ohne alles weiterschicken. Da wird er unter Umständen die ganze Nacht umherirren können und froh sein, wenn er beim dämmernden Tag nach Hause in die Kaserne zurückfindet.

Nach zwanzig Minuten entließ Meinhardis den nächsten. Etappenweise, einzeln zogen sie ab. Manuela hörte die Hufe der einzelnen Pferde an ihrem Fenster vorbei auf den nassen Steinen ausgleiten. Sie wußte, wie viele es waren, und zählte. Dann verfolgte sie sie in Gedanken. Da war Moor, wo sie steckenbleiben konnten. Da waren Wassergräben. Wurzeln, über die die Pferde stolperten, Zweige, die den Reitern die Mützen vom Kopf rissen. Im Dunkeln reiten im Wald. Da konnte einer stürzen, und keiner konnte ihn finden. Ob sich die Pferde fürchteten? Sicher. Hie und da wieherten sie im Hof. Lela konnte das hören. Sie konnte auch hören, wenn Papa mit seiner festen schönen Stimme die Namen aufrief und den Befehl ausgab. Jetzt war der letzte an der Reihe, dann konnte Papa schlafen gehen. Denn Papa ritt nicht mit, wenn er den Start machte. Sie hörte auch, wie Papa in sein Zimmer trat, mit den schweren Stiefeln – es war dem ihren benachbart. Sie hörte ihn still stehen, hantieren und dann wieder hinausgehen. Sie hörte seine Tritte auf der Treppe und dann auf dem Hof. Kurz darauf knarrte das Tor noch einmal.

Diesmal grüßte Monsieur Girod wirklich, indem er die Hand an die Mütze legte. Meinhardis ritt mit gesenktem Kopf hinaus. Müde klang der Schritt des Pferdes durch die nächtliche Straße. Es hatte keine Führung, es ging geradeaus – irgendwohin. Zuerst flatterten Laternen neben ihm, dann war die Bahn weich. Hohe Schornsteine von Fabriken rauchten in der Nacht, ein Hochofen glühte. Dann nichts mehr. Kühl riß der Wind an Weiden am Weg. Da machte das Pferd einen Satz und weckte den Reiter auf. Ruhig, ruhig! Oha! Nur nicht nervös sein, Alterchen, morgen kommst du in die Kaserne, und dann kannst du immer nachts schlafen – immer! –

Drittes Kapitel

Eine ganze Reihe kleiner Villen stand nebeneinander. Man konnte sie gut betrachten, weil sie kein Gegenüber hatten. Die Straße war nur einseitig bebaut. Sie war abschüssig und schmutzig, jeder Wagen hinterließ eine tiefe Furche; auf der unbebauten Seite waren Kartoffeläcker, Obstbäume, Felder über Felder, bis hin zum Wald. Hier war die Stadt zu Ende. Es waren keine teuren Häuser, die da eng aneinanderstehend mit winzigen Vorgärten und Gittern in die Felder blickten. Von manchen fielen die schönen Stuckschnörkel über den Fenstern schon ab und sanken als häßliche, gelbweiße Haufen in den spärlichen Rasen der Vorgärten. Kaum rührte sich eine Hand, sie wegzutun. Die gelbe und graue Farbe der Häuserfronten hatte gelitten. Flecke zeigten sich. Wind und Regen ausgesetzt, konnten diese Stadthäuser dem Landwetter nicht standhalten.

Es war schwer, sich hier einzuwohnen. Die Räume waren klein, die Böden aus schlechtem Holz. Die Türen wollten nicht schließen. Die Treppe krachte, was Meinhardis besonders ärgerte, weil Käte davon erwachte, wenn er spät nach Hause kam. Frau Käte hatte einen leisen Schlaf. Obwohl sie eigentlich immer müde war. Dieser Umzug war wohl zuviel für sie gewesen. Einpacken und Auspacken. Porzellan in viele, viele Papiere, Holzwolle und Kisten. Möbel waren angestoßen worden. Das Glas von Bilderrahmen krachte. Gardinen mußten geändert werden. Alle Möbel schienen zu groß zu sein für dieses Haus.

Ein kalter Wind pfiff durch die geschlossenen Fenster. Frau Käte wehrte sich dagegen mit dicken Decken, die sie als Schutz innen vor die Fenster hängte. Sie fröstelte. Die Dämmerstunde zog sich immer länger hin. Käte war müde. Wenn sie vom Friedhof zurückkam, sank sie erschöpft in einen Sessel und schloß die Augen. Dann gingen alle auf den Fußspitzen, um sie nicht zu stören, und sie sagte leise: »Aber Kinder, ich schlafe ja nicht – ich mache nur die Augen zu.« Meinhardis hatte sein altes Weinlokal aufgesucht, wo er Kameraden von früher vorfand. Dort war in einer dunklen Ecke ein runder Tisch, auf dessen Mitte eine Fahne aus Nickel stand mit der Bemerkung: »Stammtisch«. Hier saßen die »Alten Herren«. Da saßen sie vormittags, wenn die Jungen staubig und durstig vom Dienst kamen. Da saßen sie gegen Abend, wenn es dämmerte, bis zum Abendbrot, zu dem jeder heimging zur wartenden Familie. Und mancher schlich sich dorthin zurück, wenn Frau und Kinder zu Bett gegangen waren. Zu diesen gehörte auch Meinhardis. Gott, was sollte man denn auch machen? Zu Hause war's langweilig. Gesellschaften machte man nicht mit, Frau Käte wollte keine Menschen sehen. Nur manchmal nahm er einen dicken Spazierstock und ging auf die nahen Berge.

Manuela mußte früh aufstehen, um rechtzeitig in die Schule zu kommen. Wenn man sie des Morgens weckte, war ihr, als sei ihr Hinterkopf am Bett angeschmiedet, die Augenlider aus Blei und die Glieder schwer wie Holz. Um jede Minute stritt sie mit dem Dienstmädchen, das die Pflicht hatte, sie herauszutrommeln. Ein Brötchen kauend, noch im kalten Halbdunkel der Morgendämmerung, die Zunge schmerzend von zu heiß genossener Milch, trat sie schlaftrunken den Weg an. Sie haßte die neue Schule. Sie war durch den Wechsel mitten in eine Klasse hineinversetzt worden, die einen ganz anderen Lehrplan hatte als die alte. Sie konnte nicht folgen, weil ihr der Anfang fehlte. Die Kameradinnen verhielten sich kalt ihr gegenüber. Sie war »neu«. Frau Käte gab sich alle erdenkliche Mühe, ihrem Kind zu helfen. Sie beschäftigte sich täglich mit ihren Schulaufgaben. Aber Lela war müde und lustlos. Nun sie einmal den Faden verloren hatte, verließ sie der Mut. Zum ersten Mal gab es Verstimmungen zwischen Mutter und Tochter. Lela schob insgeheim die Schuld an allem Unbehagen ihrer Mutter zu. Ihr Schlafzimmer war kalt, der Schulweg lang. Sie war ohne Freundinnen. Fast ärgerte es sie zu sehen, daß Mutti oft weinte. Sie wußte auch, warum Mutti weinte. Weil Papa nachts immer so spät nach Hause kam. Und wenn Mutti nur ganz leise etwas darüber sagte, wurde er wütend und schalt. Er schalt mit allen. Es fehlte ihm der Bursche. Immer hatte das Regiment ihm einen Soldaten zur Bedienung gestellt. Und nun diese dummen Frauenzimmer. Nichts wußten sie, nichts konnten sie. Sie konnten einem nicht einmal einen Kragenknopf festmachen. Geschweige denn Stiefel putzen. Frau Käte war blaß, aber niemand bemerkte es oder sprach doch davon. Als Lela einmal ihre Hand mit dem Federhalter ganz nahe vor ihren Augen schreiben sah, hatte sie das Gefühl, als müßten bald ihre Knochen durch die Haut stechen. Sie fürchtete sich. Mutter seufzte. Nicht so, wie andere seufzen. Nein, tief und in Absätzen. Als habe sie nicht einmal mehr die Kraft, alle überflüssige Luft auf einmal von sich zu stoßen.

Sie sagte zu Lela: »Wenn ich nun sterbe, dann mußt du sehr gut zu Papa sein.«

Lela achtete auf diese Worte gar nicht. Mutter starb nicht, sie sagte das so aus Müdigkeit und weil sie jetzt wieder noch mehr an Ali dachte. Zuerst starb doch natürlich Großmama. Mutter war zwar alt, aber bis sie starb, das dauert noch sehr lange. Neuerdings lachte Mutter nie mehr. Es war allerdings auch gar nichts zum Lachen da. Unweit vom Haus lief eine lange Kastanienallee zum Wald. Eingehakt in Mutters Arm, ging Lela neben ihr her. Sobald eine Bank da war, setzte sich Mutter. Ein unendliches Mitleid überkam das Kind, wenn es in Mutters blasses, ewig ernstes Gesicht sah. Die Kastanien warfen breite gelbe Blätter auf sie herab. Mutter sprach nicht. Nur so rätselhafte Sachen manchmal. Wie: »Wenn die Blätter wiederkommen, gehen wir hier nicht mehr zusammen.« Lela schauerte, obwohl sie den eigentlichen Sinn der Worte nicht in sich aufnahm. Zuviel dergleichen sagte Mutter seit langem. Nur wenn Papa so etwas hörte, wurde er einfach böse. Er hatte eines Tages einen Arzt geholt. Seither nahm Mutter kleine Kügelchen mit einem Schluck Wasser nach dem Essen. Bleichsucht. Überarbeitet. Sagte der Arzt. Mutter sollte sich schonen. Aber sie schonte sich ja. Sie tat jetzt gar nichts mehr. Sie stand erst gegen Mittag auf, und oft fand Lela sie beim Heimkehren von der Schule noch im Schlafrock, den sie auch gegen ein unbequemes Kleid gar nicht vertauschen wollte. Selbst die Wege zum Friedhof wurden seltener. »Es wird mir sauer«, pflegte sie zu sagen.

Lela geht auch heute langsam und stumm neben ihr her. In der Hand hält sie ein paar letzte rote Mohnblumen und ein paar wilde Löwenmäulchen, gelb und blaß.

»Ich habe den Herbst gern«, sagt Mutti. »Es ist gut, wenn die Natur zur Ruhe geht.«

Mutters Hände sind kalt. Ja, sie laufen bläulich an.

»Gehen wir nach Hause«, schlägt Manuela zaghaft vor.

Mutter legt sich zu Bett. Nein, es fehlt ihr gar nichts. Sie will schlafen. Ganz lange schlafen. Man verdunkelt ihr Zimmer und läßt sie allein. Mutter steht nicht auf. Lelas Herz klopft. Es überkommt sie langsam eine maßlose Angst. Wenn nun doch … Aber man darf doch so was nicht sagen. Dann heißt es: Du versündigst dich, wenn du so etwas sagst. So was darf man nicht einmal denken. – Und sie, die in der letzten Zeit oft so häßlich zu Mutti gewesen ist.

Wenn Lela morgens erwacht, horcht sie an der Türe, und wenn sie keinen Atem hört, öffnet sie leise die Tür und geht erst wieder, wenn sie gewiß weiß, Mutter atmet. Den letzten Teil des Heimwegs von der Schule rennt sie wie gehetzt vor Angst, man könnte ihr etwas Fürchterliches sagen, wenn sie nach Hause kommt. Atemlos rast sie die zwei Treppen hinauf und stürzt an Mutters Bett. Mutter lächelt, Gott sei Dank! Und Lela atmet auf.

Lela setzt sich an Mutters Bett.

»Mutti, hast du Schmerzen?«

»Nein, mein Kind. Mir ist wohl. Ich bin bald bei Ali.«

»Nein, Mutti, bleib da!« Und in Lela krampft sich alles zusammen zu einem furchtbaren Schluchzen tief in der Brust.

»Nicht, Kind, nicht. Es ist gut so. Das ist doch wunderschön, Kind. Was der liebe Gott tut, ist gut. Wir müssen ihm gehorchen. Sein Wille geschehe.«

Leise tritt Meinhardis ein.

»Lela, geh hinunter zum Essen.«

Und Lela geht.

Meinhardis bleibt am Bett seiner Frau stehen.

»Ich muß fort«, sagt sie leise.

»Ach Unsinn, Muttchen. Wer wird denn so reden. Du mußt dich nur tüchtig ausruhen und ordentlich essen. Dann wird alles wieder gut.«

»Wann bist du gestern nach Hause gekommen?«

»Muttchen, spät«, sagt er reumütig.

»Ich habe dich nicht gehört. Ich habe wohl geschlafen.«

»Ich habe mir die Stiefel ausgezogen, damit ich keinen Lärm mache.«

»Mußt du denn immer trinken abends?«

»Aber was soll ich denn sonst tun?«

»Willst du keine Beschäftigung suchen, was arbeiten?«

»Ja, Muttchen, wenn du willst, kann ich ja mal annoncieren.« Er nahm es sich auch ernsthaft vor, aber er kam nicht dazu. Warum auch. Es hatte ja doch keinen Zweck. Alle annoncierten. Die anderen vom Stammtisch auch. Es hatte ja doch alles keinen Zweck. Er sagte das ja auch eigentlich nur, um Käte nicht mit Widerspruch aufzuregen. Bis es ihr besser ging, mußte man Geduld haben.

Lela hat nicht gut geschlafen. Sie hat beim Erwachen einen leeren Kopf. Und doch ist es spät. Sie muß sich eilen. Es ist kalt im Zimmer. Sie muß Licht machen, um zu sehen. Vor dem kleinen Spiegel kämmt sie ihre Haare und blickt in ihre großen, übernächtigen Augen. Ihr ist schlecht. Es ist ihr immer morgens schlecht. Ehe sie hinuntergeht, bleibt sie wie immer an Mutters Tür stehen. Es ist still drinnen. Leise öffnet sie um einen winzigen Spalt die Tür. Es ist ganz still. Sie strengt sich an, zu hören. Sie wartet auf eine leise Bewegung. Ihr Herz steht. Sie wagt sich nicht zu rühren. Im Halbdunkel sieht sie Mutters Haare wie einen dunklen Fleck. Die Hände sind über der Brust gefaltet. Die Tür hat gekracht. Jetzt wird Mutter natürlich aufwachen. Warum ist die Tür nicht geölt? Sie hat das längst machen wollen. – Vom Bett her kommt kein Ton. Lela kann sich nicht rühren. Ihre Hand an der Messingklinke wird zu Eis. Sie kann keinen Fuß vor den anderen setzen, ja, sie kann keinen Laut von sich geben vor unmäßiger, rasender, sinnloser Angst. Sie fühlt: Ich muß jetzt nur »Mutti« sagen, dann wacht sie auf. Und sie kann es nicht sagen. Nicht wecken. Das ist ein Schlaf, aus dem man niemand wecken darf. Hier darf man keinen Lärm machen. Hier ist es heilig. Wie im hohen Dom preßt sich ihre Hand auf den Mund. Nichts sagen. Es kommt keine Antwort mehr von dort. Nie mehr. Wie sie »nie mehr« denkt, schreit sie auf. Laut, verrückt, schneidend, irre vor Nichtertragenkönnen. Das »Nie mehr« war zuviel.

Berti rennt die Treppe hinauf, das Mädchen, Meinhardis kommen. Lela hält die Tür fest. Es soll niemand da hinein. Das ist ihre Mutter, und niemand darf sie anrühren und niemand darf dort hell machen. Sie gebärdet sich wie von Sinnen. Man muß sie mit Gewalt davonschleppen. Der kleine Körper hält's nicht aus, fühlt die Köchin. Ein fremdes Mädchen, erst kurz im Haus, eine vom Land. Sie nimmt das Kind auf den Schoß, an ihre schwere, breite Bauernbrust. Sie wiegt sie wie ein Wickelkind. Sie weint und weint und wiegt sich selber im Schmerz. Lela wehrt sich, aber der Bäuerin Arme sind stärker, und Lela gibt nach. In langes, klagendes Jammern tönen die Schreie ab. Wie Tiere heulen, in gezogenen Tönen, kommt es aus der schmalen Brust: »Mutti, Mutti, Mutti«, von den tränennassen, verzerrten Lippen. Und die Hände krampfen sich in das feste Fleisch der fremden Frau. »Ich kann nicht, ich kann nicht!« Und eine harte, rauhe Hand legt sich schwer über ihr ganzes Gesicht.

Plötzlich ist sie still und horcht. Oben tobt Berti. Mit einem Satz ist sie frei und die Treppe hinauf beim Bruder. Der hält sich beide Hände an die Schläfen und rennt um einen Tisch. »Schmerzen, Schmerzen, Schmerzen«, sagt er immerzu.

»Die Kinder müssen weg, die Kinder müssen aus dem Haus«, sagt Meinhardis. Er zeigt kaum Bewegung. Er hat zuviel zu tun. Ein Arzt muß geholt werden, man muß an die Schwestern seiner Frau telegrafieren, an Großmama. Es muß, es muß, es muß sehr viel erledigt werden. Jemand zieht Lela an und nimmt sie mit. Irgend jemand, eine entfernte Verwandte. Lela ist erschöpft und willenlos. Sie ist in einem fremden Zimmer. Man probiert ihr ein schwarzes Kleid an. Sie will nach Hause. »Du kannst nach Hause. Heute abend.« Da standen schon Lichter um Mutters Bett und Blumen. Mutter war schön. Wie aus Wachs. Lela stand an ihrem Bett.

»Sag Mutti adieu!« sagte Meinhardis. Lela schien es, als habe er eine andere Stimme. Er hatte seine Hände auf ihren Schultern. Wie sollte sie nur Mutti adieu sagen, Mutti hörte es ja nicht mehr. Die Kerzen flackerten auf und belebten warm das tote Gesicht. Lela trat leise an das Bett, vorsichtig streckte sie die Hand aus und zeichnete ein Kreuz auf die weiße Stirn ihrer toten Mutter.

»Gute Nacht, schlaf wohl, Mutti, Gott segne dich!«

Lela stand am Fenster. Ihre Stirn preßte das Glas. Mit dem nassen Taschentuch wischte sie immer wieder den Fleck aus, den ihr Atem auf der Scheibe machte. Die Feier der Einsegnung war vorüber. Wenige waren dabei gewesen. Die beiden Schwestern Frau Kätes, kaum ein paar Bekannte aus der Stadt. Man war ja wieder so fremd hier, nach so langer Abwesenheit. Die Dienstboten. Ein fremder Pfarrer hatte gesprochen. Nun wurde der Sarg die enge Treppe hinuntergetragen. Draußen auf der nassen Straße stand der schwarze Wagen, um ihn aufzunehmen. Vier ernste, sachliche Männer besorgten das. Blumen und Kränze wurden darauf gepackt. Es waren nicht viele. Berti und Papa schritten hinter dem Wagen her. Dann noch ein paar Leute. Langsam fuhr das Gefährt an. Es wackelte etwas, die Straße war schlecht. Langsam, ganz langsam fuhr der Wagen, als hätte man Angst, Muttis Schlaf zu stören. Zuletzt fuhr eine alte Droschke mit dem Pfarrer hinterher. Es ging hier bergauf. Es war keine Musik da. Man fuhr nur so. Langsam und ganz still.

In Lela riß plötzlich etwas entzwei. Bisher war Mutti noch im Haus gewesen. Dies war Abschied. Endgültiger Abschied. Jetzt war sie fort. Jetzt das Haus leer. Das dumme, dumme Haus. Leer.

Auf der Treppe lagen Blätter und zertretene Blumen. Die Haustüre stand noch offen, beide Flügel – weit. Ein feuchter Zug kam herein. Man hatte alle Fenster aufgerissen, um zu lüften. Es war gar nicht mehr ein Haus.

Manuela hatte nur einen Wunsch, weg, hinaus – allein sein. Hier waren geschäftige Leute. Man räumte auf, man wusch den Boden, man bezog Betten. Man kochte, und man heizte. Die Tanten hatten zu tun. In Schubfächern, in Schränken. Es mußte schnell gehen. Sie wollten wieder abreisen.

»Die Wäsche kann das Kind ja doch nicht gebrauchen, es ist ihr ja alles zu groß«, sagte Tante Luise Ehrenhardt.

»Diesen Persianermuff könntest du nehmen, Irene, er paßt zu deiner Stola.«

»Ja, danke. Wenn Lela groß ist, gebe ich ihn ihr wieder.«

Lela hörte alles. Der geliebte Muff, in den Mutter ihre mageren, kalten Hände gesteckt hatte, um sich zu wärmen. Immer hatte Lela ihre Händchen dazu gesteckt und ihren Kopf auf das weiche Fell gelegt.

»Dies alles geht in die Wäsche«, hörte sie weiter sagen. Da lief sie hinüber. Stand bleich und verstört vor den beiden Frauen. Sie wagte nichts einzuwenden – sie beobachtete nur, was man mit der Wäsche tat, und sobald der Augenblick es gab, bemächtigte sie sich der getragenen Wäsche ihrer Mutter und versteckte sie in ihrem Bett.

Hin und wieder schlich sie hin, vergrub ihr Gesicht tief in den weichen Batist und atmete den Duft ein, so lange, bis Mutti körperhaft sichtbar war und sie sie zu umarmen glaubte, ihre Wärme zu spüren, ihre Hände zu fühlen, ihre Worte zu hören: »Mein Liebling...«

Tante Irenes Liebkosungen ließ sich Lela gerne gefallen. Tante Irene war lieb. Sie war Mutti ähnlich. Ihre Stimme konnten Fernerstehende manchmal nicht von Mutters Stimme unterscheiden. Tante Irenes Hände waren so wie Muttis Hände. Aber Tante Irene reiste gleich wieder ab zu ihren Kindern. Sie hatte keine Zeit. Auch Tante Luise fuhr weg mit einem Koffer voll Sachen, die Mutti gehört hatten. Tante Irene hatte ihr das meiste überlassen.

Alle waren lieb zu Lela, aber sie fühlte es gar nicht. Es war nur lästig. Sie wollte allein sein. Denn dann konnte sie Mutti bei sich haben. Sie wollte hinaus in die Kastanienallee, auf die Bank, wo sie immer mit Mutti gesessen hatte – sie glaubte, daß Mutti dort auf sie warten mußte, aber man ließ sie nicht gehen. Fast war es wie eine Bewachung. Sie flüchtete zu ihren Schulbüchern, da waren überall Bleistiftstriche, die Mutti gemacht hatte, im Lesebuch. Lela wußte genau, was Mutti damals gesagt hatte, wenn sie über dieses oder jenes Lesestück gesprochen hatten.

Lela hielt sich die Ohren zu, dann war Mutti da. Dicht neben ihr und sprach mit ihr. Aber schon machte jemand Licht und kam zu Lela und legte eine Hand auf ihren Kopf und sagte: Armes Kind!

Erst nachts ließ man sie in Ruh. Sie schlief fest ein. Mutti hatte ja auch immer gesagt, sie sollte gut schlafen. Fest glaubte sie, Mutti näher zu sein, wenn sie schlief.

Einmal, tief in der Nacht, hatte sie die Empfindung, als stünde eine dunkle Gestalt an ihrem Bett und griffe nach ihrer Hand. Wild schrie sie auf – sofort waren Menschen im Zimmer, und es war hell. Erst als sie wieder gingen, wußte Lela, daß das Mutti gewesen war, und sie, dumme Lela, hatte sich gefürchtet, hatte sie durch Schreien und Licht verjagt, ihre Mutter. Entsetzlich traurig über sich selbst, verhielt sie sich mit Gewalt ruhig und wartete mit starren Augen. Aber es kam nichts mehr. Nicht heute – und auch keine andere Nacht.

Viertes Kapitel

Hell glitzernde Fläche. Die kalte Wintersonne gießt einen goldenen Weg darüber her. Die Musik spielt einen Walzer. Viele Schlittschuhe reißen feine Linien in das harte, spiegelnde Eis. Alle Leute haben helle Gesichter. Man hält einander an der Hand. Kinder machen lange Girlanden. Eine führt an, zieht die Reihe hinter sich her, steht und läßt festhaltend die ganze Reihe sich aufrollen, nur der letzte läßt los und wird weit im großen Bogen fortgeschleudert.

Paare halten die Hände über Kreuz. In stilleren Ecken, von der Musik entfernt, üben Geschicktere Bogen, Achter, Dreier, Rückwärtslaufen und Springen. Beide Arme ausgebreitet, den Kopf schräg über die rechte Schulter geworfen, die Handflächen nach oben und außen gekehrt, auf dem rechten Bein stehend, das linke weit ausgestreckt, läßt Fritz Lennartz in wundervollem Schwung seinen Schlittschuh die Kurve auslaufen. Einen Augenblick faltet sich der Körper zusammen und fährt mit neuer Kraft, von der man nicht weiß, woher sie kommt, auf dem linken Fuß einen Bogen nach der anderen Seite. Auf dem Hinterkopf trägt er eine Pelzmütze, aus der ihm ein blonder Schopf ins Gesicht fällt. Sein dunkelblauer Anzug ist fest zugeknöpft und zeigt bei jeder Bewegung seinen elastischen schlanken Körper. Er trägt Kniehosen, die eng unter dem Knie schließen, und lange, schwarze Strümpfe. Seine Haut ist mädchenhaft zart. Die Winterkälte hat seine Wangen gerötet. Jetzt bleibt er stehen und blickt in die enge Masse der um die Musik kreisenden Menschen. Aus halb geschlossenen, etwas hochmütigen Augen mustert er die Mädels. Ohne es sich anmerken zu lassen, verfolgt er ein Paar mit den Augen. Ein schlankes Mädchen auf hohen Beinen, eine Matrosenmütze nachlässig im Genick, die leicht welligen Haare im Wind. Sie unterhält sich ausgezeichnet. Sie lacht ihrem Partner zu, der sie fest und sicher an beiden Händen über Kreuz hält. Es hat den Anschein, als bemerkten sie Fritz gar nicht. Die beiden legen sich in die Musik und sind auch schon an ihm vorüber. Fritz steht und tut, als suche er jemand anderes. Joachim, der Lelas Hände hält, kann nicht an sich halten: »Hast du Fritz gesehen?«

Und Manuela: »Ja, eingebildet, nicht?«

Joachim ist mit der Antwort zufrieden, über sein gutmütiges Gesicht geht ein gönnerhaftes Lächeln.

»Na ja, er kann ja auch eine ganze Menge. Aber er läuft immer allein«, meint er und betrachtet Lela scharf von der Seite.

»Wenn es ihm Vergnügen macht, soll er doch.«

Joachim hat da irgend etwas weh getan. Es war Lela offenbar nicht recht, daß Fritz immer allein Schlittschuh lief. Joachim hatte plötzlich das Gefühl, es sei unwürdig, bei jeder neuen Runde so an Fritz vorbeizulaufen. Deshalb forderte er Lela auf, im Restaurant etwas Heißes zu trinken. Das Restaurant war eine Bretterbude. Im Innern ein paar Tische mit rotgemusterten Tischtüchern. Man brauchte nicht abzuschnallen. Ungeschickt mit den Händen rudernd, balancierte man sich mit den Schlittschuhen auf dem nassen Holzboden bis zu einem Stuhl, auf dem man plump niederfiel. Lela wollte Tee haben. Joachim bestellte auch Tee, aber mit Rum. Es war dunstig und rauchig und recht laut hier. Aber es machte Lela Spaß, sich mit einem Jungen zusammen an einen Tisch zu setzen, wenn's auch bloß Joachim war. Zufrieden schlürfte sie den heißen Tee. Sie saß dem Eingang gegenüber, dem Joachim den Rücken kehrte. Joachim war Nachbarskind. Joachim pfiff mittags auf der Straße, dann kam Lela heraus, und sie gingen zusammen Schlittschuh laufen. Das war ganz selbstverständlich.

Meinhardis hatte es in dem alten Haus vor der Stadt nicht ausgehalten. Die Erinnerung an Frau Kätes Tod trieb ihn weg von dort. Mit Hilfe einer neu engagierten Hausdame wurde der Umzug in das Stadthaus schnell bewerkstelligt. Nun wohnte man in einer Villenstraße, Bäume vor dem Haus, Gärten ringsum. Lela und Berti hatten so keinen weiten Schulweg mehr, und auch Meinhardis nur wenige Minuten zum Stammtisch.

Fräulein von Helling führte die Wirtschaft. Sie war eine etwas streng aussehende Dame. Ihre Kleiderkragen gingen hoch zum Hals, was ihr eine stolze Kopfhaltung vorschrieb. Sie trug vorwiegend dunkle Farben, wenn nicht überhaupt Schwarz. Ihr Gesicht war frisch, ihr Mund schmal und etwas verbittert. Sie war äußerst sparsam, was Meinhardis sehr angenehm war. Er hatte nie mit Geld umgehen gelernt und trug es meist ungezählt und lose in der Tasche, was Fräulein von Helling entsetzte. Meinhardis liebte es, sie mit seinen schlechten Eigenschaften zu erschrecken. Er lachte dann aus vollem Halse über ihr Kopfschütteln, bis sie zaghaft und nur wie aus Höflichkeit mitlachte. Aber der Wahrheit die Ehre zu geben – sie lachte recht gern. Sie war angenehm berührt von der neckenden Aufmerksamkeit des Oberstleutnants. In Liebessachen hatte sie wohl im Leben wenig Glück gehabt und war als Tochter einer kinderreichen Familie von verarmten Landadligen zu dieser Hausdamen Stellung gezwungen worden.

Manuela konnte Fräulein von Helling nicht leiden. Sie nahm es ihr übel, daß sie in Mutters Bett schlief und Mutters Schrank benutzte. Fräulein von Helling hatte schnell den Widerstand gefühlt und erfahrungsklug, wie sie durch viele Stellungen in fremden Familien geworden war, unternahm sie bei Lela auch keine Eroberungsversuche. Sie schenkte ihre sorgende Aufmerksamkeit lieber den männlichen Bewohnern des Hauses. Berti gedieh an seinen Leibspeisen, und Meinhardis fand an ihr immer muntere Gesellschaft, wenn er nach Tisch bei seinem Glas Wein sitzen bleiben wollte und alle seine alten Geschichten einem neuen, dankbaren Zuhörer vortragen konnte. Dann trank auch Fräulein von Helling auf Zureden ein Gläschen mit, obwohl sie behauptete, sonst nie Wein zu trinken, aber Meinhardis litt es nicht, daß einer »trocken« bei ihm saß. Außerdem machte es ihm Spaß, wenn dem Fräulein das Rot in die Wangen stieg und sie gegen Willen und gute Erziehung recht laut lachen mußte. »Helling« nannte er sie, manchmal in guter Laune auch »Du«, während sie unweigerlich an dem »aber Herr Oberstleutnant« festhielt ...

So störte Manuela niemand in ihren Unternehmungen. So konnte sie ruhig hier sitzen und Tee mit Rum trinken, wenn Jochen sie dazu einlud. Beide Ellbogen auf den Tisch gestützt, ließ sie die belebende Wärme ihre Wirkung tun. Sie saß gerne ein wenig. Ihre schmalen Gelenke schmerzten leicht beim Schlittschuhlaufen. Sie starrte, indem sie Jochens Geschichten von der Reise nach Berlin anhörte, wie zufällig auf die Tür.

Da kam auch, wie erwartet, Fritz herein. Er humpelte nicht so ungeschickt wie die anderen, sondern ging ganz sicher zum Büfett hin und verlangte Zigaretten. Selbstbewußt steckte er das Paket ein, nachdem er sich eine Zigarette angezündet hatte, und ging wieder hinaus, ohne einen Blick nach Lela hin zu werfen. Er tat, als hätte er sie gar nicht bemerkt. Lela wurde unruhig.

»Komm, wir wollen noch ein bißchen laufen«, und Jochen gehorchte sofort. Als sie wieder in die Helle traten, war die Sonne hinter dem Tannenwald untergegangen. Die Musik hatte aufgehört, und die vielen Eisläufer zerstreuten sich schon allmählich.

Jochen und Lela liefen einzeln nebeneinander her. Lela wollte versuchen, Bogen fahren zu lernen. Mit dem rechten Fuß nach außen ging es auch schon ganz gut, und ein wenig von dieser sonderbaren Lust des Schwunges wurde ihr schon zuteil. Ein heißer Wunsch, mehr zu können, stieg in ihr auf – da sah sie Fritz mit Hella Andreas dicht vor sich herlaufen. Hella glühte, sie lachte unnatürlich, und Fritz hielt nachlässig ihre Hände, aus Höflichkeit nur eben Schlittschuh laufend wie alle anderen. Plötzlich war es kalt und Lela müde. Jochen kniete vor ihr und schnallte ihr die Eisen ab. Er trug sie ihr auch auf dem Nachhauseweg. Lela sah noch, daß Fritz mit Hella im Restaurant verschwand.

Zu Hause angekommen, entledigte Manuela sich schnell ihrer Schulaufgaben, nahm dann ein Buch zur Hand und verzog sich in eine Sofaecke. Fräulein von Helling stopfte Wäsche. Lela haßte den Geruch.

»Wenn du ein ordentliches Mädchen wärest, würdest du mir helfen.«

Lela war müde. Sie dachte nur darüber nach, wie sie morgen Bogen laufen würde. Unruhe hatte sie gepackt, sie konnte nicht lesen, sie klappte das Buch zu. Da trat Meinhardis ins Zimmer.

»Na, seid ihr brav?«

Er schob Fräulein von Helling die Lampe näher:

»Kindchen, Sie verderben sich ja die Augen mit dem Zeug da. Nein, wie sie fleißig ist, was, Lela?«

Fräulein von Helling beugte ihren Kopf auf die Arbeit. Das Lampenlicht schien auf ihren zum Nest aufgesteckten dicken blonden Zopf. Meinhardis' Hände lagen auf der Stuhllehne. Er konnte sich nicht enthalten, geschickt und schnell zwei dicke Haarnadeln, die das Gebäude hielten, herauszuziehen. Sofort fiel der Zopf über Fräulein von Hellings Schulter.

»Aber Herr Oberstleutnant!«

Tiefrot und entsetzt sprang sie auf, den Zopf an den Hinterkopf drückend.

Meinhardis schmunzelte und lachte. Lela lachte mit. Sie war gewohnt, daß Papa Spaß machte. Daran war nichts Besonderes. Neu war, daß er nun Helling packte und ihr einen Kuß gab. Es kam Lela so vor, als hätte Helling das gut verhindern können, wenn sie nur den albernen Zopf losgelassen hätte. –

Am nächsten Tag lief Lela dem armen Jochen weg. Sie rannte die abschüssige Straße hinab zur Eisbahn, schnallte in fieberhafter Eile an und steuerte sofort auf eine freie Ecke zu, wo sie zu üben begann. Es wurde ihr heiß vor Anstrengung. Sie war auch schon ein paarmal hingefallen, ihr Mantel war ganz weiß vom Eispulver. Schließlich warf sie den Mantel ganz weg, auch die Handschuhe und den Muff. So, jetzt war ihr besser. Sie hatte gerade zu einem Bogen angesetzt, als sie von hinten zwei starke Hände um den Gürtel packten und sie zu »schieben« begannen. In einer Sekunde hatten sie rasendes Tempo. Das Eis krachte und rauschte unter ihren Füßen. Die schwarzen Tannen rings um die Bahn flogen an ihr vorüber, eisig schnitt ihr der Wind ins Gesicht.

»Nicht fallen, Lela, festhalten, du kannst es ja! Hast du Angst?«

»Nein Fritz, nein! Es ist herrlich!«

»Ach du, du bist leicht wie eine Feder! Ich spür' ja gar nichts. Ich hab' ja viel zuviel Kraft, du«, keuchte er hinter Lela her.

Es war wie eine wilde Jagd, und sie war es, die gejagt wurde, und sie mußte stillhalten, und es war gut so.

»Lel?« fragte er nach einer Pause. »Kannst du noch?«

»Ja, Fritz, ich kann, ich kann, solange du willst.«

Sie wußte gar nicht mehr, was sie sagte, sie fühlte nur, daß die anderen Schlittschuhläufer ihnen auswichen und daß die Hände, die sie hielten, haarscharf an den festgefrorenen, vereisten Rändern der Bahn vorbeisteuerten. Sie fühlte, wie sie bei Kurven instinktiv das Gewicht verlegte. Die Schienbeine schmerzten, sie zitterte ein wenig – aber wenn es auch in die Hölle gegangen wäre, sie hätte ausgehalten.

Jetzt gab ihr Fritz einen energischen Stoß, und Lela flog allein hinaus auf die blendende, glatte Fläche. Eine Kurve, einige Eisklötzchen im Weg, Lela beugte sich, um nicht zu fallen, nach vorn und kämpfte wild gegen den sicheren Sturz an. Vergeblich. Aber da hatte er sie schon im Arm. Obwohl ihre Füße ausgeglitten waren, fiel sie nicht, sie stand. Ihre kalten Wangen lagen an rauhem Tuch, und eisig fühlte sie die harten Knöpfe an Fritzens Jacke.

»Du, das hast du fein gemacht, Lel.«

»Finde ich gar nicht. Wenn du da jetzt nicht gestanden hättest, wäre ich glatt hingeschlagen.«

Beide lachten.

Man mußte sich die Nasen putzen und die Mützen wieder richtig aufsetzen. Lela zog ihr Kleid herunter, das sich bei der Fahrt verschoben hatte, und Fritz kämmte mit der Hand seinen Schopf aus dem Gesicht. Man war wirklich ganz in Unordnung geraten.

Fritz zog seine Stiefel mit den Schlittschuhen aus und hängte sie an einem Riemen um den Nacken, so daß die Stiefel mit den Schlittschuhen auf seiner Brust hingen. Er hatte andere Stiefel angezogen. Jetzt kniete er vor Lela am Boden und schnallte ihr die Schlittschuhe ab. Lela hatte seine unordentlichen blonden Haare direkt vor dem Gesicht. Aber sie steckte ihre Hände schnell in die Manteltasche, als suche sie etwas.

Meinhardis hatte sich ein neues Leben zurechtgemacht. An manchen Tagen ging er deprimiert und mit sich beschäftigt umher oder machte große Spaziergänge in die Berge. Er konnte den Gedanken nicht loswerden, daß er zu »Muttchen« nicht gut genug gewesen sei. Jeder Augenblick der letzten Jahre, wo er, verärgert vom Dienst gekommen, seine schlechte Laune an ihr ausgelassen hatte, fiel ihm ein und ging ihm nach. Dann wieder schien es, als hätte er alles überwunden. Er stürzte sich in lustige Gesellschaft, und keiner konnte so gute Geschichten erzählen wie er, keiner so reizend den Hof machen, keiner so vergnügte Spaße ausdenken wie er.

Seine Kinder machten ihm manchmal Sorgen. Aber er hoffte, Helling würde es schon recht machen. Ängstlich beobachtete er Lelas Aussehen. Freunde sagten ihm mitunter angenehme Dinge: Manuela werde eine Schönheit werden. Er freute sich, daß sie seine Augen hatte und seine Gestalt. Er wollte gerne eine schöne Tochter haben, und dann, ein Mädel mußte doch hübsch sein, wenn sie einen reichen Mann haben wollte. Und daß seine Tochter einen reichen Mann kriegen würde, war bei ihm abgemachte Sache. »Einen mit 'ner Hirschjagd«, pflegte er zu sagen. Er sah sich gerne als Schwiegerpapa auf einem schönen Gut in Norddeutschland, im Garten spazierend, oder bei Rotspon und dicker Zigarre die Jagdgäste unterhalten. Das Geld, das dagewesen war, als Käte starb, wurde immer weniger. Die Pension war verflucht gering. Gott, Meinhardis hatte immer gehofft, daß er mal ein bißchen reisen könnte, wenn er a. D. war. Aber dazu reichte es nicht. Im stillen hoffte er, daß das Mädel, wie er Lela vor seinen Kameraden nannte, die Familie »herausreißen« würde.

Mit größerem Bangen dachte er an Bertis Zukunft. Der Junge mußte Diplomat werden. Im Auswärtigen Amt brauchte man solche Leute. Die Matura bekam er ja dieses Jahr, und dann mußte er natürlich erst mal in ein ausgesuchtes Corps eintreten, etwa in Heidelberg. Damit er Verbindungen kriegte.

Verbindungen brauchte so ein Junge im Leben. Gute Familien, reiche Familien kennenzulernen, das war die Hauptsache. So kam man weiter. Na, der Berti war ja ein fixer Kerl. Wie dem jetzt schon die Weiber nachliefen, war einfach toll. Der würde es schon machen. Da war er ihm doch, weiß Gott, neulich mit einer bildhübschen Frau begegnet. Na, er hatte nicht hingesehen. In solch einem Fall ist man als Vater diskret. Und sein Stammtisch lachte. Ja, Meinhardis war eben anders als andere Väter. Er ließ seine Kinder in Ruhe. Mit dem ewigen Verbieten kam man ja auch nicht weiter. Auf ihn, Meinhardis, hatte auch nie einer aufgepaßt, das hätte er sich wahrscheinlich schönstens verbeten.

Man trank dem Idealvater zu und prostete ihn an.

»Na, auf die Zukunft Ihrer kleinen Schönheit! Wollen sie mal leben lassen!«

Und Meinhardis tat gerne Bescheid.

Am nächsten Tag wurden ein Maiblumenstrauß und ein Kärtchen für Lela abgegeben:

»Ich muß Geige üben für den Weihnachtsbasar am Samstag. Kann deshalb nicht Schlittschuhlaufen gehen. Herzlichen Gruß Fritz Lennartz.«

Lelas kleine, braune Hände öffneten behutsam das Seidenpapier. Die Blumen dufteten wundervoll. In der Küche füllte sie eine Vase mit Wasser. Die Köchin stand frech lächelnd daneben.

»Vom Verehrer?«

Lela antwortete nicht.

»Warum auch nicht?« meinte die Köchin. Marie war liberal. Obwohl sie gerne andere Leute vor der Liebe warnte. Sie selbst hatte keine guten Erfahrungen gemacht. Sie erzählte gern davon, und Lela hatte ihr schon oft zugehört. Der Ihre war Sergeant. Aber kein braver. Maries Zimmer stand voll merkwürdiger Nippesgegenstände. Aus graubrauner Masse waren der Fotorahmen, ein Tintenfaß, ja ein nacktes Mädchen, welches ein bißchen wie eine Pfefferkuchenfigur aussah, es stand neben einer Palme aus derselben mysteriösen Masse. Die Masse war Kommißbrot. Maries Karl war ein Künstler und hielt sich anscheinend öfters im Loch auf, denn nur dort konnte er Muße haben zu seiner Passion, aus Kommißbrot so schöne Dinge zu kneten. Brot und Wasser waren das einzige, was man dort hatte – und Zeit. Karl verband die drei vorhandenen Dinge und machte Kunst daraus.

Marie war verlegen-stolz auf die Leistungen. Sie war eine gute Person, liebte Lela, und Lela verbrachte viel Zeit in der warmen Küche und erfuhr dabei manche nützlichen Dinge.

»Zeigen Sie die Blumen nicht dem gnädigen Fräulein, Fräulein Lela!« mahnte Marie wohlwollend. »Die zerreißt sich noch den Mund darüber – überhaupt braucht die nicht alles zu wissen.«

Lela trug ihre Blumen vorsichtig, um kein Wasser zu verschütten, die Treppe hinauf. Sie hatte sich eben noch gefreut, und nun überkam sie plötzlich ein ungutes Gefühl. Helling kam ja fast nie in ihr Zimmer – sie würde sie also kaum zu sehen bekommen, ihre Maiglöckchen, aber ... Man rief sie zum Essen, und froh, nicht weiter nachdenken zu müssen, lief sie hinunter.

Berti kündigte an, daß es tauen werde, und beobachtete scharf die Wirkung seiner Worte auf Lela.

Lela empfand einen stechenden Schmerz in der Brustgegend und beugte sich über ihre gefalteten Hände auf der Stuhllehne. So standen sie vor dem Eßtisch, und Berti sprach das Tischgebet: »Komm, Herr Jesus, sei unser Gast und segne, was du uns bescheret hast.« Alle fielen ein in das »Amen«. Dann erst setzte man sich zum Essen.

Lela hat das Programm auf ihrem Schoß zerknittert. Sie hält es fest in ihren heißen Händen. Fräulein von Helling neben ihr hat ihr »Bestes« an, ein schwarzes Taftkleid. Sie sitzt neben einer bekannten Dame, und beide sind in ihre Kritiken über die Darbietungen vertieft. Lela nimmt das Programm noch einmal auseinander. Wirklich, die nächste Nummer ist: Geigensolo – Friedrich Lennartz. Wenn sie sich das vorstellte, daß Fritz ganz allein auf der hohen, breiten Bühne dastehen sollte, und die vielen, vielen Menschen hier unten würden ihn, ihn ganz alleine anschauen, überfiel sie eine zitternde Angst, als sei es sie selber, die da oben stehen mußte, und ihr, hilflos im armen Kleidchen, würde man eine Geige in die Hand drücken und alles sie aus erwartender Stille heraus anbrüllen: Spiel, spiel, spiel! –

Da fiel Licht gegen den dunklen Vorhang, und Ruhe trat ein. Der Vorhang flog auseinander. Da stand ein großer, schwarzer Flügel und davor stand ein Stuhl. Von der kleinen Seitentür her trat Fritz heraus. Die Geige unter dem linken Arm, blieb er in der Mitte stehen und verbeugte sich. Es war ihm nicht anzumerken, ob er sich fürchtete. Es schien ihm sehr einfach zu sein, so, als habe er nie etwas anderes getan als dies: sich anstarren lassen und sich verbeugen.

Lelas Angst legte sich, nun er da war. Sie stieß einen kleinen Seufzer der Befreiung aus, den Helling bemerkte. Sie und ihre Nachbarin beobachteten die ahnungslose Lela. Helling war fest entschlossen, heute »Mutterstelle« zu vertreten, wie sie es nannte. Und das arme Kind vor unrechten Gedanken zu retten, indem sie sie scharf beobachtete.

Lela wußte von alledem nichts. Sie hatte nur Augen für Fritz, der sich jetzt zur Seite wandte, wo eine junge, blonde Frau am Flügel saß und zu ihm aufschaute. Als Lela dieses neue Gesicht sah, erstarrte etwas in ihr. Unwillkürlich rückte sie auf ihrem Stuhl etwas vor, um näher hinsehen zu können. Was war das? Diese Frau hatte Fritzens Gesicht – nur schöner, weicher, liebreizender, und jetzt lächelte sie ihm aufmunternd zu, und er lächelte mit einem kurzen Nicken des Kopfes zurück. Die beiden verstanden sich, und nun wußte Lela auf einmal, warum Fritz keine Angst hatte. Natürlich – sie war da, und wenn sie da war, war alles in Ordnung.

Sie strich noch einmal über die Notenblätter, und Fritz wendete sich mit einem fast hochmütigen Blick gegen die Zuschauer und ließ von den zwei weißen Händen am Flügel das Vorspiel in den Saal hinunterziehen, vor ihm hin – bis er mit einem Ruck einsetzte, der seine Haare in Unordnung brachte. Von nun an war er es, der führte, und das Klavierspiel begleitete ihn, hinauf, hinab, wartete ab, schlug ein Thema an, das er aufgriff – und beide, die Frau und Fritz, hatten die gleichen Bewegungen des Kopfes. Ihr fiel eine Locke in die Stirn, die sie, um die Noten sehen zu können, rasch zurückstrich, aber es gelang nicht – auch ihm nicht, wenn er den Kopf zurückwarf. Es war keine Zeit, man mußte weiter und hinauf und vorwärts, und die Prismen am Lüster zitterten und gaben zirpende Töne, und die Menschen blieben totenstill, als hielten sie den Atem an.

Lelas Mund war offengeblieben, ihre Augen blickten gebannt auf die Bühne. Sie wußte nicht, daß sie die Lehne des vor ihr stehenden Stuhles gefaßt hatte. Lelas Ohren färbten sich rot, ihr Gesicht erblaßte vor Anstrengung. Ihr Mund trocknete aus, ihre Handflächen wurden feucht. Was war es nur, was? Es tat weh, furchtbar weh, und auch wieder nicht. Die beiden da oben waren eins. In eins zusammengeschmolzen und galten als eins und liebten dasselbe und fühlten dasselbe und waren nicht zu trennen. Fritz war zerschmolzen, er war nicht mehr da, er war nur ein Teil und war wieder doch so da wie vorher nicht. Denn er füllte den Saal ganz aus, und er war ganz allein im Raum – aber er wurde geführt, getragen von ihr, und ohne sie hätte er nicht dasein können und nicht die Musik. Da packte etwas und schüttelte die Menschen und riß an ihnen, und sie waren alle geduldig und ließen sich reißen. Und dann lachte etwas sie aus und war wieder lieb und streichelte sie und beruhigte, und dann war es, als sängen alle zusammen, alle und Lela waren mitten drin und ein Teil davon. Ohne sie wäre es eben auch nicht da – aber was eigentlich …? Da war es aus. Einen Augenblick mußten sich die Zuhörer von der Überraschung erholen. Es blieb still. Fritz hatte Zeit, seine Geige auf den Flügel zu legen, und die Frau, sich zu erheben. Da erst fiel Applaus ein. Als hätten die Menschen es nötig, zu schreien und zu lärmen, weil sie sonst erstickt wären, so tobten sie. Mit einem zärtlichen Schritt trat die junge Frau zu Fritz hin und legte ihren Arm um seine Schulter. Fritz genierte das gar nicht, er sah ihr strahlend ins Gesicht und verbeugte sich dankend gegen den Saal zu. Wieder und wieder zog er an der Hand seine Mutter vor die Rampe. Man lärmte und rief. – Seine Mutter. Er hat eine Mutter! dachte Lela.

Sie drängte sich nach vorn, aber Fräulein von Helling griff nach ihr:

»Du bleibst da.«

Lela fuhr herum und sah in ein fremdes, böses, neidisches Gesicht.

»Man läuft Jungens nicht nach. Das ist unpassend.«

Lela legte sich eine eiskalte Hand aufs Herz. Mechanisch wendete sie sich um und ging auf ihren Platz.

Plötzlich wurde es wieder dunkel im Saal, und die Leute mußten sich setzen. Es entstand eine Unordnung, und neben Lela blieben einige Stühle bis zum Gang frei. Jetzt sollte das eigentliche Weihnachtsspiel folgen. Lela begleitete es mit den Augen, aber den Sinn der Handlung erfaßte sie nicht. Man ging, man sprach, trat ab. Kinder, Erwachsene. Im Publikum hustete man hie und da, knabberte man Schokolade. Ein Stuhl rückte, man tuschelte und versuchte im Programm etwas über die nächste Nummer zu erfahren.

Auf einmal bemerkte Lela Fritz, der sich langsam an der Wand entlangschob und auf sie zukam. Er zwängte sich, ohne Geräusch zu verursachen, durch die Stuhlreihe und setzte sich neben sie.

Lela wußte nicht, was man sagen mußte, wenn jemand gut gespielt hatte, und sah angstvoll zu ihm auf. Er schien es zu verstehen und lachte sie ermunternd an, wie um sie zu trösten. Er nahm ihre Hand in die seine, als wollte er sagen: Nein, so schlimm bin ich ja nicht.

Dann mußten sie stille sein. Ihre Hand blieb liegen, wo er sie hingelegt hatte, auf seinem Knie, und er legte die seine schützend darüber.

»Wie gefällt dir meine Mutter?« fragte er leise in ihr Ohr. Und Lela, ohne ihn anzusehen, antwortete:

»Sie ist wunder-, wunderschön.«

Mehr konnte sie um alles in der Welt nicht sagen, sonst hätte sie geweint. Sie kämpfte und kämpfte einen Knoten in ihrem Hals hinunter und zwinkerte rasch mit den Augen, um die Tränen, die ganz dumm, lächerlich und ungerufen in ihren Augen standen, zu bändigen. Sie schluckte so gut sie konnte, und Fritz kam ihrem Ohr ganz nahe, so daß sie seine Haare fühlte.

»Du – ich bring' dich nachher zu ihr, sie will dich sehen!« Lela biß sich auf die Lippen vor Erregung. Ihr Mund wurde rot und dunkel. Die Tränen hatte sie zurückgedrängt, aber es blieb ein Glanz zurück. Ihre Haare waren gescheitelt und fielen auf ihre Schultern. Ihre Arme waren nackt, mager und hilflos. Sie schämte sich für ihre Arme. Fritzens Mutter hatte weiche, weiße Arme und schöne Hände – schöner als Fritz. Fritzens Hand begann ihr weh zu tun. Sie war knochig. Die Hände seiner Mutter waren sicher sehr weich und zart zum Anfassen, das sah man schon, wenn sie spielte. Und ganz kleine Füße hatte sie. Fritz hatte große Füße. –

Jetzt wurde die Bühne taghell, noch heller, noch und noch heller. Eine hohe Treppe führte in den Himmel hinauf, ganz von Engeln getragen. Eine Orgel spielte, und die vielen, vielen Engel sangen ein Weihnachtslied.

»Jetzt kommt sie!« sagte Fritz.

Es war nicht mehr nötig zu sagen, wer. Fritz wußte, daß Lela an seine Mutter dachte. Ganz oben trat etwas Glitzerndes auf die Treppe. Es blendete so sehr, daß man zuerst nicht sehen konnte, wer es war. Eine ganz leise Musik begann, und eine wunderbar siegreiche Stimme begann den Engelsgruß zu singen. Ein feinfaltiger, langer Rock entfiel einem eng anliegenden, silbernen Hemd, das auch die Arme eng umschloß. Nur der Hals war frei, die blonden Haare offen, und ein silberner Helm saß fest um das junge Gesicht. Die blauen Augen strahlten alle Lichter der Scheinwerfer zurück.

Sicher, klar und rein eroberte sich die Stimme den Raum. Die Stimme machte gut, die Stimme machte froh, sie zog einen hin – da hinauf. Lela hielt sich fest an ihrem Stuhl wie in Abwehr. Fritz hatte seine Nachbarin vergessen. Gebannt und verloren starrte er da hinauf. So schön war niemand wie seine Mutter, fühlte auch er, niemand.

»Und Friede auf Erden und den Menschen ein Wohlgefallen!« rief es von dort oben. Die Engel fielen ein, das Orchester, Posaunen dröhnten und nahmen die Stimme mit: »…den Menschen ein Wohlgefallen!«, und der dunkle Vorhang rauschte zu.

Fritz sagte Fräulein von Helling und ihrer Freundin, der alten Frau Professor Metzner, mit einem weltmännischen Diener guten Abend und führte die drei an einen kleinen Tisch im Nebensaal, wo er den beiden Damen half, sich Tee und Kuchen zu bestellen. Dann nahm er Lela an die Hand und sagte ganz einfach: »Komm, Mama wartet auf uns.« Es war ein furchtbares Gedränge. In den Türen stauten sich die Menschen. In Buden wurden zugunsten armer Kinder geschenkte und gestiftete Dinge verkauft. Fritz hielt Lela an der Hand und zog sie hinter sich her. Oft mußte er stehenbleiben, weil ihm irgendein alter Herr auf die Schulter schlug und sagte: »Brav, mein Sohn!« – oder eine alte Dame: »Ein Talent ist das, ein Talent…« Lela war stolz auf Fritz. Aber ihn hielt das alles nur auf, und er wollte weiter.

»Mama verkauft Blumen«, sagte er. Und beide suchten im Gedränge den Blumenstand. Richtig – dort! Aber sie wartete gar nicht auf die Kinder. Sie war umringt und hatte alle Hände voll zu tun. Die beiden krochen hinter sie in ihre Bude. Kaum war auf einer Kiste so viel Platz, daß Lela sitzen konnte. Aber sie fühlte sich geborgen und war froh, aus dem Trubel heraus zu sein, und froh, daß Frau Lennartz nicht gleich Zeit hatte. Lela saß zwischen Riesenhaufen von Blumen. Auf dem Tisch vorn lagen gebundene Sträußchen. Drei Rosen oder drei Nelken. Da langte Frau Lennartz nach den nassen Blumen und dem Faden.

Ohne zu wissen, was sie tat, schob Lela die Hand zurück.

»Nein«, sagte sie fest, »das mache ich.«

Lachend über das energische kleine Mädchen und erstaunt über die Hilfe, die ihr da erstand, beugte sich Fritzens Mutter herab und, die Hand unter Lelas Kinn, hob sie deren gesenkten Kopf zu sich herauf.

»Das ist Manuela von Meinhardis, Mama«, sagte Fritz verlegen.

Einen Augenblick sah Lela diese blauen Augen über sich, hielt den Atem an und erwiderte dann das Lächeln, das ihr entgegenkam.

»Das ist ja wundervoll, daß du mir helfen willst – aber das kann ich doch gar nicht annehmen, du willst doch sicher herumlaufen und dich amüsieren.«

Lela schüttelte energisch den Kopf.

»Nein, Mama, Lela bleibt gern hier. Kann ich dir auch was helfen?«

Lela war froh, daß nicht mehr von ihr die Rede war, und stürzte sich in die Arbeit.

»Ja – sei so gut und laß mir das Geld wechseln.« Frau Lennartz gab Fritz eine Handvoll Scheine, und Fritz wandte sich zum Gehen. Seine Mutter strich ihm die Haare aus der Stirn, ehe sie ihn entließ. Lela gab sich alle Mühe, daß auch ihre Haare so ins Gesicht hingen, und wartete, ob dann Frau Inge, wie sie sie hatte nennen hören, auch ihr die Haare aus der Stirn streichen würde. Wild riß sie am rostigen Draht, daß ihre Finger schmerzten: ohne Schonung griff sie in die Dornen der dickstieligen Rosen. Sie biß mit den Zähnen den widerspenstigen Bast auseinander. Sie griff in das eiskalte Wasser, bis ihre Finger klamm und starr wurden. Tief sog sie den bitteren Blätterduft in ihre Lungen ein und wagte nicht, hinaufzusehen zu Frau Inge. Nur ihrer Stimme hörte sie zu und ihrem Lachen.

»Ja, sehen Sie, Frau Professor«, sagte Fräulein von Helling zu ihrer Nachbarin, »so ist das Kind, immer hat sie die Jungens im Kopf. Es ist einfach schrecklich. Und wie soll man da aufpassen? Ich kann hier doch unmöglich hinter ihr herlaufen. Dieser Fritz macht ihr den Hof – na, und sie läßt sich das gefallen. Sie ist ja verliebt über beide Ohren, und das in dem Alter, ich bitte Sie: dreizehneinhalb Jahre. Gott, wenn das die Mutter von dem Kind erlebt hätte! Es ist nur gut, daß sie es nie erfahren hat, wie faustdick ihre Tochter es hinter den Ohren hat.« Helling holte einen tiefen Seufzer. »Sehen Sie, ich hab's wirklich schwer. Die Tanten schreiben mir, ich soll aufpassen. Aufpassen! Sie rennt doch aus dem Haus, und kein Mensch weiß, was sie treibt. Ich hab' ja versucht, mit dem Vater ein ernstes Wort zu reden, aber Männer ... Na ja, sie hat es sowieso vom Vater, der ist ja genauso hinter jeder Schürze her – da kann man sich nicht wundern. Aber jetzt habe ich es doch nun einmal mit eigenen Augen gesehen, und jetzt werde ich es ihm doch wohl klarmachen können, wie seine ›schöne‹ Tochter es treibt. Ich lehne jede Verantwortung ab. Und der Exzellenz von Ehrenhardt schreibe ich heute abend noch einen Brief. Meiner Ansicht nach muß das Kind aus dem Haus. Was die nicht alles schon zu sehen und zu hören kriegt! Ewig steckt sie bei den Dienstboten in der Küche. Na, und der Bertram – wissen Sie, daß der Junge sogar nachts manchmal nicht da ist? Ja, da wundern Sie sich. Das sind Kinder heutzutage ...«

Fritz bekam den Auftrag, Brötchen und Bowle zu holen. Der Betrieb war anstrengend. Endlich wurde Frau Inge auf einige Zeit abgelöst. Sie setzte sich auf die Kiste zwischen die Blumen. Ein Stuhl war nicht da. Deshalb zog sie Lela mit einem selbstverständlichen Griff auf ihren Schoß.

»Komm her, ruh dich aus.«

Lela überkam eine heiß siedende Seligkeit. Sie wagte sich nicht zu rühren. Um nicht zu fallen, mußte sie ihren Arm um die fremde Frau legen. Sie fühlte den warmen Hals und die Haare weich an ihrer Hand. Sie fühlte die Brust Frau Inges. In diesem Augenblick versank alles, die Blumen, der Basar, Fritz, alles ein Meer. Das war Dämmerstunde. Dämmerstunde mit Mutter. Lela schloß die Augen und atmete den Duft, der von der fremden Frau kam. Die Geräusche kamen von der Straße, so war ihr, und gleich würden die Abendglocken läuten vom Dom her – und der Pulvergarten lag grau und ... Eva, ja, Eva hatte doch auch solche Haare. Das wußte sie plötzlich ganz genau und vielleicht hatte sie solche Arme auch gehabt – ihre Hände packten so ... Unbewußt legte Lela ihren Kopf müde nieder auf Frau Inges Schulter. Vor ihr war der Ausschnitt, gerne hätte sie dahin einen Kuß gegeben, aber das wagte sie nicht. Ganz gegen ihren Willen begann sie zu zittern. Frau Inge blickte sich nach ihr um und faßte mit der linken Hand in Lelas Haare. Eine Sekunde legte sie ihren Kopf an Lela an und sagte leise:

»Dummchen, du bist ja noch ein Baby. Ist das wahr, daß du so schön Schlittschuh laufen kannst?«

Lela versuchte sich zu fassen, aber um reden zu können, mußte sie herunter von dem Schoß und stehen – damit man sah, daß sie kein Baby war.

Fritz stand an der Sektbude und goß ein Glas schnell hinunter. Dann ging er weiter zur Künstlergarderobe. Welke Blumen lagen auf dem Tisch. Seine Geige daneben. Vorsichtig öffnete er den Kasten. Erst zupfte er ein wenig an den Saiten, als prüfe er nach, ob sie vielleicht plötzlich keinen Ton mehr gaben. Dann nahm er das weiße Seidentuch, das seine Mutter ihm geschenkt hatte, legte es unter sein Kinn und bettete die Geige darauf. Ganz leise für sich allein und für niemand anders setzte er den Bogen an. Ganz ruhig stand er da, seine Hand so sicher wie nie. Aber etwas preßte, und er versuchte, es durch eine Kopfbewegung aus dem Hals zu schleudern, allein es blieb und zwang und drückte und zerrte an ihm. Seine Backenzähne malmten aufeinander. Nicht, nicht nachgeben. Spielen, spielen, spielen ...

Oberstleutnant von Meinhardis ging, dicke Rauchwolken paffend, im Zimmer auf und ab. Manchmal knurrte er vor sich hin. Von Fräulein von Helling, die handarbeitend am Fenster saß, nahm er anscheinend keine Notiz. Sie beugte sich geflissentlich über ihre Stickerei. Es dämmerte, und er hatte heute gar keine Sorge, daß Helling sich die Augen verderben würde. Anderes beschäftigte ihn. Plötzlich blieb er stehen, und indem er den Oberkörper rasch nach vorne bog, um seine Worte zu bekräftigen, sagte er, als fahre er in einem Gespräch fort: »Also, was machen denn andere Leute mit ihren Mädels?«

Fräulein von Helling schien es nicht zu wissen, oder, was sie wußte, schon gesagt zu haben, denn sie zuckte nur die Achseln.

»Es ist doch zum Verrücktwerden«, fuhr er fort. »Ich kann sie doch nicht einsperren. Ist doch kein Soldat, der was ausgefressen hat, wie?«

Die Dame am Fenster machte eine Bewegung, als sähe sie nicht ein, warum nicht. Aber sie sagte nichts.

»Gott, was ist denn eigentlich dabei, wenn sie sich mal in einen Jungen verknallt? Ist doch auch kein solches Unglück.«

Jetzt regte es sich drüben.

»Man spricht doch darüber, Herr Oberstleutnant. Der gute Ruf...«

»Na ja, ich weiß. Na schön. Und da fällt euch Weibern weiter nichts ein, als so ein armes Kind ins Kloster zu sperren, was? Damit ihr sie los seid. Kann euch so passen. So'n paar verrückte alte Schrauben sollen dem Kind das Leben sauer machen. Kenne ich. Beten tun sie da den ganzen Tag. Nee, Lela...«

»Es ist doch nur ihr Bestes, was wir da vorschlagen, Herr Oberstleutnant. Auch Exzellenz von Ehrenhardt meint...«

Da wurde Helling unterbrochen.

»Damit kommen Sie mir bloß nicht! Die Frau hat nie Kinder gehabt. Die hat keine Ahnung!«

»Ja, aber Frau von Kendra, Frau Irene...«

»Die ja, die ist 'ne Frau, hat sechs Töchter und keine einzige in einer Pension.«

Hier konnte Helling einhaken. »Ganz recht, eine vorzügliche Mutter. Aber Lela hat eben keine Mutter. Das ist es doch, Herr Oberstleutnant, eine Fremde kann da keinen genügenden Einfluß haben. Manuela ist frühreif und weit über ihre Jahre selbständig. Sie macht eben, was sie will – mit noch nicht vierzehn Jahren.«

Meinhardis nahm seinen Gang wieder auf. Er fing an, diese Person da am Fenster zu hassen. Da stickte sie doch wahrhaftig an einem Vorhang, den Käte noch vor ihrem Tode angefangen hatte. Die Person wollte er los sein. Und natürlich, wenn Lela wirklich nicht da wäre – Bertram kam ja im Frühling nach Heidelberg –, dann konnte er das Haus zumachen oder gleich ganz verkaufen und selber wirklich mal auf Reisen gehen. Er sah sich schon in Italien, an der Riviera. Gott, er war doch nun wahrhaftig bald ein alter Knacker und hatte nichts von der Welt gesehen. Eigentlich hatte er ja so ein bißchen Freiheit mal verdient.

»Was soll ich denn nun Exzellenz von Ehrenhardt antworten?« kam's vom Fenster her.

Meinhardis erwachte. »Ach ja, wegen Lela. Na ja, dann sagen Sie ihr mal, schön fände ich die Sache nicht, aber weiß der Teufel, ich verstehe ja wohl wirklich nichts von Jungmädchenerziehung. Meinetwegen soll sie sich umsehen. Aber dann schon lieber in der Nähe von Frau von Kendra, damit die ein Auge auf das Kind haben kann.«

Helling erhob sich und legte die Arbeit sorgfältig zusammen. Sie ging aus dem Zimmer. Seufzend trat Meinhardis zu einem kleinen Wandschrank, zog aus der Tasche ein Schlüsselbund und schloß das Schränkchen auf. Er legte seine Zigarre beiseite, nahm eine Flasche heraus und ein kleines Gläschen. Vorsichtig goß er es voll. Blickte das Glas traurig an, setzte, indem er mit einem Ruck den Kopf nach hinten warf, das Glas an und stellte es leer in den Schrank zurück. Dann wischte er sich mit dem Taschentuch den Schnurrbart nach rechts und links ab und verschloß mit einem tiefen Seufzer den Schrank.

Lela steht vor einem Blumenladen. Alpenveilchen? Nein, flattrig, denkt sie. Sie will Fritzens Mutter etwas schenken. Natürlich Blumen. Ein Verehrer schenkt seiner Angebeteten Blumen. Dann weiß sie, daß sie geliebt wird. Aber die Mutter – im stillen nennt Manuela sie nur »die Mutter« – sagt, Lela ist noch ein Baby. Warum ist sie noch nicht erwachsen? Manuela brennt vor Ungeduld, erwachsen zu sein. Fritz, der älter ist als sie, der ist ein Kind. Hat er nicht neulich geweint? Ein Junge. Er hat es zwar zu verbergen gesucht, aber die roten Augen hat Lela doch gesehen. Sie sind abends alle drei zusammen weggegangen, nachdem Helling ihre säuerliche

Erlaubnis dazu gegeben hatte, und die beiden Kinder haben sich rechts und links bei der Mutter einhängen dürfen. An Lelas Tür hat Frau Lennartz sie für heute nachmittag eingeladen. So wollte sie nun etwas mitbringen. Lela suchte das Schaufenster ab. Nelken? Nein, die hatten Ringe um den Hals, damit die einzelnen Blättchen nicht herabfielen, und ihr Rot war hell und schreiend. Eigentlich müßten es Lilien sein. Aber Lilien gab es keine. Es gab sehr eitle, eingebildete Tulpen, mit krachenden, fetten Blättern. Nein, die nicht. Mimosen? Ja, wenn man zwei ganze Arme voll davon kaufen könnte, daß Mutti glaubte, Lela bringe einen Wald von gelben Bällchen aus Sonnenschein. Aber wenig? Nein. Viele konnte sie nicht nehmen, dazu hatte sie kein Geld.

Sie griff in die Tasche und betrat unentschlossen den Laden. Die Azaleen waren zu teuer. Sie fielen auch so leicht ab. Da bemerkte sie ganz in der Ecke eine einzelne, hohe weiße Kerze, halb erblüht, eine Hyazinthe von besonderem Wuchs. Eine hohe, volle Dolde auf festem, kantigem Stiel. Mit prachtvoll sattgrünen Blättern. Ein reiner, starker Duft ging von der Pflanze aus. In viel weiches, weißes Papier gehüllt, legte man Lela die Blume in den Arm. Vorsichtig trug sie sie heim, hinauf in ihr Zimmer.

Am Fenster stellte sie den Topf auf. Hell und kühl. Kaum beseitigte sie das Papier, so duftete auch schon das ganze Zimmer. »Liebe Blume«, sagte sie leise. »Brauchst du Wasser?« fragte sie und befühlte die feuchte Erde. »Nein, die gnädige Frau ist versorgt«, sagte sie lachend. Die dicke Dolde schien mit dem Kopf zu wackeln. Lela sprang pfeifend die Treppe hinab.

Leider bekam ihre Heiterkeit einen Dämpfer. Man war wortkarg beim Essen heute. Das war manchmal so. Entweder hatte Papa »Sorgen« oder »Schulden«, oder Helling hatte Krach gehabt mit Marie, oder Bertram hatte eine Standrede gekriegt wegen schlechten Betragens. Lela wollte sich nicht weiter berühren lassen und löffelte stillvergnügt ihre Suppe. Es schmeckte heute himmlisch. Lela hatte Hunger. Da sonst niemand Appetit zu haben schien, erregte ihre Eßlust Staunen und erschien fast wie eine Ungehörigkeit. Aber ihr war heute einfach alles gleich. In einer Stunde war sie bei Mutter Inge, und dann war ja doch alles gut. Was sie wohl sagen würde zu der Dame Hyazinthe? Ob sie ihr gefallen würde? Ob sie daran sehen würde, wieviel und was Lela alles für sie tun möchte, wenn sie nur könnte? Und was sie ihr alles schenken würde, wenn sie einmal groß war. – Man rückte die Stühle vom Tisch, und Lela hatte schon den Türgriff in der Hand, als Papa, auf einen bedeutungsvollen Blick von Fräulein von Helling, Lela zurückrief. Er mußte sich räuspern. Seine Stimme war belegt. Bertram drückte sich, und Helling segelte hinaus.

»Ja, Papa?«

Papa wischte sich den Mund mit der Serviette ab und kaute an einem Stückchen gerösteten Brotes. Er sah Lela nicht an, sondern fragte sie:

»Wo rennst du denn schon wieder hin? Kannst du denn nicht mal ein bißchen bei deinem Vater bleiben?«

Erschrocken setzte sich Lela ihm gegenüber an den Tisch.

»Doch Papa, aber ich dachte, Helling...«

»Ach, Helling...«, kam es wegwerfend von drüben. Und dann, sich verbessernd: »Nee, Fräulein von Helling hat heute keine Zeit, und ich habe mit dir zu reden.«

Lela erschrak im Innersten. Eine Vorahnung erfüllte sie. Jetzt, jetzt kam irgend etwas auf sie zu! Was nur...?

Sie brauchte nicht lange zu warten, Meinhardis hatte sich schon alles überlegt. Und wie auswendig gelernt, kam es heraus: »Also, das geht nicht so weiter, mein Kind. Du bist ja ganz verwildert. Mir ist da allerhand zu Ohren gekommen, was mir nicht gefällt, und es ist meine Pflicht als Vater, dich darauf aufmerksam zu machen, daß dein Betragen unerhört ist. Keineswegs das einer jungen Dame, du setzest deinen Ruf aufs Spiel mit deinem Benehmen.«

Lela fühlte heiß: Helling, das war Helling – das sprach gar nicht Papa, das war Tante Luise, das war...

»Deine Tanten, die dich liebhaben, und Fräulein von Helling, die dein Bestes will, haben beschlossen, daß du in eine Pension geschickt wirst.«

»Ich, Papa?« Nur ein Wahnsinnsgedanke: Nicht jetzt, jetzt nicht, bitte, bitte! Vor einigen Tagen wäre es ihr noch einerlei gewesen – aber nicht jetzt, nicht weg von Mutter Inge!

»Na ja, Gott, Kind, sieh mich nicht so an, das ist doch nicht so schlimm. Deine Mutter war ja auch in so einer Pension, und die meisten Mädels kommen mal weg von zu Hause. Wir haben an Hochdorf gedacht. Das soll da ganz nett sein, und du bist in der Nähe von Tante Irene, die paßt dann ein bißchen mit auf.«

Lela riß sich zusammen: »Papa?«

»Ja, mein Kind?«

»Bitte, bitte, lieber Papa – bitte nicht jetzt!« Mehr konnte sie nicht herausbringen.

Meinhardis lächelte ein wenig. Da hatte er ja den Beweis, die Helling schien recht zu haben, das Mädel war entschieden verliebt. Beruhigend legte er seine Hand auf die des Kindes.

»Na, es ist doch ganz egal, wann? Warum nicht jetzt? Dann hast du den Anfang hinter dir, und die Sache ist erledigt.«

»Bitte, Papa, ich kann jetzt nicht weg von hier, du weißt nicht…«

»Doch Lela, Kind, ich weiß. Der Fritz Lennartz hat meiner Tochter den Kopf verdreht. Aber ich lasse mir mein Kind nicht plötzlich verrückt machen von so 'nem dummen Jungen.«

Lela sah ihren Vater sprachlos an. Sie schüttelte ernst den Kopf, und ganz fest antwortete sie:

»Nein Papa, es ist nicht wegen Fritz – es ist wegen seiner Mama.«

Meinhardis brach in ein schallendes Gelächter aus. Er stand auf, packte Lela um die Schultern, und noch immer lachend, sagte er: »Ach, du bist ja großartig! Mädel, bist du mir ähnlich! Eine Ausrede hat sie gleich bei der Hand! Nee, bloß nicht ins Bockshorn jagen lassen! – Kind, du machst mir Spaß! Aber, weißt du, eins mußt du noch lernen. Wenn du dich 'rausreden willst, mußt du das besser machen. So fällt keiner drauf 'rein.«

Lela war stumm wieder auf den Stuhl gefallen, von dem sie der Vater in seiner Begeisterung in die Höhe gerissen hatte. Jetzt ging er um den Tisch herum, schenkte Lela einen Schluck Wein ein, schob ihr das Glas hin: »Da, stoß mal mit mir an!«

Lela tat ihm mechanisch Bescheid.

»So, und nun geh zu Helling. Ihr müßt da wohl noch allerhand besprechen, vielleicht brauchst du noch was zur Reise.«

Jetzt mußte schnell etwas geschehen. Und Lela faßte sich ein Herz.

»Papa, ich muß aber weg heute – ich, ich bin eingeladen.«

Meinhardis sah zum Fenster hinaus.

»Soso – wo denn?«

»Bei Frau Lennartz.«

»Nee, mein Kind, damit ist nun Schluß, da gehst du mir nicht erst hin.«

»Aber ich habe es doch versprochen.«

»Na ja, dann schicken wir eben die Minna hin, und ich schreibe ein paar höfliche Worte und entschuldige dich.« Energisch sprang Meinhardis auf.

Wie er in Lelas Gesicht sah, die sich nun auch gleichsam todmüde erhob, grau im Gesicht, wie plötzlich alt geworden, erschrak er. Schallend schlug er ihr auf die Schulter.

»Na, Kindchen, was denn! Das geht alles wieder vorbei! Paß mal auf, wenn du erst in Hochdorf bist, dann hast du das alles vergessen!«

An der Tür kehrte er nochmals um. Es war ihm ein Gedanke gekommen.

»Du«, sagte er und sah sie ernst an, »mach mir keine Dummheiten! Versprich mir, daß du dich gut benimmst. Stubenarrest. Ausgehen nur mit Helling. Verstanden?«

Tonlos kam die Antwort von drüben: »Ja, Papa.«

Fünftes Kapitel

»Nee, nee, Bettichen, da kannste nu sagen, was de willst, der Kaffee is nischt.«

»Na ja doch. Willem, wat denn? Et muß ebent jespart werden hia. Det haste doch von die Kesten oft jenuch jehört. Sparen stärkt den Charakter. Und da hat se recht.« Zwei Blechlöffel rühren den dünnen Milchkaffee, auf dessen wäßrig brauner Oberfläche schwarze Pünktchen und kleine, weiße Fetzen schwimmen. Die eine, »Bettichens«, Hand ist dürr und knochig und kommt aus einem engen Ärmel, die andere ist eine Bärentatze und gehört Herrn Alemann. Herr Alemann ist in Hemdsärmeln. Denn: »I, wo wird er denn seine gute Uniform tragen, während er den Kaffee trinkt.« Die Uniform, die zieht er an, wenn's klingelt. »Dann is immer noch Zeit.« Denn wer hier klingelt, der ist bescheiden, der macht keinen Krach. Der wartet, bis Herr Alemann sich den Rock angezogen und zugeknöpft hat. Wenn das auch 'ne Weile dauert, denn sie hat eine ganze Menge Knöpfe und einen hohen Kragen, seine Uniform. Nicht jeder Portier hat so eine. Und dann muß er noch mit einem kleinen Kämmchen den Bart »schnieke« machen. Herrn Alemanns Kinn ist ausrasiert; um so stattlicher wirken seine zwei Bartspitzen. Herr Alemann hat das Gardemaß, und das Gardemaß zu haben, ist in Hochdorf der Ehrgeiz jedes Mannes. Für das Garderegiment des regierenden Fürsten waren seit alten Zeiten nur die längsten Kerls ausgesucht worden. Das Gardemaß war 1 Meter 85, wer das nicht hatte, der galt nicht. Frau Alemann ihrerseits war klein. Sie schien noch kleiner, als sie war, durch ihre gebückte Haltung. Stramm zog sie das dünne schwarze Wollkleid über ihren knochigen, gebogenen Rücken. Ihr spitzes Kinn stach in die Luft. Auf ihrem schütteren Haar lag ein weißes, flaches Spitzenhäubchen, und eine faltige, weiße Schürze schloß fest um ihre magere Taille.

Beide saßen an dem sauber polierten Tisch in ihrer engen Loge. An der Wand Kästen mit vielen Schaltern. Daneben Telefone zum Umstecken. Ein Fenster nach dem Vorraum. Da war's schummrig. Licht wie in einem Mausoleum. Buntfinstere Fensterscheiben und eine Marmorbüste der hohen Stifterin des Hauses, das nach ihr benannt war: »Prinzessin-Helene-Stift«.

Im Augenblick scheint das Haus zu schlafen. Und doch ist es mitten am Tag, fast Mittag. Aber die Geräusche dringen nicht durch die fest geschlossenen Türen. Weiße Türen. Weiße Korridore. Weiße Räume zum Schlafen, zum Essen, zum Lernen, zum Lesen. Korridore, lange, helle, ohne Teppiche, ohne Vorhänge. Treppen über Treppen. Hintertreppen, gewöhnliche Treppen und dann die große in der Mitte des Hauses, belegt mit dickem rotem Teppich für Besuch, für hohe Besucher. Eine Kapelle und ein Turnsaal.

Auf dem blank gescheuerten Boden des oberen Korridors hallt der Schritt, aber den Schritt der grauen Gestalt, die jetzt geschäftig von Tür zu Tür trat, hörte man nicht – das sind leise Sohlen. Gummiabsätze. Das graue Kleid verrät keinen Körper. Es fällt gerade herab. Fast scheint es, als müßten die fest an die Seite gepreßten Arme und die auf dem Magen gefalteten Hände das Kleid halten. Leicht nach vorn gebeugt, aber mit wachem Späherblick in alle Ecken, steuert Fräulein von Kesten auf eine niedrige Tür zu. Das kleine Spitzenhäubchen der Lehrerinnentracht ist mit großen Haarnadeln auf dem spärlichen Haar befestigt. Die Haare sind farblos, und farblos ist das Gesicht. Nur die Pupillen der unbestimmbaren Augen stechen dunkel hervor. Auch sie versucht Fräulein von Kesten manchmal zu verbergen. Aber die hellen Augenwimpern decken sie nicht. Ohne anzuklopfen, öffnet sie die Türe. Ohne auf die gebückte Gestalt zu achten, die an einer Nähmaschine sitzt, geht sie an einen Garderobenständer und faßt in eine Menge Kleider, die dort aufgehängt sind. Lauter dunkelblaue Kleider. Ein muffiger Schneiderinnengeruch hängt in der Luft.

»Marie, es kommt heute eine Neue.«

»Jawohl, Fräulein von Kesten, ich weiß schon.«

»Machen Sie ihr eine Uniform zurecht.«

»Jawohl, Fräulein von Kesten. Aber was Gutes ist nicht mehr da«, kommt's hüstelnd aus der Ecke, »'ne Prinzessin ist ja hoffentlich das Fräulein nicht.«

»Nein. Freistelle.«

»Ach je, det arme Kind.«

»Wieso? Sie wird es hier nicht zu fühlen bekommen«, sagt Fräulein von Kesten zurückweisend.

»Ich weiß, ich weiß, Fräulein von Kesten, natürlich. Übrigens sind da doch noch ein paar ganz gut erhaltene Kleider, zum Beispiel das hier!«

Die Alte kommt humpelnd näher.

»Das hat dem jungen Fräulein von Brockenburg jehört, wenn ich nicht irre – na, wern schon sehen, Fräulein von Kesten.«

»Schärfen Sie ihr ein, wie sie sich zu frisieren hat.«

»Jaja, jewiß doch, gnädiges Fräulein.«

Die Tür schließt sich hinter der kleinen grauen Dame. Wieder geht sie eifrig geschäftig den Korridor entlang. Flüchtig fährt ihre Hand über ein Fensterbrett – und böse Falten bilden sich auf ihrer Stirn. Ihr Blick schweift über das Fensterglas, das rein und fleckenlos den lachend blauen Himmel auf sich niedersehen läßt. Aber als sei auch dies nicht in der Ordnung, schüttelt Fräulein von Kesten den Kopf. Jetzt hat sie etwas gehört. Sie bleibt stehen und horcht. Nein – kann denn das sein? Rasch geht sie auf die eine Türe zu, hinter der eine Walzermelodie ertönt. Lustig perlt das aus der geschlossenen Tür hervor. Schon reißt die blasse Hand die Tür auf. Ein entsetztes Kind springt vom Klavierstuhl auf und starrt Fräulein von Kesten ins Gesicht.

»Marga – nennst du das üben?«

Es erfolgt keine Antwort.

»Nun?«

»Ich habe schon geübt, Fräulein von Kesten – ich war fertig«, kommt es schüchtern vom Klavier her.

»Ich habe mit dir zu reden.«

Marga atmet erleichtert auf. Schuldbewußt streicht sie mit beiden Händen die rebellisch gewordenen Haare aus der Stirn. Dann steckt sie, gewohnheitsgemäß; ihre Hände in den Latz der schwarzen Schürze und nimmt die Haltung eines Soldaten an, der den Befehl »Ruhestellung« bekommen hat. Ihr Gesicht ist noch gerötet vom Schreck, aber ihre etwas starkknochigen, rassigen Züge haben einen unterwürfigen, fast servilen Ausdruck angenommen. Wohlgefällig ruht Fräulein von Kestens Blick auf dem Mädchen.

»Na ja, ich kenne dich doch, Marga.«

Sie kneift etwas die Augen zusammen. »Ich irre mich nie in euch Kindern.«

Leise und höflich antwortet Marga:

»Ich bitte um Entschuldigung, Fräulein von Kesten, es tut mir leid...«

»Gut, mein Kind, gut. Aber ein andermal begnüge dich mit den Aufgaben, die du bekommen hast, verstanden?«

»Jawohl, Fräulein von Kesten«, und Marga hat einen Knicks gemacht. Ein Knicks ist eine geschwinde kleine Beugung der Knie. Man kann ihn im Stehen und auch im Vorübergehen ausführen. Der Knicks ist das Kleingeld der gebräuchlichen Alltagskomplimente. Das nächste ist der Hofknicks, welcher der Prinzessin gilt. Das ist ein tiefes Hinabsinken und Neigen des Kopfes, doch noch weit entfernt vom Kniefall, auf den nur der liebe Gott Anspruch hat. Dazwischen liegt noch ein Knicks für Frau Oberin, für Tanten und Eltern. Es ist nicht üblich, bei einer Gelegenheit wie dieser einen Knicks zu machen, aber Marga von Rasso tut, wenn es keiner sieht, für Fräulein von Kesten gern ein übriges.

»Marga, es kommt heute eine Neue, und ich wollte dich fragen, ob du ihre Pflegemutter sein willst.«

Marga fühlt sich ausgezeichnet. Fast hätte sie noch einen Knicks gemacht, aber das wäre übertrieben gewesen. So sagt sie nur rasch: »Sehr gerne, Fräulein von Kesten.«

»Ich bitte dich, gut auf sie zu achten und dafür zu sorgen, daß sie sich schnell und ohne Störungen einfügt. Es ist sowieso nicht angenehm, mitten im Semester eine Neue aufzunehmen. Aber da sind Gründe.«

»Jawohl, Fräulein von Kesten.«

»Na, ich sehe, du verstehst mich.«

»Gewiß, Fräulein von Kesten.«

»Kinder, die Neue, die Neue!«

Eine ruft es, und viere laufen hinterher ans Fenster. Ilse von Westhagen ist allen voran, reißt entgegen dem strengen Verbot das Fenster auf, und alle Köpfe zwängen sich in die Öffnung. Unten steht eine Droschke, wie sie in Hochdorf am Bahnhof ein langweiliges Dasein führen. Soeben entsteigt ihr eine ältere Dame. Das Trittbrett sinkt unter ihrem Gewicht tief herab. Sie entnimmt einem großen, aber schon recht abgenutzten Portemonnaie einiges Geld und bezahlt den Kutscher.

»Soll ick nich warten, gnädige Frau?« meint dieser.

»Nein, nein, ich brauche Sie nicht mehr, ich gehe zu Fuß weiter.« –

Oben am Fenster verfolgt man die Vorgänge genau.

»Du, jetzt kommt sie 'raus!« flüstert Ilse aufgeregt, dabei kneift sie Lilly, die sich neben ihr auf das Fenster stützt, in den Arm.

»Au, du, hör auf!«

»Mensch, um Gottes willen, mach keinen Krach!«

Aber sie vergessen den beginnenden Streit, als Manuela aus dem Wagen steigt.

Manuelas erster Blick gilt dem großen Gebäude vor ihr. Zuerst glaubt sie, der Kutscher müsse sich geirrt und sie aus Versehen in eine Kaserne geführt haben. Ein riesiger Steinkasten mit Fenstern, Fenstern, Fenstern, Reihe über Reihe, und einem großen, fest verschlossenen Tor.

»Aber, Kind, so nimm doch die Handtasche!« wird sie von Tante Luise aus ihrer Betrachtung gerissen.

Es eilt auch schon Frau Alemann, weil Alemann die Uniform nicht so rasch zubekommt, an die Gittertür, öffnet und bemächtigt sich des Koffers. Sie geht voran, und Tante und Nichte gehen hinter ihr her durch den Vorgarten. Manuela hat die neugierigen Blicke von oben bemerkt und senkt den Kopf. Aber auch die Mädels ziehen sich erschrocken vom Fenster zurück, denn Fräulein von Kesten ist hinter ihnen eingetreten und hat mit einem energischen: »Was soll denn das heißen?« dem Vergnügen ein Ende gemacht. Sie ist zum Fenster gegangen und hat es mit einer heftigen Bewegung geschlossen.

»Ihr wißt, daß es streng verboten ist, Fenster zu öffnen und hinauszusehen. Was sollen denn die Leute auf der Straße denken, wenn ihr euch da hinauslümmelt wie die – wie die Dienstmädchen! Ilse, hast du deinen Schrank aufgeräumt?«

»Nein, Fräulein von Kesten.«

»Nachmittags ist Visite – also ...«

Eine nach der anderen gehen sie schweigend und betreten aus dem Zimmer.

Fräulein von Kesten war nicht immer und ihr ganzes Leben lang Gouvernante gewesen, obwohl die Vorstellung, daß sie einmal jung oder gar ein Kind gewesen war, einem bei ihrem Anblick schwerfiel. General von Kesten, ihr Vater, war ein Soldat von vielen Verdiensten. Er trug die breiten roten Streifen und seinen grauen Seehundsschnurrbart in Ehren und Ansehen. Seine drei Söhne waren im Kadetten-Korps, denn das war billig und bereitete auf den Offiziersberuf vor. Die kleine Armgard ging zur Schule und wurde von ihren Kameradinnen »das Kaninchen« genannt. Als sie aufwuchs, hieß sie noch immer »das Kaninchen«, und als die Brüder in verschiedenen Regimentern untergebracht waren und es von ihnen verlangt wurde, Armgard, »das Kaninchen«, mit auf den Ball zu nehmen, seufzten sie. Ja, Armgard seufzte auch. Das ausgeschnittene Ballkleidchen aus billiger Seide mit den von einer Tante gestifteten künstlichen Vergißmeinnicht zum Anstecken war nur hübsch, solange man zu Hause im Lichte der Petroleumlampe vor dem dunklen Spiegel stand. Im großen Saal unter Schleppen, Schmuck und Uniformen war sie ausgelöscht, und sie drückte sich irgendwo an der Wand herum, bis ein blutjunger Leutnant oder Fähnrich von seinem Vorgesetzten den energischen Befehl bekam, mit »Kaninchen« zu tanzen. Wenn andere Mädchen alle Arme voll Blumen hatten und strahlend von den lachenden Offizieren die breite Treppe hinunter bis zum Wagen begleitet wurden, schlich sie, möglichst hinter den Bedienten herum, mit einem oder zwei armen Sträußchen zu Fuß und allein, oder ganz überflüssigerweise von Papa oder Mama bewacht, nach Hause.

Als dann weitere Einladungen kamen, sagte sie ab. Es war nur Qual. »Aber was tut man mit ›Kaninchen‹?« Der alte General und seine müde Frau berieten. »Kaninchen« wollte etwas lernen. Aber was? Lernen kostete Geld – und was war schon, wenn sie was gelernt hatte? Eine Stellung annehmen bei fremden Leuten oder gar für Geld arbeiten war unstandesgemäß und unmöglich. Nein, nein, das beste war schon, man brachte sie irgendwo unter – etwa in einem Krankenhaus als Schwester. Aber »Kaninchen« schien schwach zu sein und hatte auch keine rechte Neigung zur Krankenpflege. Sehr froh waren alle, wie sich die Gelegenheit bot, sie ins Stift zu schicken. Das war keine Schande, und »Kaninchen« hatte nun eine Lebensaufgabe. Man gratulierte ihr, und das junge Mädchen glaubte schon selbst daran, daß es ehrenvoll und eine Auszeichnung war, wenn man sie zu diesem Posten zuließ, um den sich noch viele Hundert andere Kaninchen beworben hatten. Mit ihrer ganzen Kraft bemächtigte sie sich der »Aufgabe«. Die Vorschriften und Regeln des Hauses wollte sie restlos erfüllen und erfüllen lassen. Sie wollte ihre ganze kleine, schwache Person der guten Sache opfern. Jedem Befehl von oben würde sie pünktlich gehorchen und es durchsetzen, daß ihren Befehlen pünktlich gehorcht wurde. Was von oben kam, war gut und richtig. Und was sie tat, war gut und richtig. Das Leben außerhalb dieser Mauern hatte nie Reiz gehabt für das Mädchen Armgard, und so gehörte ihre ganze Seele nun dem Innern dieses Hauses, ohne Sehnsucht und Wünsche darüber hinaus. So zog »Kaninchen« mit zwanzig Jahren das graue Kleid an, dessen unnachgiebiges Tuch ihren Körper anscheinend verhinderte, sich zu entwickeln, und so kämmte sie den Scheitel an derselben Stelle bis an ihr Lebensende.

»Ja, hat uns denn diese Portiersfrau nicht gemeldet?« wunderte sich Exzellenz von Ehrenhardt, die steif auf einem Stuhl im Empfangszimmer saß. Die Tür des Zimmers stand offen, gegenüber lag die Portiersloge. »Sieh doch mal nach, Manuela – ich habe ja nicht soviel Zeit, ich muß doch um ein Uhr bei Tante Irene sein.«

Schüchtern klopfte Manuela an der Tür gegenüber. Fast erschrak sie vor dem mächtigen »Herein«, das Herr Alemann ihr entgegenrief.

»Soso, ist Fräulein von Kesten noch nicht da? Na, da wern wir noch mal ’raufklingeln«, meinte er gutmütig.

Er stöpselte und meldete dann, indem er vor dem Telefon strammstand.

»Exzellenz von Ehrenhardt warten im Empfangszimmer.«

Dann lächelte er gutmütig Manuela an: »Na, nu wird sie schon ’runtersegeln.«

Als Lela vor die Tür trat, lief sie wirklich Fräulein von Kesten in die Arme. Ohne Begrüßung wendete die sich zu ihr:

»Die Portiersloge darf nicht von euch Kindern betreten werden, das ist streng verboten. Ihr habt mit Herrn Alemann nichts zu tun.« Und dann, etwas freundlicher: »Du bist also die kleine Neue?«

Und ohne eine Antwort abzuwarten, steuerte sie Lela, als sei sie hier draußen gefährdet, in das Empfangszimmer.

Herr Alemann schließt das große Tor hinter Ihrer Exzellenz von Ehrenhardt. Sie geht davon wie einer, der seine Sache gut gemacht hat. Ihr Gewissen ist leicht, sie hat das Ihre getan. Oder kann man einem Kind etwas Besseres antun, als es in das vornehmste Institut zu stecken, das es überhaupt gibt? Jetzt ist das Kind bewahrt. Jetzt wird das aus ihr werden, was das Erstrebenswerte ist, nämlich ein ordentlicher Mensch, und es hat noch den ungeheuren Vorteil, daß es weder Meinhardis noch die Familie belastet, da man ja dank guter Beziehungen eine Freistelle bekommen hat. Für die nächsten paar Jahre ist nun die Frage Manuela gelöst. Gott sei Dank, daß Meinhardis im letzten Augenblick doch Vernunft angenommen hat. Ach ja, das Kind ist ihm leider sehr ähnlich. Das gleiche Temperament, der gleiche Leichtsinn – diese Liebe zu allerhand Äußerlichkeiten ...

So gar nichts von Käte, meiner armen Schwester, denkt Luise von Ehrenhardt und blickt seufzend zum Himmel. Sie hätte doch die Droschke warten lassen sollen, denn es beginnt langsam zu regnen.

Lela ist umringt von einem ganzen Rudel von Mädchen. Sie hat zuerst die Empfindung, daß sie alle gleich aussehen und daß sie sie niemals wird unterscheiden können. Alle tragen sie das Haar ehrbar und glatt nach hinten gestrichen, alle haben sie das gleiche dunkle Kleid mit den biederen Fältchen über der Brust und der eng anliegenden Taille, alle die gleiche scheußlich schwarze Schürze, unter deren Latz sie, wenn sie unbeschäftigt sind, die Hände vergraben, als frören sie alle.

Marga hat ihre Aufgabe sofort kräftig in die Hand genommen. Sie gräbt mit beiden Armen in Manuelas Koffer. Manuela steht vor dem leeren Schrank und tut, was man ihr sagt. Krampfhaft hält sie ein Lächeln bereit für die Hände, die sich ihr teils kameradschaftlich, teils brüsk entgegenstrecken, mit einem mehr oder weniger freundlichen »Guten Tag«. Sie will unter allen Umständen nicht zeigen, wie es ihr zumute ist. Nur nicht jetzt aus Angst weinen. Nur das nicht. »Leg das beiseite!« Marga reicht ihr ein Kleid, und Lela gehorcht. Es ist ein einfaches Matrosenkleid, nichts Besonderes daran, aber aller Augen haften wie gebannt darauf.

»Ach, ist das nett!« sagt sehnsüchtig die kleine Schwarze, die Ilse genannt wird.

»Was hast du denn da?«

»Bücher.«

»Bücher werden abgegeben«, erklärt Marga streng.

»Abgegeben? Warum denn?«

»Sind nicht erlaubt, mein Kind.«

»Zum Lesen ist sowieso keine Zeit, höchstens mal sonntags, und da kannst du dann die Bücher aus der Bibliothek haben.«

Ilse hat Marga eins der Bücher entrissen, ist damit ans Fenster gestürzt und hat angefangen, darin zu blättern.

»Gib das Buch her, Ilse!« ruft Marga ihr nach.

»Fällt mir gar nicht ein. Du, das ist großartig.«

»Gib her, Ilse. Sonst sage ich's Fräulein von Kesten.«

»Ja, petzen, das kannst du. Aber nimm dich bloß in acht – wenn das 'rauskommt, was die Manuela da mitgebracht hat, kriegt sie den größten Krach.«

Manuela ist unruhig geworden. Sie tritt zu Ilse.

»Du, gib's her, ja? Das hab' ich mir neulich aus Papas Schrank geholt, ich hab's noch gar nicht angesehen.«

Ilse faßt Lela um die Schultern und zieht sie weg. Sie flüstert ihr ins Ohr: »Du, das ist ein mächtig dolles Buch, von Emile Zola. ›Der Bauch von Paris‹ – wie das schon klingt! Mensch, das versteck' ich in meinem Schrank. Laß dir bloß von der Marga nicht imponieren, die ist ein Streber und verehrt die Kesten.«

»Aber Ilse, wenn es doch verboten ist…«

»Also, paß auf – ich mach' dir einen Vorschlag: Schenk's mir.«

Manuela lacht: »Gerne.«

Ilse packt das Buch, und auf den Zehenspitzen schleicht sie ernsten Gesichtes davon, aus dem Schrankzimmer hinaus, den Korridor entlang und verschwindet in einer Türe, die man von innen verriegeln kann. Hier ist sie ungestört und in Sicherheit. Hier hat man Ruhe und Einsamkeit, hier kann man verbotene Bücher lesen.

Marga hat Manuelas Schrank eingeräumt. Manuelas Kopf schwirrt von allem, was sie behalten muß. Zuerst hat sie zu lernen, was verboten ist. Nämlich: Eßwaren, vor allem Schokolade, Obst und Bonbons, Schmuck und Geld müssen abgeliefert werden, nur etwas Taschengeld wird ausgeteilt, aber es muß darüber ein Kontobuch geführt werden. Haarwässer dürfen nicht benutzt werden. Auch eigene Seife wird abgegeben. Alle Wäsche muß mit dem ganzen, rot in weißes Wäscheband gewirkten Namen gezeichnet sein. Hemd hat auf Hemd zu liegen. Hose auf Hose. Taschentuch auf Taschentuch. Der Schrank ist abgeschlossen zu halten. Den Schlüssel hat man bei sich zu tragen und nicht zu verlieren. Der Schlüssel hat eine Nummer. »Du bist Nummer 55«, sagt Marga. Manuela blickt auf zu der Nummer über ihrem Schrank. Eine schwarze 55. »Deine Kleider tragen die Nummer 55. Deine Schuhe gehören in die Stiefelkammer in das

Fach 55, dein Mantel und dein Hut kommen unten neben dem Hauseingang in die Garderobe, Abteilung 55. Deine Waschkabine ist Nummer 55, ebenso dein Bett.«

Manuela fühlte, wie sie langsam zu Nummer Fünfundfünfzig wurde.

»So. Nun bringe ich dich zu Marie, damit sie dich einkleidet. Sag ihr nur, du bist Nummer 55, dann weiß sie Bescheid.« Marie wußte Bescheid. Manuela blieb betroffen in der Tür stehen. – Mein Gott, wie schwer legte sich einem diese Luft auf die Brust! Wie klein war das Fenster nach draußen! Man sah ringsumher keine Wand, nur Kleider und Kleider, von denen ein Dunst ausging wie von vielen Menschen, die, regennaß, zusammengepfercht in einem Raum stehen.

»Na, kommen Sie doch 'rein, Nummer 55, ich weiß schon, daß Sie da sind! Ach, herrje, ist das aber ein Gesicht! Na, hab' keine Bange nich, mein Herzchen. Gestorben is noch keiner an der Uniform, na, nu kommse mal her.«

Eine krallige Hand griff nach Lela. Sie zog sie zu sich hin in den Lichtkreis einer Lampe, die trotz des Tageslichtes im dämmrigen Raum brannte. Zwei vom Licht geblendete Augengläser blickten auf zu Manuela, die den Eindruck hatte, als habe diese Frau gar keine Augen. Fürchterlich eng geflochtene viele kleine Zöpfe umgaben ihren Kopf, und viele trockene, strähnige Hautfalten zogen sich aus dem Halskragen zum Kinn.

»So, und nun 'runter mit der Kledage!« Zwei Hände zerrten Manuela das Kleid vom Leib. Es lag am Boden. Nackt und weiß stand sie da.

»Na, nu treten Sie doch 'raus, so viel Zeit haben wir nich!« Marie versetzte ihr einen kleinen Stoß, damit sie das Kleid aufheben konnte. Sie nahm das Kleid, auch den Hut, den Manuela noch in der Hand behalten hatte, an sich. Ohne Worte ging sie damit weg. Entsetzt und hilflos kam es von Manuelas Lippen:

»Aber was machen Sie? Wo tragen Sie denn meine Kleider hin?«

Sie hörte eine Schranktür knarren und einen Schlüssel sich im Schloß umdrehen. Mit einem zufriedenen Grinsen kehrte Marie zurück.

»So, mein kleines Fräulein, das wäre in Ordnung. Ihr Kleid kriegen Sie wieder, wenn Sie mal Ausgang haben. Und sonst tragen Sie immer hübsch die Uniform.«

»Immer?« entfuhr es Manuela. Sie hatte wohl gewußt, daß hier Anstaltsuniform getragen wurde. Aber diese abscheulichen Kleider – es war doch wohl nicht denkbar, daß man die immer –

»Na ja doch«, antwortete Marie, und ihr zahnloser Mund verzog sich zu einem häßlichen Lachen, »det is nun mal so und hat auch seinen guten Grund. Wenn Sie nämlich auskneifen, denn kennt Sie doch jeder an der Uniform, nich wahr? Na, sehn Sie, und dann bringt derjenige Sie gleich wieder schön zurück ins Helenenstift.«

Manuela schaute ihr entsetzt ins Gesicht.

»Ja – wollte denn schon mal jemand...«

Die Alte lachte vergnügt, es klang wie ein Kreischen:

»Wollte? – Hahaha! – *Wollte* is gut! – Mehr als eine hat's schon probiert. Aber det hat ja doch keinen Zweck. Die Polizei fängt sie auf oder, wenn se ooch bis nach Hause kommen, denn schicken die Eltern se ja doch wieder her. – Wollen wollte schon manche. – So, nu setzen Sie sich mal hin.« Sie drückte Manuela auf einen Hocker und griff ihr in die Haare. Es schmerzte.

»Nein, nicht, bitte nicht!«

»Aber Menschenskind. Det muß sein, und wat sein muß, det wird jemacht. Die Frisur muß sitzen. Ganz glatt. Und wenn ich es nicht mache, denn reißt Ihnen nachher die Kesten den Kopf ab – und dann sollen Sie mal sehen: Wenn die mit Kamm und Bürste losgeht, det is noch ganz was anderes.«

Die Drahthaarnadeln drückten. Manuela hatte das Gefühl, als zerre man ihr die Haut vom Kopf. Aber sie sagte nun nichts mehr. Eine harte Haarbürste, ein kratzender Kamm mißhandelten ihren Kopf, und Maries dürre Finger umklammerten fest ihre Haare, die sie in einem Zopf zusammenflochten und aufsteckten. Das dunkelblaue Kleid, das die Alte ihr übergestreift hatte, fühlte sich muffig feucht an. Manuela zögerte.

»Na, nu mal los, was denn? – Neu is es nich – aber es war ein ganz sauberes Fräulein, die letzte junge Dame, die das getragen hat. Überzeugen Sie sich selber: Kein bißchen Achselschweiß. Da können Sie von Glück sagen, daß Ihnen das paßt! Nur nicht so zimperlich, damit kommen Sie hier nicht weiter, das kann ich Ihnen gleich sagen.«

Manuelas Hände zitterten gegen ihren Willen. Es überfiel sie ein furchtbares Grauen, als sei sie plötzlich nicht mehr sie selbst. Als hätte sie keine Haut mehr. Die Ärmel waren an den Handgelenken zu kurz. Der Rock war weit und hatte viele Falten. Die schwarze Schürze kratzte, sie war aus Baumwollmoiré und stand wie ein Brett von ihr ab.

»Sehn Sie wohl, wie dat sitzt?« sagte Marie ungerührt. »So, und nun noch eine Kokarde, dann sind wir fertig.«

»Kokarde?« Manuela sah Marie fragend an.

»Ja doch – die muß jeder tragen!« und sie schob Manuela einen Kasten mit bunten Rüschen hin. Gelbe, rote, schwarze und hellblaue, für jede Klasse gab es ein anderes Abzeichen. – Richtig, die Mädchen unten hatten ja alle solche Karnevalsorden getragen.

»Eine rote nehmen Sie sich. Sind auch alle nicht neu, wenn Sie nichts dagegen haben.«

Manuela suchte. Eine rote Kokarde aufnehmend, entdeckte sie, daß auf der Rückseite, wo die Rüsche auf einem weißen Läppchen und einer Sicherheitsnadel befestigt war, etwas mit Tinte verzeichnet stand. Sie trat zum Licht, um die Schrift zu entziffern.

»Marie?«

»Ja, gnädiges Fräulein?«

»Marie, was bedeutet denn das? Da ist ja ein Herz draufgezeichnet und ein Pfeil und drei Buchstaben: E. v. B.?«

Die Alte kam plötzlich ganz nahe an Manuela heran, so daß diese ihren Atem, der nach Kaffee roch, im Gesicht spürte. Eine ihrer braunen runzligen Hände legte sich auf Manuelas Arm, und lüstern sah sie ihr ins Gesicht, um die Wirkung ihrer Worte zu beobachten.

»Was das heißt? Das heißt Elisabeth von Bernburg. Eine von den ›Damen‹. Die Damen, das sind die Erzieherinnen, müssen Sie wissen.« Und da Manuela noch kein Verständnis zeigte, flüsterte sie, als sei es ein tiefes Geheimnis:

»Das junge Fräulein, dem diese Kokarde früher gehört hat, die hat eben wahrscheinlich für Fräulein von Bernburg was übriggehabt.«

Manuela blickt etwas ratlos die Alte an. Diese reißt ihre Augen auf und, tausend Falten auf der Stirn, bohrt sie ihren unsauberen Blick in den des Kindes:

»Geliebt – geliebt hat sie sie.«

»Geliebt? Eine Gouvernante?« Manuela begreift das nicht. Die Alte bricht in leise krächzendes Lachen aus.

»Nehmen Sie nur ruhig die Kokarde, kleines Fräulein – tut nischt – Sie werden schon sehen – Sie werden schon erleben, wie die ist, die ›Gouvernante‹.«

Marie muß so lachen, daß sie hustet. Manuela betrachtet das Herz und wendet die Kokarde in ihrer Hand. Sie mag Marie gar nicht mehr ansehen, aber sie läßt sich von ihr die Kokarde anstecken. Sie gehört an das Schürzenband auf der linken Schulter, ein wenig über dem Herzen.

Unsicher betritt Manuela die weiße Treppe. Ihre kleine Hand liegt ängstlich auf dem Eisengitter, das von Pfeiler zu Pfeiler führt. Zum erstenmal seit ihrer Ankunft in diesem Hause ist sie ganz allein. Gequält führt sie die freie Hand an ihre Frisur. Stehenbleibend, zieht sie an der Schürze, deren Band sie beengt, und zerrt an dem hohen Stehkragen, der ihr den Hals wundreiben wird. Wenn Papa sie so sähe – und Fritz – und Mutter Inge…

Spärlich leuchten die elektrischen Lampen. Manuela zögert, weiterzugehen. Sie weiß nicht mehr, wo sie ist, wo das Schrankzimmer war, wo der Korridor und wo der Schlafsaal. Von den feuchten weißen Wänden her befällt sie Kälte. Da hört sie leise, schnelle Tritte von unten heraufkommen, und ein klares, liebes Gesicht lacht ihr entgegen.

»Ich heiße Edelgard – und du?«

»Ich bin Nummer Fünfundfünfzig.«

Edelgard lacht. »Aber nein, wie du heißt…«

»Ach so!« – Manuela wischt sich mit der Hand übers Gesicht, als müsse sie einen Schleier abnehmen. »Manuela.« Die andere faßt warm und kameradschaftlich ihren Arm.

»Du, das ist ein schöner Name. Wirst du immer so genannt?«

»Nein – meine – zu Hause haben sie mich immer Lela genannt, manchmal auch Lel.«

Rasch beugt sich Edelgard vor und sieht Manuela ins Gesicht:

»Darf ich auch Lela sagen?«

Manuela ist verwirrt von soviel Freundlichkeit. Sie kann nichts weiter antworten als »Ja, bitte!«, und am liebsten hätte sie noch viel mehr gesagt, aber da sitzt schon wieder was in ihrer Kehle, ihr Hals ist wie zugepfropft.

»Hast du schon ausgepackt?«

»Ja.«

»Dann haben wir Zeit. Setz dich. Es ist zwar verboten, auf der Treppe zu sitzen, aber hier sind wir allein.«

Manuela gehorcht. Doch dieses Nachgeben, sie fühlt es sofort, war zuviel. Sie muß ganz schnell ihr Taschentuch hervorholen, das Schluchzen läßt sich nicht mehr hinabpressen. Es überfällt sie gegen ihren Willen. Es packt sie und schüttelt sie. Edelgard hat ihren Arm ganz um Manuelas Schultern gelegt.

»Komm, wein dich aus.«

Manuela schämt sich. Wenn sie nur aufhören könnte – aber sie kann nicht.

»Alle weinen, wenn sie ankommen, Lela. Das schadet gar nichts. Darüber wundert sich niemand. Du brauchst dich nicht zu genieren. Wein dich aus, und dann ist dir besser. Und man schläft immer sehr gut, wenn man geweint hat.«

Das Schluchzen läßt langsam nach. Manuela putzt sich die Nase. Edelgards ruhige Stimme tut ihr gut.

»Weißt du, die ersten Tage sind immer scheußlich. Aber das geht vorbei. Später sind dann auch die Kinder nicht mehr so neugierig wie am Anfang.«

Lela drückt Edelgard die Hand.

»Danke, du bist lieb.«

»Das ist doch bloß, weil du mir leid tust.«

»Ach, es wird gleich vorbei sein! Ich bin furchtbar schlapp, verzeih.«

Edelgard will Manuela ablenken: »Weißt du schon, in welchen Schlafsaal du kommst?«

»Ja. Schlafsaal I, sagt Marga.«

»Oh, siehst du, da hast du Glück!«

»Warum?«

»Ach, da wollen alle gerne hin – wegen Fräulein von Bernburg!«

Das war das zweite Mal, daß Manuela diesen Namen hörte. Aber sie wollte nicht fragen. Es war auch nicht nötig, denn Edelgard fuhr von selber fort:

»Alle haben sie Fräulein von Bernburg lieb, obgleich sie sehr streng ist. Aber, weißt du, sie ist so wahnsinnig gerecht. Alle anderen Lehrerinnen haben ihre Lieblinge, aber Fräulein von Bernburg hat alle Kinder gleich gern und zieht kein einziges vor. Ich bin gespannt, wie du sie finden wirst.« In diesem Augenblick ertönen eine Glocke und ein schriller Ruf: »Aufstellen, aufstellen!« vom unteren Korridor her. Edelgard nimmt Lela an die Hand.

»Das ist die Kesten, komm, jetzt ist Andacht. Ich zeige dir noch vorher die Lehrerinnen«, und beide Kinder laufen die Treppe hinunter und verschwinden in der Menge der übrigen hundertfünfzig Mädel, die aus allen Räumen des Hauses auf das Glockenzeichen hin zusammenströmen. Man schwatzt und lacht, ruft und läuft hin und her. Auf einer Bank an der Wand sitzen mehrere Damen in dem gleichen grauen Kleid, wie es Fräulein von Kesten trägt. Alle tragen sie das Abzeichen des Stiftes an blauem Band auf der Brust. Alle haben ein weißes Spitzenhäubchen auf den Haaren. Beim zweiten Glockenzeichen stehen die Damen auf, und die Kinder stellen sich zwei und zwei in Reih und Glied an der Wand auf. Die einzelnen Klassen haben sich voneinander abgesondert. Jede Kolonne unterscheidet sich von der anderen nur durch die Farbe der Kokarde.

Edelgard ist bei Manuela geblieben. Sie reihen sich in ihre Klasse ein. Fräulein von Kesten steht neben einer Tür, die Hand an der Glocke, um das dritte Zeichen zu geben. Aber vorher mustert sie die vor ihr stehenden Kinder. Auf das Kommando »Kehrt!« wenden sich alle um, so daß sie geradeaus auf die Tür und die Reihe der vor ihnen stehenden grauen Damen blicken. Auf das dritte Zeichen öffnet sich die Tür.

Es ist wie im Theater, denkt Manuela, die zitternd in der Reihe der Kinder steht. »Jetzt kommt Frau Oberin«, flüstert Edelgard, die heimlich Lelas Hand hält. Aber das Flüstern, so leise es war, wird sofort durch einen strafenden Blick Fräulein von Kestens gerügt.

Die hohe Gestalt einer alten Frau erscheint. Schweren Körpers, den sie mit Hilfe eines Stockes vorwärts bewegt; aber dank einer sofort spürbaren ungeheuren Willenskraft benutzt sie die Stütze nur wenig. Im Arm hält sie eine Bibel. Ihr Kleid ist grau, tiefer grau noch als das der Damen. Ihre Spitzenhaube ist schwarz, und zwei Spitzenbänder hängen seitlich herab. Die enorme Gestalt füllt fast den ganzen Türrahmen. Sie trägt den Kopf hoch. Ihre grauen kleinen Augen fliegen prüfend über die vor ihr in tiefem Knicks versinkenden Kinder. Ihre Gesichtsfarbe ist fahl, die vorstehenden Backenknochen geben dem Gesicht einen harten Ausdruck. Das Kinn ist energisch, der Mund schmal und fest geschlossen. Jetzt reicht sie Fräulein von Kesten den Stock und öffnet die Bibel. Der vorhanglose Korridor trägt die Stimme gut. Die Stimme ist fest, deutlich, fast männlich: »Im Namen des Vaters, des Sohnes und des Heiligen Geistes.«

Ein leises »Amen« aller antwortet darauf.

Es folgt die Vorlesung eines Kapitels aus dem Neuen Testament. Lela hat bisher ihre Augen nicht von denen der Oberin reißen können. Ein kalter Schauer überläuft sie bei dem Gedanken, wie das sein muß, wenn diese Frau böse ist. Lieber schaut sie hinüber zu den »Damen«. Eine kleine Alte mit etwas chinesischem Gesicht ist Mademoiselle Œuillet, die Französin, daneben steht ein bildhübsches junges Geschöpf, die Engländerin, Miß Evans. Daneben, wenn Lela Edelgards Erklärungen alle recht behalten hat, Fräulein von Gärschner. Energisch, groß, sie hält sich gerade, soll aber trotz äußerlichen Gouvernantentums nicht unfreundlich sein. Fräulein von Attems ist auch beliebt, besonders, da sie nicht unterrichtet, sie hat nur mit dem Haushalt zu tun.

Am äußersten Ende steht Fräulein von Bernburg. Ernst bleibt Lelas Blick an diesem Gesicht hängen. Fräulein von Bernburg sieht schräg vor sich auf den Boden. Ihre Augen scheinen halb geschlossen. Ihre starken, schöngeschwungenen Brauen sind leicht in die Höhe gezogen. Ihr charaktervoller breiter Mund hat in diesem Augenblick etwas Hochmütiges. Auch scheint ihre leicht gebogene Adlernase etwas gebläht, man hat die Empfindung, als seien Unter- und Oberkiefer fest aufeinander gepreßt, denn die Kaumuskeln unter der feinen Haut des mageren Gesichts treten hervor. Die Stirn ist schmal und hoch. Die Schläfen eingefallen. Die Ohren liegen fest an. Das Kinn ist nicht weich. Dies Gesicht hat etwas Unwandelbares. Die schwarzen Haare sind streng gescheitelt. Der Knoten, tief im Nacken, paßt sich der edlen Kopfform gut an. Der Hals ist schmal. Stark die Muskeln, die ihn tragen und die in dem gutsitzenden hohen Kragen verschwinden. Die Schultern breit, die Hände wohlgeformt. Lange, schmale, etwas knochige Hände ohne Schmuck.

»Wir singen nun das Lied: »So nimm denn meine Hände...«

Der veränderte Tonfall der Oberin weckt Manuela aus ihrer Betrachtung. Zuerst leise und zaghaft, dann immer sicherer ertönt der Choral, den Manuela aus dem ihr hingehaltenen Gesangbuch mitzusingen versucht.

>»So nimm denn meine Hände
>Und führe mich
>Bis an mein selig Ende
>Und ewiglich.

>Ich mag allein nicht gehen,
>Nicht einen Schritt.

Wo Du wirst gehn und stehen,
Da nimm mich mit!«

Manuelas Stimme beginnt zu beben. Sie kann nicht weiter, nur noch einzelne Silben vermögen
die Lippen zu formen. Unwillkürlich schweift ihr Blick wieder hinüber zu dem Gesicht Fräulein
von Bernburgs, die jetzt die Augen erhoben hat und weit über die Kinder und den Korridor
und das Haus hinauszusehen scheint.

»In Dein Erbarmen hülle
Mein schwaches Herz
Und mach es gänzlich stille
In Freud und Schmerz.

Laß ruhn zu Deinen Füßen
Dein armes Kind,
Es will die Augen schließen
Und glauben blind«,

singen die hellen gedankenlosen Kinderstimmen. Es hallt schön im Raum. Sie singen gern,
und es ist ihnen gleichgültig, was sie singen. Vor Manuelas Blick zittern die Buchstaben der
letzten Strophen. Ihr Mund hat sich geschlossen. Das Schluchzen von vorhin überkommt sie
nun mit einer furchtbaren Kraft.

»Wenn ich auch gleich nichts fühle
Von Deiner Macht,
Du führst mich doch zum Ziele,
Auch durch die Nacht.

So nimm denn meine Hände
Und führe mich
Bis an mein selig Ende
Und ewiglich!«

Das Lied verklingt. Frau Oberin schließt die Bibel und faltet die Hände, indem sie leise sagt:
»Wir beten.«
    Alle fallen ein und sprechen mit geneigtem Kopf das Gebet des Herrn.
    »Unser Vater, der Du bist im Himmel...«
    Alle erheben die Köpfe, während Frau Oberin den Segen spricht:
    »Die Gnade aber unseres Herrn Jesu Christi und die Liebe Gottes und die Gemeinschaft des
Heiligen Geistes sei mit euch allen! Amen.«
    »Amen«, klingt es zurück. Frau Oberin reicht Fräulein von Kesten die Bibel und nimmt ihren
Stock mit der silbernen Krücke wieder entgegen. Als sei sie nun ein anderes Wesen, verändert
sich ihre Stimme, rötet sich ihr Gesicht, weiten sich ihre Augen. Scharf schneiden die Worte
die Luft:
    »Ich habe noch einige Bemerkungen zu machen.«
    Ihr Blick dringt durch jedes der vor ihr stehenden Kinder. »Es ist mir zu Ohren gekommen,
daß wieder allerhand Ungehorsam geschieht. Verbote werden mißachtet. Es ist vorgekommen,
daß Briefe, ohne vorherige Abgabe zur Durchsicht, abgeschickt worden sind. Natürlich enthalten diese Briefe unberechtigte Klagen über unsere Anstalt. Ich habe meine Dienstboten
angewiesen, mir jede Übertretung dieser Vorschrift zu melden. Wer sich eines solchen Unge-
horsams schuldig macht, wird streng bestraft werden. Im eigenen Kleid wird die Betreffende

die Straßen der Stadt betreten müssen. Merkt euch das! – Die neue Schülerin, Fräulein von Kesten?« Eine ungeduldige Bewegung mit der Hand, die den Stock hält, entläßt die Kinder. Ein scheuer Knicks, und schnell leert sich der Korridor. Manuela bleibt mit Fräulein von Kesten vor der Oberin stehen.

»Manuela von Meinhardis«, sagt die Oberin, indem sie Manuela die knochige Hand reicht. Manuela bricht in einen erschrockenen Knicks nieder, ohne Fräulein von Kestens Blick zu verstehen, der ihr bedeutet, diese Hand zu küssen. »Nun, ich hoffe, du wirst dich schnell einfügen, mein Kind. Du hast eben gehört, daß Übertretungen der Hausordnung streng bestraft werden. Du wirst selbst merken, daß Kinder, die sich gut führen, sich hier über nichts zu beschweren haben. Sie berichten mir regelmäßig, Fräulein von Kesten.«

»Sehr wohl, Frau Oberin«, erwidert Fräulein von Kesten bedeutungsvoll. Sie versteht die Mahnung durchaus. Diese kleine Meinhardis ist kein einfacher Fall. Aber Frau Oberin wird zufrieden sein. Das etwa liegt im Ton ihrer Worte und in der Gebärde ihrer andächtig vor der Brust geschlossenen Hände.

Nach der Andacht hatte es Abendbrot gegeben. Wiederum zu zwei und zwei aufgebaut nach Klassenrang, war man geschlossen zum Abendbrot marschiert. Der Eßsaal war riesig, quadratisch, hoch, hell, leer. Mit Ausnahme der vier langen Tische, an deren Ende die »Damen« thronten, und anderen endlos langen Seiten, wo hundertfünfzig Stiftskinder saßen.

Zum kalten Abendessen gab es Bier zu trinken. Manuelas Tischnachbarin, Ilse von Westhagen, die bemerkte, daß Manuela wenig aß, sagte gemütlich: »Steck dir was ein, du kriegst sicher Hunger. Wenn's einem zuerst auch nicht schmeckt, später ißt man's dann doch, weil man nichts anderes hat. Das ist immer so.«

Wie kann man Brot in die Tasche stecken, ohne Papier, dachte Manuela. Das macht doch Krümel und ist dann voll Fusseln. Aber sie sollte bald allerhand in diese Taschen stecken lernen, Zucker und Fleischreste, Brötchen mit und ohne Butter – und wirklich, wenn man es selbst nicht mochte, eine andere war immer dankbar.

Wieder eine schrille Glocke – Gebet am Tisch. Man bedankte sich beim lieben Gott für das Abendbrot. Und dabei belastete einen die schwere Tasche, man hatte das Gefühl, ihn bestohlen zu haben.

Und wieder nach einer Weile die Glocke. Diesmal hieß sie: Zu Bett gehen. Im großen Korridor standen alle »Damen« nebeneinander aufgepflanzt und reichten sämtlichen hundertfünfzig Kindern die Hand. Zur Französin sagte man: »Bonne nuit, Mademoiselle«, zur Engländerin »Good night« und zu den übrigen »Gute Nacht«. Nun war man im Schrankzimmer angelangt.

»Manuela, Mensch, komm schnell her – ich muß dir was zeigen!«

Ilse zerrt Lela auch schon am Arm.

»Komm doch bloß, du, du lachst dich kaputt!«

Lela läßt sich hinziehen zu Ilses Schrank, der dem ihren schräg gegenüber liegt. Ilse reißt beide Türflügel weit auf und beobachtet gespannt die Wirkung auf Lelas Gesicht. Lela ist im ersten Moment wie vor den Kopf geschlagen. Was sich da vor ihr auftut, ist zu unerwartet. Beide Türflügel des äußerlich so einfachen weißen Schrankes sind mit brennendrotem Kreppapier austapeziert. Darauf wimmelt es von Bildern, japanischen Fächern, Postkarten aller Art, Christbaumschmuck, künstlichen Blumen.

»Sehr schön«, bringt Manuela über die Lippen.

Ilse ist zufrieden. Lela ist erschlagen.

»Da, und nun paß mal auf – jetzt fällste um!«

Behutsam hebt Ilse einen Stoß Wäsche auf, und dort liegt Lelas Buch »Der Bauch von Paris«. Ilse strahlt.

»So, und jetzt sag mal hintereinander alles auf, was verboten ist. Ja?«

Lela kommt verlegen lächelnd dieser Aufforderung nach. »Schokolade.«

Ilse wickelt ein Strumpfpaket auf, aus dem Silberpapier mit Inhalt hervorsieht.

»Geld.«

Ilse öffnet ein Kästchen mit doppeltem Boden, in welchem oben harmlose Briefe liegen. Darunter klappert es metallisch.

»Schmuck«, sagt Lela, der nicht recht wohl ist, die aber keineswegs Ilse das Vergnügen verderben will.

Und Ilse löst einen Reißnagel und läßt das rote Papier des Schrankinnern ein wenig herab. Da hängen: eine goldene Kette, ein Armband, ein schmaler goldener Ring.

»Aber Ilse!« Jetzt kriegt Manuela es mit der Angst. »Was machst du nur, wenn Schrankvisite ist und man bei dir nachsucht? Fräulein von Kesten...«

»Findet nichts!« sagt Ilse selig, daß Lela so entsetzt ist. »Wenn bei mir Schrankvisite ist, dann tue ich alles Verbotene in Ilse von Treitschkes Schrank, weil die ja in den anderen Schlafsaal gehört, und wenn dann bei ihr spioniert wird, dann nehme ich ihren Kram zu mir. – Fein, was?«

»Großartig«, sagt Lela und meint es auch. Ilse fühlt sich wohl in der Rolle des Aufklärers.

»Du, weißt du, wenn du mal irgendwas machen willst, was nicht in Ordnung ist, dann sag's mir. Mir kannst du alles anvertrauen. Da passiert nischt. Zum Beispiel, wenn du mal zuviel Tadel hast – was ist die Folge? Du kriegst keinen Ausgang. Aber man kann mit Loben die Tadel wiedergutmachen. Lobe kriegste zum Beispiel, wenn du einen Strumpf sehr gut stopfst. Aber so viel kaputte Strümpfe wie Tadel gibt's natürlich gar nicht, weil jeder die Strümpfe haben will. Na, ich helf' mir dann immer und schneid' einem die Ferse ab – das gibt dann ein mächtiges Loch und ein kolossales Lob, du...«

»Ich danke schön«, sagt Lela lachend.

»Bitte sehr. Du, ich weiß noch 'ne Menge Sachen – wegen Briefen und so –, laß dir bloß nicht imponieren von dem, was die Oberin heute abend gesagt hat. Überhaupt, weißt du, wenn sie mich so richtig anschreit, und ich krieg' wirklich Angst vor ihr, dann habe ich ein einfaches Mittel. Dann stelle ich mir einfach vor, wie die wohl aussieht, wenn se nackt is.«

Lela prustet heraus – und mit ihr Lilly von Kattner und Ilse von Treitschke, die gerade hinzugetreten sind. Das Kichern und Lachen zieht auch andere herbei:

»Kinder, Ilse hat 'nen Witz gemacht...«

Er wird wiederholt, und erneute Lachsalven erschüttern das Schrankzimmer.

»Was machst du denn, Manuela?« fragt Ilse, als schon alle unter der Decke liegen, und will sich totlachen, denn Manuela steht noch und betrachtet und betastet mißtrauisch das weiße kalte Bett mit dem rauhen, vielgeflickten Krankenhausbezug, in das sie jetzt steigen soll.

Aber Manuela bleibt ernst. Sie setzt sich zögernd auf den Bettrand und wagt nicht, die Füße unter die Decke zu ziehen. Das Eisen der Bettstelle an ihren nackten Beinen ist kalt. Die Federung gibt nicht nach. – Nie werde ich schlafen können in diesem gräßlichen Gestell, denkt Manuela. Und dann so viele Menschen in einem Zimmer. Seit sie denken kann, hat sie immer allein geschlafen. Und ihr Bett zu Hause war aus schönem, warmem braunem Holz und seine Kissen traumtief und so behaglich, daß sie während all ihrer Kinderkrankheiten gern darin gewohnt hat. Und dann – es ist lange her – gab es ein Bett, weich zum Versinken, mit einer seidigen Decke, die sich um sie schloß, wenn sie, ein kleines fröstelndes Kind, sich hineindrängte, an die Weichheit einer still atmenden Brust, an die Wärme des Leibes, der sie getragen hatte und nach dem die Kissen und die Laken, ach, das ganze Bett süß und wunderbar dufteten.

Lela zieht die eiskalten Knie unters Kinn und starrt ins Leere. Der Duft geht fort – man kann ihn nicht im Gedächtnis behalten wie die Bilder, wie die Worte, wie all die tausend Dinge, die an Mutti erinnern, und die sie so tief in sich liegen hat. – Nur einmal noch – ach, Gott, wie lange her scheint das heute! – war eine Mutter da für Lela, eine kurze Stunde lang nur! – Vorüber!

»Manuela!« ruft Edelgard sie leise an. »Du mußt dich hinlegen. Gleich wird Fräulein von Bernburg dasein.«

Also zieht Manuela die Füße unter die Decke und legt sich gehorsam. Das Kopfkissen ist hart. Die Bettdecke dünn. Das Licht, das von oben her den Saal beleuchtet, blendet ihr die Augen. Das Bett Nummer 55 steht mitten im Zimmer, ein schmaler Gang trennt es von Edelgards Bett, und auf der anderen Seite liegt Mia von Wallin, die noch kein Wort an Manuela gerichtet hat.

Alle liegen sie plötzlich in Erwartung Fräulein von Bernburgs still und beinahe feierlich in ihren Betten. Zum ersten Mal sehen sie aus wie richtige Kinder, muß Manuela denken, in ihren langärmligen Nachthemden, aus deren Bündchen die vom Waschen rotgescheuerten Hände heraussehen, und mit den langen, breitgeflochtenen Zöpfen, die nachts keine Drahtnadeln mehr hochzwängen. Nur Ilse mit ihren kurzgeschnittenen Haaren dazwischen sieht aus wie ein Junge.

Eine Tür, die Manuela noch gar nicht beachtet hat, öffnet sich. Ein Atmen geht durch den Raum. Fräulein von Bernburg tritt ein.

»Nun, Kinder – alles in Ordnung?« fragt sie, und dann geht sie von Bett zu Bett, um jedem der Kinder gute Nacht zu sagen. Ilse, deren Bett sich an Manuelas Fußende anschließt, hat sich aufgerichtet und flüstert zu Manuela hinüber: »Paß auf, du, was jetzt kommt!«

Ihre Augen glänzen. Sie kniet in ihrem Bett, und Manuela sieht, daß noch eine ganze Reihe der anderen Kinder genau wie Ilse kniend Fräulein von Bernburg erwartet. Zu jedem Kind tritt Fräulein von Bernburg auf einen kurzen Augenblick, faßt mit beiden Händen seinen Kopf und drückt ihm einen Kuß auf die Stirn.

»Gute Nacht, Edelgard! – Gute Nacht, Ilse!«

Immer näher kommt Fräulein von Bernburg auf Manuelas Bett zu. Manuelas Herz schlägt hart und angstvoll. Sie weiß nicht, ob es richtig ist, daß sie liegen geblieben ist. Vielleicht hätte auch sie sich aufrichten müssen. Ob das Vorschrift ist? Ach, nein, es kann wohl nicht sein, sie tun es gewiß alle von selber – aber sie, die fremd ist, was soll sie tun?

So liegt sie ganz regungslos, die Hände auf der Bettdecke, und wartet. Immer dumpfer schlägt ihr das Herz, ein Zittern faßt sie, sie fühlt, wie ihre zusammengepreßten Zähne leise aufeinanderschlagen.

Und dann geschieht die ganz einfache Erlösung. Die ernste Frau, die durch das Zimmer geht, bleibt dicht an ihrem Bett stehen und nimmt ihre vor Aufregung eiskalte Hand in ihre warmen, wohltuenden Hände.

»Wir haben uns ja noch gar nicht richtig begrüßt, kleine Manuela!« sagt sie. »Schlaf recht schön in der ersten Nacht hier bei uns!«

Und ehe Manuela antworten kann – ach, sie hätte nicht antworten können, denn ihre Augen stehen voll Tränen, und die Lippen zittern wie im Fieber –, beugen sich die Hände, beugt sich die Stimme, beugt eine warme Brust, beugt ein Mensch sich zu ihr nieder, und Fräulein von Bernburg küßt Manuelas Stirn, ganz, als ob sie von den Tränen nichts sähe, die jetzt zu beiden Seiten befreiend niederrinnen.

»Danke, Fräulein von Bernburg!« stammelt Manuela, aber sie weiß nicht, ob sie gehört worden ist. Fräulein von Bernburg ist schon an der Tür und dreht das Licht ab.

»Gute Nacht, Kinder«, wünscht sie noch einmal und ist hinausgegangen.

Die zwölf weißen Betten liegen im Dunkeln. Nur in einer Ecke brennt ein winziges Nachtlicht. Alle Fenster sind geschlossen, die Stille im Raum ist für Augenblicke tief. Manuela liegt mit offenen Augen da und starrt auf die Tür, die Fräulein von Bernburg hinter sich zugezogen hat.

Die Tage vergehen schnell, wenn man zum Nachdenken keine Zeit hat. Wenn alle Tage sich gleichbleiben. Wenn man nicht tut, sondern mit einem getan wird. Ein Tag, der nach einem elektrischen Glockenzeichen abläuft, ist eine mechanisierte Sache, und fast mechanisiert sich der Mensch nach der Glocke. Die Glocke reißt Manuela aus tiefstem Morgenschlaf. Die Glocke jagt sie die Treppe hinunter zur Morgenandacht. Die Glocke schreit: Neun Uhr! Schule! Sie ruft: Zwölf und Spaziergang! Essen und wieder Schule! Wieder Spaziergang und wieder Essen und Schlafengehen! Die Glocke reißt Gedankengänge ab in der Schulstunde, schneidet Plaudereien in der Pause auseinander, trennt Freundinnen im Garten, macht Herzklopfen vor unangenehmen Schulstunden, reißt einem die Tasse vom Mund beim Frühstück. Die Glocke ist Befehl. Unpersönlicher, gnadenloser, ewig gleichbleibender Ordner eines ereignislosen Daseins.

Wo ein Tag dem anderen gleichbleibt, fließen die Tage ineinander. Deshalb haben die Mädchen Kalender an den Innenseiten der Schranktüren, wo jeder verflossene Tag mit schwarzem

Stift ausgestrichen wird. Wieder einer vorbei, und man zählt, wie viele noch bis zu den Sommerferien, bis Weihnachten, bis »nach Hause« übrigbleiben.

Manuela hat keinen Kalender. Sie hat kein »Zuhause« mehr. Die Wohnung in Dünheim ist aufgelöst. Wer weiß, ob sie jemals wieder dahin zurückkommen wird. An Fritz, an seine Mutter, die sie liebhatte, wagt sie gar nicht mehr zu denken. Der Schmerz ist fort, sie hat noch nicht einmal Heimweh nach ihnen. Nichts ist geblieben als Trotz – Trotz und Wut, hiersein zu müssen –, und dann etwas anderes, Unbegreifliches, das sie mit Worten nicht schildern könnte und das sie manche Nacht mit weit aufgerissenen Augen wachliegen läßt. Meinhardis ist auf einer Italienreise. Bunte Postkarten mit blauem Meer, Sonne, Orangen, Eseln und alten Kirchen decken langsam die Innenwände an Lelas Schrank.

Fräulein von Bernburg hat die ersten dieser Karten betrachtet, als sie Manuelas Schrank kontrollierte.

»Und deine Mutter?«

Da hatte Manuela stumm eine Fotografie hervorgenommen und in Fräulein von Bernburgs Hände gelegt.

»Mutter ist tot. Ich habe keine Mutter, sonst 'wäre ich doch nicht hier.«

Das klang bitter. Fräulein von Bernburg hatte das Bild lange angesehen und es ihr dann zurückgereicht. Eine Hand auf Manuelas Schulter, hatte sie ihr ernst in die Augen gesehen.

»Du hast dich aber doch schon gut eingelebt bei uns, Manuela. Du hast Freundinnen gefunden?«

»Ja, Fräulein von Bernburg, bloß...«

»Nun? Du weißt doch, daß du zu mir Vertrauen haben kannst.«

»Ja, Fräulein von Bernburg, aber wenn...«, und jetzt endlich löst es sich stoßweise, »...wenn Sie nicht hier wären, dann wäre es gar nicht auszuhalten.«

Fräulein von Bernburg verändert ihr Gesicht nicht, sondern sieht Lela weiter forschend an und sagt langsam und eindringlich:

»Das darfst du dir nicht einreden. Alles, was hier geschieht, ist gut und richtig. Wenn du auch nicht weißt, warum manches so und nicht anders ist. Das wirst du erst mit der Zeit verstehen. Du hast nicht zu kritisieren, sondern zu gehorchen. Die größte christliche Tugend ist die Demut. Das hast du doch schon gelernt, nicht wahr?«

Schüchtern kommt es von Lelas Lippen:

»Ja, Fräulein von Bernburg.«

»Wenn du dich trotzig versperrst, wirst du dich hier nie einleben. Du mußt die Überzeugung haben, daß wir alle dein Bestes wollen und tun. Dann wird dir alles leicht.«

»Ja, Fräulein von Bernburg.«

Elisabeth von Bernburgs Hand gleitet von Manuelas Schulter an ihrem Arm herab. Sie hält das Kind fest, als wollte sie es wachrütteln.

»Willst du's versuchen?«

Und Lela blickt auf zu dem gegen sie hingeneigten Gesicht, zu den dunklen Augen, die ergreifend in ihr Innerstes sehen. Da bricht in ihr ein Widerstand, und wie mit einem Schwur, so feierlich, sagt sie in diese gütigen Augen hinein:

»Ja, Fräulein von Bernburg.«

Seither war alles anders. Alles hatte Sinn. Alles war ein Dienst an *ihr*, Fräulein von Bernburg. Alles und jedes hatte Beziehung zu ihr, und der Tag lief nicht mehr nach der Glocke, sondern nach ihrem Ruf. Ihre Stimme war nicht immer gut, sie war oft hart und befehlend. Aber Manuela wußte, daß es richtig war, was befohlen wurde: Aufstehen, Anziehen, Beten, Lernen, Ausgehen, Warten, Essen, Schlafen. Fräulein von Bernburg war da, und man tat alles für sie.

Elisabeth von Bernburg war die Tochter eines hohen Offiziers, wie Fräulein von Kesten, wie fast alle Erzieherinnen der Anstalt. Sie war achtundzwanzig Jahre alt und von diesen achtundzwanzig Jahren nun schon fünf Jahre im Stift, nachdem, wie man munkelte, ihre Verlobung mit einem jungen Dragonerleutnant zurückgegangen war, der Kühle und heftigen seelischen Abwehr des jungen Mädchens wegen, die den Leutnant veranlaßt hatten, kurz vor der Hochzeit die Verbindung zu lösen. Andere wieder wollten wissen, daß Fräulein von Bernburg selbst es gewesen war, die ihrem Verlobten erklärt hatte, sie könne ihn nicht und überhaupt niemals einen Mann heiraten. Diese Äußerung sollte ungeheuer viel Staub aufgewirbelt und zu den verwegensten Deutungen Anlaß gegeben haben. Selbst unter den Zöglingen des Helenenstifts ging sie um; wer sie aufgebracht hatte, wußte niemand so recht genau. Vermutlich aber war es Ilse gewesen, die solche Nachrichten aus den Ferien in Berlin mitbrachte, und zwar geradeswegs von dem sehr jungen zweiten Papa, den sie bekommen hatte, nachdem ihre Mama sich von ihrem Vater getrennt hatte.

»Kinder«, sagte sie, »die Bernburgerin ... Stellt euch doch vor, daß sie hätte heiraten können und daß sie da lieber hierhergekommen ist! Sie will überhaupt keine eigenen Kinder, soll sie gesagt haben – und dann soll sie den Mann einfach vor die Brust gestoßen haben, als er sie küssen wollte.«

Oda und Mia sahen einander an und lachten ihr nicht ganz sauberes Lachen. Aber Manuela fuhr auf.

»Ilse, du sollst nicht immer sagen ›die Bernburgerin‹ – und dann, das sind doch ihre Privatsachen, und keiner weiß doch, wie es wirklich gewesen ist.«

»Na, hör mal«, sagte Ilse gekränkt, »ein Dragonerleutnant! Also, so was sollte mir nicht passieren!«

Alles lachte, nur Marga zischte: »Ruhe!«, denn sie hörte Fräulein von Kesten draußen leise vorbeischleichen. Manuela blieb nachdenklich. In mehr als einer Nacht, wenn Fräulein von Bernburg das Licht im Schlafsaal gelöscht hatte und rings um sie her das Tuscheln begann und die kleinen elektrischen Taschenlampen unter den Kopfkissen hervorgeholt wurden, lag sie und quälte sich ab mit der Frage, was Fräulein von Bernburg nun wohl tat in ihrem Zimmer? Ob sie gern hier war? Ob sie sich nicht doch manchmal sehnte, einen Mann und Kinder zu haben? – Kinder zu haben – ja, das dachte auch Manuela sich schön. Einen Mann, nein, das konnte man sich schwer vorstellen – und Fräulein von Bernburg mit einem Mann, das war ein Gedanke, der sich nicht fassen ließ. Miß Evans, die, die hatte ihren Bräutigam irgendwo in England, und sie sparte sich bloß noch etwas, so hieß es, ehe sie heiraten wollte. Das war ganz in der Ordnung, auch Fräulein von Attems konnte man sich vorstellen als eine Gutsfrau, die in Küche und Keller wirtschaftete – aber Fräulein von Bernburg ...

Von all diesen kindlich-unkindlichen Vorstellungen und Fragen, die sie umkreisten, schien Elisabeth von Bernburg nichts zu ahnen. Sie war da, schweigsam, ordnend, streng und gütig. Ging mit ihrem stillen schönen Gang durch die Tage der Kinder, sie lehrte, sie befahl, sie hörte zu, sie riet – aber sie blieb fern, in sich verschlossen und einsam. In einem einzigen Augenblick nur war es Manuela vergönnt, einen Blick in ihr Herz zu tun. Es war ein Sonntagabend, und Fräulein von Bernburg war wieder wie täglich durch den Schlafsaal gegangen und hatte jedem Kinde den Gutenachtkuß gegeben und da und dort eine Frage beantwortet, eine kurze Weisung erteilt.

Auch von Manuela wurde sie angehalten.

»Fräulein von Bernburg«, sagte sie zögernd. »Ich weiß nicht, ich muß etwas haben – ich glaube, ich bin krank.« Und zögernd kam es heraus, daß sie sich schon den ganzen Tag schlecht gefühlt habe. Schmerzen im Leib, Übelkeit, Kopfschmerz, und jetzt, eben, habe sie bemerkt, daß sie blute.

Fräulein von Bernburg lächelte nicht.

Ernst setzte sie sich am Bettrand des Kindes nieder.

»Das ist keine Krankheit, Manuela«, sagte sie leise. »Das ist nichts als ein Zeichen, daß du schon groß bist und nun beinahe aufgehört hast, ein Kind zu sein. Wäre dies Blut nicht, so könntest du einmal, wenn du erwachsen bist, keine Kinder bekommen. Alle Frauen haben diese Blutungen von vier Wochen zu vier Wochen. Und nun muß ich wohl schon ein wenig Mutterstelle an dir vertreten und dir sagen, was du zu tun hast, wenn sie kommen.«

»Danke, Fräulein von Bernburg«, sagte Manuela.

Sie lag bleich und schön in ihren Kissen und lauschte mehr dem Klang der Stimme, die sie unterwies, als den Worten selber. Als Fräulein von Bernburg sich erheben wollte, hielt Manuela sie fest. »Fräulein von Bernburg...«

»Ja, was denn noch, Manuela?«

»Sie sagten – alle Frauen. Aber es gibt doch Frauen, die trotzdem niemals Kinder bekommen?« Fräulein von Bernburg sah sie nicht an.

»Ja, Kind – freilich, alle die, die keinen Mann haben.«

»Fräulein von Bernburg«, stieß Manuela hervor, und ihre heiße Hand faßte nach der Hand der Frau, die über sie geneigt saß. »Ich – ich muß Sie etwas fragen –, ich denke so oft darüber nach – sind Sie glücklich?«

Elisabeth von Bernburg hob den Kopf. Ohne das leiseste Erstaunen, als sei ihr die natürlichste Frage der Welt gestellt worden, sah sie Manuela in die Augen.

»Ja, Kind«, antwortete sie. »Ich habe ja euch.«

Vielleicht hätte sie sagen müssen: Ich habe ja dich. Aber diese Tochter und Enkelin von Soldaten, die ihr Leben lang gewohnt gewesen waren, mit Gefühlen sparsam zu sein und Gefühlsausbrüche zu verachten, dieses Mädchen, von einer puritanischen Mutter gottesfürchtig erzogen, diese junge Frau, die sich selber geschworen hatte, ihre Pflicht an den ihr anvertrauten Kindern rein und gerecht zu erfüllen, hätte solch ein Wort nicht über die Lippen gebracht. Es hatte hier für sie nur »die Kinder« zu geben, es gab kein einzelnes Kind, an das sie ihr Herz hängen durfte. Und nun sie es doch getan hatte, vom ersten Male an, da dieses Kindes Augen und die ihren sich begegnet waren, durfte es nichts anderes für sie geben als Selbstzucht und Verzicht.

Wie eine Wohltat, wie ein ganz unverdientes, niemals gekanntes Glück empfand sie die Liebe dieses Kindes, die um so vieles echter war als die rührende Zuneigung und Vergötterung der anderen Kinder rings um sie. Diese Liebe strömte aus jeder Haltung, jedem ungeschickten Wort Manuelas. Aber sie wäre nicht Elisabeth von Bernburg gewesen, hätte sie sich nicht selber gestraft dafür, daß sie glücklich war durch dieses Kind und daß sie es wiederliebte, grundlos, mit aller Kraft ihres Herzens.

Papa Meinhardis hat alle Hände voll zu tun. Ein großer Korb steht vor ihm auf dem Tisch, und der Oberkellner hilft ihm beim Einpacken. Beide beachten das blitzblaue Meer hinter ihnen nicht und nicht die Palmen, die leise wedeln im Morgenwind.

Mit Aufmerksamkeit befühlt Meinhardis die einzelnen Pakete. Kaltes Huhn und etwas Kaviar in Eis. – Wenn das nur nicht schmilzt, denkt er. – Hier Toast. Hier Wein, roter, herber Sizilianer. Die ersten guten Mandarinen – wie sie duften! Meinhardis trägt einen lichtgrauen Anzug. Sein Gesicht ist braun gebrannt von der Sonne. Sein hellgrauer Hut hebt diese Bräune noch mehr hervor. – Na ja, natürlich waren die Damen nicht fertig. Er hatte es ja auch gar nicht erwartet, aber immerhin stand der Wagen vor der Tür. Das Schellengeläut hörte man bis hier herein in die Halle.

Der Kellner verstaute den Korb im Wagen. Als Meinhardis sich umwandte, standen die Damen in der Türe. Helle Ausrufe des Entzückens über die buntbeschirrten Pferde, den lustigen Kutscher, die Blumensträußchen, die den Wagen schmückten, die seidenen Kissen und Staubdecken, begrüßten ihn. Der Oberstleutnant hatte mal wieder an alles gedacht. Während sie Platz nahmen, reichte der Portier Meinhardis auf einem silbernen Teller zwei Briefe, die er schnell in der inneren Rocktasche verstaute, denn er mußte Ray Cammars Füße in die Staubdecke wickeln.

»Ihre Füße dürfen nicht staubig werden«, sagte er und schob den kleinen leichtbeschuhten Fuß in das Wageninnere. Die beiden Damen saßen im Fond, er setzte sich auf den Rücksitz und rief: »Avanti, avanti!«, worauf sich unter Peitschenknall der Wagen in Bewegung setzte.

»Was haben Sie gestern abend noch getrieben, nachdem wir zu Bett waren?« fragte Ray und tat, als spräche sie zu einem ganz kleinen Jungen, den sie zu bemuttern und zu erziehen hatte. Sie war groß und blond. Ihre herrliche Sommertoilette, der große leichte Strohhut und der weiße Schleier um ihre Schultern machten sie etwas jünger, als sie war. Auch schien Miß Hill, eine trockene, kleine Zwetschge, zu diesem Zweck engagiert zu sein.

Meinhardis schien es gern zu haben, daß man in diesem Ton mit ihm sprach. Denn ein geschmeicheltes Lächeln zog über sein hübsches Gesicht.

»Ach, Ray, seien Sie doch nicht immer so streng mit mir! Ich war ganz brav. Ich habe bloß noch ein bißchen Wein getrunken, und dann bin auch ich zu Bett gegangen.«

»Mit wem haben Sie den Wein getrunken? Sicher mit Miß Booth – ich kenne Sie doch, Oberstleutnant.«

»Ach, Miß Booth«, schmollte Meinhardis. »Wie können Sie nur so was glauben! Ich und Miß Booth ...«

»Na, na, die wird immer rot, wenn Sie ihr zuprosten, ich sehe alles, mein Lieber.«

»Ach was«, wehrte Meinhardis bescheiden ab, »sie denkt ja gar nicht daran.« Er fühlte sich aber doch geschmeichelt bei dem Gedanken, denn Miß Booth war sehr hübsch, bedeutend hübscher als Ray. Nur wurde sie von ihren alten Eltern so streng bewacht, daß da wenig zu holen war für einen Mann, der gern allein blieb mit einer jungen Frau.

»Aber, Ray, Sie wissen doch, ich liebe nur Sie!« – Er zog ihre behandschuhte Hand zum Mund in seiner ironisch sein wollenden Geste.

»Hab' ich das nicht fein gemacht für Sie?«

Er machte mit dem Arm eine ganz kleine Bewegung nach dem Meer und dem nunmehr unter ihnen liegenden Palermo hin, als wäre dies alles sein eigenes Werk.

»Herrlich, wunderbar, süß!« stöhnten beide Damen. »Das war eine reizende Idee von Ihnen, ein Picknick auf dem Pellegrino – so poetisch! Sie sind ein fabelhafter Mann!« lobten sie ihn, und er war zufrieden.

»Aber Sie hatten zwei Liebesbriefe und haben sie nicht gelesen. Sind Sie denn nicht neugierig?«

»Ach, neugierig sind nur Frauen. Sie wollen natürlich schon wieder wissen, von wem die Briefe sind. Der eine ist von der Fürstin Trani in Rom, die sich nach mir sehnt, und der andere ist von der Maffia und bedroht mich mit Ermordung, wenn ich Sie liebe.«

Beide Damen lachten. »Kann sein«, sagte Ray, »daß wir Frauen neugierig sind. Aber so schwindeln wie die Männer können wir noch lange nicht.«

Meinhardis griff, ernst geworden, nach den beiden Briefen. Er hatte die Handschrift Manuelas erkannt. Auch der andere Brief war aus Hochdorf, aber er wußte nicht, von wem, und so öffnete er diesen zuerst. Aufmerksam, mit einer Miene, die die Damen an ihm gar nicht kannten, las er. Eine Seite und eine zweite. Plötzlich explodierte er in Lachen.

»Großartig, nein, großartig – das gefällt mir! Wissen Sie, was mir da die Oberin der Schule, wo sie meine Kleine hineingesteckt haben, schreibt? Sie sagt, meine Tochter sei ein begabtes Kind, neige aber leider zur Impertinenz!«

Meinhardis schlug sich auf die Knie, und beide Damen kicherten.

»Ganz der Vater«, erklärte Ray.

Und Meinhardis, als hätte er eine verdienstvolle Tat vollbracht:

»Was, das Mädel ist mir ähnlich, was! Läßt sich von den verrückten alten Schrauben nicht imponieren! Recht hat sie! Gott weiß, was die Tanten da von ihr gewollt haben!« – Eilig nahm er den anderen Brief, den von Lela, zur Hand.

»Lieber Papa!« las er. »Heute ist Sonntag, der einzige Tag, an dem wir Briefe schreiben dürfen. Sonst weiß man sonntags doch nicht recht, was man tun soll. Ich möchte eigentlich gerne, daß Du mal herkommst. Ich kann Dir nur nicht sagen, warum. Ich lerne viel Französisch, damit ich später auch reisen kann wie Du und alle Sprachen sprechen. Englisch kann ich ganz gut. Unsere Miß ist auch sehr nett. Schreibe mir viele Ansichtskarten, bitte, für meinen Schrank!

Kannst Du Italienisch? Das kann man hier nicht lernen.

Viele Grüße von

Deiner dankbaren Tochter

Manuela«

Meinhardis seufzte. – Komisch, so ein Brief. – Auch die Damen waren enttäuscht. Schließlich meinte er mit einem Seufzer: »Was soll das arme Kind aber auch schreiben, die Briefe werden doch alle gelesen. Das ist ja eine Gemeinheit. Sie muß aber doch Krach gehabt haben« – er lachte wieder –, »wenn sie ihre ›Neigung zur Impertinenz‹ gezeigt hat.«

Erneut, nicht mehr ganz echt, lachten die beiden Damen mit. Hauptsächlich, um ihren Begleiter wieder in gute Stimmung zu versetzen, denn mit einem besorgten Papa konnte Ray nichts anfangen. Und Miß Hill half, die Situation zu retten.

»Es ist immer sehr gut, wenn man kleine Mädchen in Pensionen schickt.«

»Ja«, sagte Ray, »ich war auch im Kloster.«

Meinhardis horchte auf: »Was – Sie im Kloster? Na, das kann ich mir nun gar nicht vorstellen.«

»Ich war sogar sehr fromm«, beeilte sie sich, seinen Zweifeln entgegenzutreten.

Aber dennoch schwiegen alle eine Weile. Dann kamen sie an eine Bank an einem Aussichtsplatz, und Meinhardis schlug vor, hier zu rasten. Die Damen stiegen aus, und der Oberstleutnant entnahm dem Korb einige Gläser und einen Fiasco. Drei Gläser klirrten aneinander auf das Wohl der kleinen Manuela – mit dem schönen Wunsch, daß ihre Impertinenz ihr noch lange erhalten bleiben möge.

»Morgen schicke ich ihr Mandarinen«, sagte Meinhardis.

»Manuela!« klang es in kurzem Kommandoton in den Schlafsaal, wo Manuela gerade beschäftigt war, als letzte ihr Bett aufzudecken. »Komm einmal her!«

Manuela zitterten die Knie. Fräulein von Bernburgs Stimme klang hart. Sofort ließ sie die Hände sinken und folgte dem Ruf. Als sie mit gesenkten Augen vor Fräulein von Bernburg stand, hatte sie Mühe, sich aufrecht zu halten, und ihr Herz lärmte, daß sie glaubte, man müsse es hören.

»Manuela, was muß ich da von dir erfahren? Seit wann bist du ungezogen?«

Keine Antwort erfolgte, nur Lelas Kopf sank tiefer auf die Brust.

»Du warst ungezogen gegen Frau Oberin.«

Manuela nickte.

»Wie kam denn das? Erzähl mal.«

Stockend und voller Angst begann Manuela, Rede zu stehen. »Wir gingen über den Korridor – Ilse und ich. Und da – und da kam Frau Oberin vorbei und rief mich an, und Mademoiselle Œuillet war auch dabei. Und da sagte Frau Oberin, ich sollte mich gerade halten und – und da habe ich mich gerade gehalten.«

»Du hast eine freche Bewegung gemacht, nicht wahr?«

Manuela nickte schuldbewußt.

»Und warum, Manuela?«

Darüber mußte Manuela erst nachdenken.

»Weil – weil Frau Oberin sagte, wir sollen gehen wie die deutschen Soldaten, und ich dachte, sie sagt das nur wegen Mademoiselle, und Mademoiselle wird sich kränken. Und da habe ich das übertrieben, und da hat Frau Oberin gesagt, ich benehme mich wie ein Junge.«

»Und du hast ihr die Zunge herausgesteckt? Stimmt das?«

»Nein, Fräulein von Bernburg. Ich habe nur eine Fratze geschnitten.«

»Warum?«

»Weil« – plötzlich war es aus mit Manuelas Ruhe –, »weil ich ja ein Junge sein will, ich hasse es, ein Mädel zu sein. Ich mag meine Haare nicht und meinen Rock, zu Hause habe ich immer Hosen getragen, wenn ich mit meinem Bruder geturnt habe, und am liebsten trüge ich sie immer.« Jetzt sieht sie zu Fräulein von Bernburg auf, als könne sie ihr helfen.

»Ich mag keine Frau werden – ich möchte ein Mann sein und immer für Sie dasein, Fräulein von Bernburg, und darum soll *sie* es nicht sagen – nicht Frau Oberin, nicht sie.«

»Manuela!« Blassen und unbeweglichen Gesichtes steht Fräulein von Bernburg dem erregten Kind gegenüber. »Solche Worte dürfen zwischen uns nicht fallen, hörst du mich? Jetzt gehst du sofort zu Frau Oberin und bittest um Entschuldigung. Verstanden?«

Das war Befehl und nichts dagegen zu tun. Zwei Minuten später steht Lela vor der großen grauen Gestalt, die sie böse betrachtet.

»Ich komme, um Frau Oberin um Entschuldigung zu bitten.«

»Hat Fräulein von Bernburg dich geschickt?«

»Ja, Frau Oberin.«

»So. Gehörst du etwa auch zu denjenigen, die für sie schwärmen?«

Groß starrt Lela die Frau vor ihr an.

»Nein, Frau Oberin.«

»Dann geh – es ist gut.«

Ein Knicks und ein dumpfer Ton, der daher kam, daß der Stock in Frau Oberins Hand unsanft den Boden berührt hatte, und Lela war aus dem Zimmer gegangen.

»Fräulein von Bernburg – auf einen Augenblick.« Das ist die Stimme der Oberin, die in Schärfe umschlägt, kaum daß ihr murmelndes Amen nach der Andacht verklungen ist.

»Einrücken! – Ja, Frau Oberin – bitte?«

Und Fräulein von Bernburg verschwindet hinter Frau Oberin in der Tür jenes Zimmers, das nicht nur die Kinder, das auch die Lehrerinnen nur mit Unbehagen betreten – ausgenommen vielleicht das »Kaninchen«, das niemand mehr ist und also auch nichts auf dieser Welt mehr zu fürchten hat.

»Ich möchte Sie nochmals bitten, Fräulein von Bernburg, der starken Exaltation unter den Kindern, die sich auf Ihre Person richtet und die nun einmal in diesen Jahren zu liegen scheint, keinen Vorschub zu leisten.«

»Frau Oberin können versichert sein, daß ich mein möglichstes tue.«

»Ich hoffe es, Fräulein von Bernburg. Aber wie erklären Sie sich selber Ihre ausgesprochene Vorzugsstellung bei den Kindern?«

Leise ächzend ist die Oberin in ihren Stuhl gefallen. Die Bernburg steht, sie hat den Wink, sich zu setzen, geflissentlich übersehen. Ihre Stimme zittert unmerklich, als sie erwidert:

»Ich liebe die Kinder, Frau Oberin, ich bemühe mich, ihnen gerecht zu werden.«

Finster mustert die alte Frau den Menschen, der in untadeliger Haltung vor ihr steht.

»Vor allem die kleine Meinhardis scheint mir ein überaus extravagantes Kind zu sein. Ich wünsche dieses Kind mit besonderer Strenge zur Disziplin angehalten zu sehen. Sie sind jung, Fräulein von Bernburg. Hätten Sie meine Anstaltserfahrung, so wüßten Sie, daß solche Elemente vergiftend wirken können, wenn man sie nicht in ihre Schranken zurückweist.«

Fräulein von Bernburg zuckt mit keiner Wimper. »Ich werde mich bemühen, Frau Oberin.«

»Es ist gut, Fräulein von Bernburg. Ich verlasse mich auf Sie.«

Zwei und zwei gehen die Kinder durch den Park. Sie tragen die gleichen altmodischen Hüte und die gleichen altmodischen Mäntel. Gesprochen wird wenig. Mademoiselle Œuillet geht hinter ihnen her. Sie hat gute Ohren und hört es sofort, wenn man deutsch spricht. Heute ist französischer Tag, und wer ins Deutsche verfällt, bekommt einen Tadel.

Lilly und Lela gehen stumm nebeneinander her. Plötzlich stößt Lilly Manuela an:

»Da, sieh!«

Und sie deutet auf ein Eichhörnchen, das einen Baum hinaufrasselt. Manuela bleibt stehen. Sie liebt Tiere so sehr, und entzückt und selbstvergessen tut sie einen Schritt zur Seite.

»Manuela!« kommt ein Ruf von hinten. Schon treten auch die nachfolgenden Kinder Manuela auf die Füße, die ganze Kolonne ist in Unordnung geraten.

»Es ist nicht erlaubt, stehenzubleiben. Weiter, anschließen!« ertönt auf französisch das Kommando von rückwärts. So geht man weiter. Immer den gleichen Abstand haltend, immer das gleiche vor sich sehend, direkt vor dem Gesicht ein aufgesteckter Zopf, ein Hut, ein Mantel, ein dunkler Kleiderrock, ein Paar dicke schwarze Strümpfe und ein Paar hohe schwarze Stiefel. Nur das führende Paar hat den Weg frei vor sich liegen. Und so ist um dieses Führendürfen immer ein großer Kampf.

Manche »führen« gerne in die Stadt, an Läden vorbei. Da sieht man doch ein wenig von den Auslagen, wenn man auch keinen Laden betreten darf. Man schielt mit Vorliebe in ein Konditoreifenster, auch wenn man sich nichts kaufen darf. Man besieht sich erst recht gerne Modistinnenläden, wenn man einen altmodischen Hut auf dem Kopf hat. Außerdem ist es unter

Umständen möglich, einen Brief heimlich in einen Briefkasten gleiten zu lassen, ohne daß die Aufsichtsdame etwas davon bemerkt.

So hat selbst eine äußerlich bescheidene kleine Stadt ihre Reize, wenn man, wie diese Kinder, nach Abwechslung hungert. Es kann auch vorkommen, daß man dem Erbprinzen begegnet, der schlank und elegant in einer engen Uniform auf hohem Gig mit einem feurigen Traber über das holprige Kleinstadtpflaster rast. Dann versinkt die ganze Kolonne der Stiftskinder zu einem tiefen Hofknicks, was den jungen Herrn so göttlich amüsiert, daß er bei nächster Gelegenheit wendet, um sich das Vergnügen womöglich noch einmal zu verschaffen.

Hungrig und müde kehrt man heim. Auch beim Mittagessen ist man schweigsam, denn auch hier soll man französisch sprechen – oder englisch, je nachdem, ob es Donnerstag oder Samstag ist. Nur der Sonntag erlaubt freie Plauderei, wie man es zu Hause gewohnt war. Das Essen ist lau und kalt, weil die Küche sehr weit weg ist. Mit halb gefülltem Magen erhebt man sich wieder. Eine kleine Pause, in der man im Schrankzimmer, in den Wohnräumen und Korridoren oder im Garten herumlaufen darf.

Auf kleinen Beeten, an kahler Mauer, im Garten blühen die ersten Frühlingsblumen. Die Büsche tragen junges Grün. Einzelne Kinder sind mit Graben und Pflanzen beschäftigt. Andere gehen umher, ein Buch in der Hand, und lesen. Manuela hat eine einsame Ecke ausfindig gemacht, und halblaut deklamiert sie Gesangbuchverse. Sie hält sich die Ohren zu, um das Rufen und Lärmen der anderen Kinder nicht zu hören. Dann aber legt sie das Buch auf die Bank neben sich und ruft: »Edelgard, Edelgard!«

Ohne zu antworten, kommt Edelgard langsam um die Büsche herum auf Manuela zu. »Du«, ruft Manuela ihr eifrig zu, »ich glaube, jetzt kann ich's. Und du?«

»Ach, Lela, nichts kann ich – gar nichts!«

Edelgard läßt sich müde auf die Bank neben sie fallen. Manuela rückt dicht neben sie.

»Edelgard...« Da fängt Edelgard auch schon an zu weinen. »Aber Edelgard, schon wieder. Ist denn was passiert?«

Aber Edelgard verneint mit dem Kopf.

»Heimweh?«

Das Wort löst in Edelgard ein furchtbares Schluchzen aus. Manuela legt ihre Arme um sie.

»Edel! Edel, nicht! Du, ich kann das nicht hören – ich muß mit weinen. Nicht, Edel, bitte, hör auf!«

»Mein Gott, Lel, wenn ich könnte! Aber ich kann nicht, verzeih mir. Seit Tagen muß ich schon weinen und habe mich die ganze Zeit zusammengenommen, aber jetzt, jetzt kann ich einfach nicht mehr! Weißt du, wenn ich die Stiefmütterchen hier sehe und die Schneeglöckchen ... Du weißt ja nicht, wie schön das jetzt zu Hause ist. Gleich beim Eingang vom Park sind lange Rabatten von frühen Tulpen. Vor meinem Fenster Birken und massenhaft Krokusse, weiße, die wie Eier aussehen, und gelbe und lila, und weiterhin, unter den Bäumen, Veilchen. Es ist ja zu dumm« – neues Schluchzen unterbricht sie –, »aber wenn ich nur an die Birken denke, tut es weh.«

Manuela ist still geworden. Dann sagt sie nachdenklich: »Hör mal, Edelgard, warum schreibst du das nicht deiner Mutter? Du kannst es doch vielleicht so ausdrücken, daß die hier – es nicht verstehen. Vielleicht nimmt sie dich dann früher von hier weg, wenn sie weiß, daß du unglücklich bist.«

»Ach, Mutter weiß es! Aber sie sagt, ich muß eben durchhalten. Sie ist auch jahrelang hier gewesen. Und Großmama auch. Das ist immer so gewesen bei uns. Papa war im Kadettenkorps, und meine Brüder sind jetzt auch im Korps. Die sind dort auch nicht gern. Aber sie werden doch einmal Offiziere, und da muß das doch sein.«

»Aber du, bist doch ein Mädchen.«

»Ja, aber wahrscheinlich werde ich einen Offizier heiraten, und meine Söhne werden auch Offiziere, und Mutter sagt, wir dürfen nicht schlapp sein.«

»Meine Mutter«, sagt Lela vor sich hin, »meine Mutter...« Weiter kommt sie nicht, ein unsinniger Schmerz schüttelt sie, und zu Edelgard kann sie das doch auch nicht sagen: »Wenn meine Mutter lebte, wäre ich nicht hier.«

Ilse und Oda kichern mit rotem Kopf über einen Zettel, den sie in einer versteckten Ecke des Schrankzimmers zusammen entziffern.

»Liebe, einzige Oda«, lesen sie. »Ich habe mit Eva von Brettner Freundschaft geschlossen. Wir reden nur von Dir...«

Beide brechen in laut kreischendes Lachen aus.

»Du, Ilse, die schließen Freundschaft, bloß um von mir zu reden. Zum Piepen, was?«

Und Ilse: »Seit wann schwärmt denn die kleine Eva für dich, schon lange?«

»Ach Gott, ich weiß es nicht! Aber du, die ist ganz toll, sag' ich dir. Jeden Tag schenkt sie mir was. Wo die das Geld her hat, ahne ich nicht. Gestern finde ich ein seidenes Taschentuch mit Parfüm in meinem Bett. Vorgestern eine Tafel Schokolade. Mächtig nobel, was?«

»Lies weiter.«

»Also: ›Es ist so furchtbar traurig, daß Du gar nicht lieb zu mir bist. Bitte, komm doch nur ein einziges Mal abends vor dem Schlafengehen in den Korridor vor der Stiefelkammer – so wie neulich...‹«

»Was war denn da?«

»Ach, ich bin zufällig da vorbeigegangen, da hat sie mir aufgelauert, wie ich mir die Stiefel geholt habe.«

»Ja, und...?«

Ilse ist gespannt, aber gerade, als es aufschlußreich werden soll, läßt ein energisches »Kinder, was macht ihr denn da?« sie beide hochfahren. Fräulein von Bernburg steht vor ihnen, die blutrot im Gesicht den Brief zu verbergen suchen.

»Gib her, Oda!« kommt es eiskalt von Fräulein von Bernburgs plötzlich ganz schmalem Mund.

Oda zögert.

»Na, wie lange soll ich warten?« Es stauen sich neugierige Kinder um den Auftritt. Lela steht mit übergroßen Augen an ihren Schrank gelehnt und hält, ohne es zu wissen, Edelgards Hand fest.

»Na, wird's bald?«

Endlich entschließt sich Oda, den zerknitterten Brief hinzureichen. Fräulein von Bernburg nimmt ihn in die Hand, und ohne einen Blick darauf zu werfen, zerreißt sie das Papier in viele kleine Fetzen. Sie betrachtet nur die vor ihr stehenden Kinder, mit denen alle anderen gemeinsam aufatmen.

»Nimm das und trag es zum Papierkorb!« Sie reicht Oda die Schnitzel. »Und merkt euch das ein für allemal, das Briefschreiben unter euch Kindern ist streng verboten.«

Sie wendet sich um und geht. Lelas Spannung läßt nach.

»Du, Edelgard, das war wundervoll! Sie ist ein Gentleman! Sie liest nicht anderer Leute Briefe. Wenn das das ›Kaninchen‹ oder Mademoiselle gewesen wäre! Mit Wonne hätten sie ihn gelesen. Aber sie – sie will es gar nicht wissen.«

Und Edelgard nickt nachdenklich mit dem Kopf.

»Furchtbar anständig – das ist sie.«

Der Sonntag wirft den Alltag um. Es beginnt damit, daß Herr Alemann seine Orden putzen muß. Es sind eine ganze Menge. Er hat sie als braver Soldat im Krieg 70/71 erworben. Später war er Lakai bei der Fürstinmutter gewesen, und da dort viele Auslandsbesuche vorsprachen, so hatte man auch ihn bedacht. Herrn Alemanns Scheitel war tadellos, sein schwarzer Gehrock stäubchenfrei. Frau Alemanns Schürzenbänder waren so gestärkt, daß sie in die Luft stachen. Ihre Frisur war mit Wasser geglättet, das Kleid frisch gebügelt, und so warteten beide unten vor ihrer Tür auf den feierlichen Zug, der von oben kam. Die Glocke der kleinen Hauskapelle läutete. Lautlos auf dem roten Teppich stieg Frau Oberin herab. Dicht hinter ihr Fräulein von Kesten. Die anderen Damen kamen einzeln. Sie hatten Zeit, denn erst mußten die Kinder von der Seitentreppe herantreten. Zwei und zwei erschien die erste Klasse. Sie trugen sämtlich graue Zwirnhandschuhe. Fräulein von Gärschner stellte sich an die Spitze und führte die erste Kolonne zur Kirche, die am Ende des Korridors lag. Die zweite Klasse mit lichtblauen Kokarden führte Fräulein von Attems, die noch immer mit ihren weißen Glacéhandschuhen kämpfte. Schon kamen ihnen die Orgelklänge vom Korridorende entgegen. Fräulein von Bernburg übernahm die dritte und Mademoiselle und Miß die letzte Klasse. Dann folgte Marie im schwarzen Kleid mit einer riesigen Brosche, auf der ein Monogramm und eine Kaiserkrone zu sehen waren. Johanna, das Stubenmädchen, zwei andere Stubenmädchen mit rotgescheuerten Gesichtern und die Köchin folgten, Frau Alemann bildete den Schluß.

Herr Alemann zog sich auf seinen Wächterposten zurück. Es konnte ja immerhin geschehen, daß Ihre Hoheit, die Frau Prinzessin, noch zum Gottesdienst erschien – dann mußte man schnell die Türe öffnen. Eine Hofloge stand in der Kirche immer leer und bereit für diesen Fall. Langsam wurde der Gesang von drinnen leiser. Frau Alemann hatte die Tür geschlossen.

Nach dem Gottesdienst blieb gerade ein Augenblick Zeit, und schon begannen die Besuche und Abholungen. Diejenigen, die »Ausgang« hatten, zogen zum Neid der Umstehenden ihre eigenen Kleider an, lösten die Haare und banden riesige Haarschleifen hinein. Sie bildeten im universalen Dunkelblau und Schwarz der Kameradinnen rote, rosa, weiße und hellblaue Flecke. Ihre Gesten waren schnell und aufgeregt. Sie rasselten mit Armbändern und zählten in kleinen Portemonnaies ihr Geld. Aufträge, was sie mitbringen sollten, wurden ihnen zugeflüstert. Ihre Kopfbewegungen waren ruckhaft und nicht immer motiviert. Aber es war eben so ein gutes Gefühl, die seidenweiche Masse des losen Haares an der Wange zu spüren. Die Vorübergehenden bewunderten:

»Was für schöne Haare du hast! – Ist das Seide, dein Kleid? Ist das jetzt Mode?« Eine wirbelt, damit ihr Faltenrock einen Teller in der Luft macht. Steht sie, fällt er wieder brav in die gebügelten Falten zurück. Frau Alemann ruft die Namen auf – ein schneller Kuß, ein »Adieu, viel Vergnügen!« – und schon rennen sie hinunter, ihren Verwandten entgegen. Herr Alemann kann die Tür gar nicht schnell genug aufmachen, damit sie hinaus können.

Das »Vergnügen«, das sie erwartet und um das die Kameradinnen sie beneiden, sieht meist so aus:

Ein Spaziergang durch die Stadt, wobei die abholende Tante unzählige Bekannte trifft, die alle von den gleichen Dingen reden und die gleiche Hochdorfer Sprache sprechen. Es gibt in Hochdorf Worte, die nachlässig ausgesprochen werden müssen, weil dies ein Beweis ist, daß sie einem alltäglich sind. Das lange Wort »Erstes Garderegiment« zum Beispiel muß man in einer Silbe sagen können. Wer aus Hochdorf ist, der kann es. Die Hochdorfer sind ja Menschen, die rein durch die Tatsache, daß sie hier geboren wurden, allen anderen Menschen bei weitem überlegen sind. Sie haben das Privileg, die Prinzen des regierenden Hauses mit Vornamen zu nennen, wenn sie von ihnen sprechen. Ja, wenn der Prinz etwa »Hubert« heißt und verheiratet ist, so spricht man von ihm und seiner Familie als von »Huberts«. Die regierende Familie insgesamt wird »die Herrschaften« genannt und damit der eigene, niedere Grad edelmütig zugegeben. Wenn aber der alte Fürst krank ist, so sagen die Damen gern: »Na ja, der arme Mann hat ja auch viel zu tun...«, oder: »Die arme Frau pflegt ihn ja aufopfernd.« Man hatte es eigentlich ganz gern, wenn ein kleiner Prinz die Masern bekam: Es war so menschlich.

»Meine Nichte«, stellte die Tante vor.

»So, im Helenenstift sind Sie? Nun, da haben Sie es ja sehr schön...«

Hernach gab es am Tisch der Tante ein kräftiges und, das mußte man schon sagen, sättigendes Mittagessen, worauf man sich ins Herrenzimmer zum Kaffee zurückzog. – Auch die Herrenzimmer in Hochdorf waren alle einander ähnlich. Ohne Ausnahme waren sie mit Trophäen geschmückt. Diese bestanden, wenn nicht aus Säbeln und Pistolen, so aus Geweihen und Hörnern. Auch ausgestopfte Vögel und Felle selbstgetöteter Tiere, nackte Schädel, Wildzähne und dergleichen schmückten die Wände. Besonders wertvoll waren sie, wenn sie von Hofjagden stammten. Auch viele Gebrauchsgegenstände waren aus Tierteilen gefertigt. Aschenbecher aus

Elefantenfuß, Kleiderhaken aus Hirschgeweih, andere Aschenbecher aus Schmetterlingsflügeln unter Glas. Man trug Knöpfe aus Hirschzähnen an den Kleidern.

All das bewunderten die kleinen blassen und meist vor lauter Schüchternheit reichlich sprachlosen Gäste gebührend. Es war schön, es war doch eine Abwechslung, und wenn die Tanten nachmittags noch etwa mit ihnen zu Kaffee und Militärkonzert gingen, waren sie vollkommen glücklich.

Die Zurückgebliebenen zogen sich gelangweilt auf die unbequemen Stühle des Wohnraumes zurück oder lungerten in den Schulzimmern umher, um Briefe zu schreiben. Überall im Hause, gleichmäßig verteilt, saß eine »Dame«, damit auch eine Aufsicht da war. Die Damen langweilten sich ebenfalls und waren heute geneigter, mal hier und da eine Plauderei anzufangen. Aber diejenigen Kinder, die dazu Lust verspürten, wie etwa Marga, die sich gern bei der Kesten einschmeichelte, gehörten zu der gemiedenen und verachteten Rasse der Streber. Die meisten waren froh, wenn sie am Sonntag kein graues Kleid zu sehen brauchten.

Man konnte auch, solange es nicht bemerkt wurde, am Fenster stehen. Heute gingen doch hier und da Leute vorbei. Familien, die von der Kirche kamen. Fast immer ein Offizier mit seiner Frau, die Kinder in Matrosenkleidern. Diese Uniform hat man sich in Hochdorf für die Kinder ausgedacht. Im übrigen ist es in Hochdorf guter Ton, die Mode von vorgestern zu tragen. Einerlei, um was für vorgestrige Auswüchse es sich handelt, sie müssen nur von vorgestern sein. Trug man vor zwanzig Jahren massenhaft falsche Haare, so blieb man dabei, und eine schlichte Frisur war »unmöglich«. Der Grund dafür war der, daß die regierende Frau des Hauses meist eine alte Dame war, die von der Mode ihrer reiferen Jugend aus Gewohnheit nicht lassen konnte. Automatisch blieb darum ihre Weise, sich anzuziehen, guter Ton in der Familie und damit in der Hochdorfer Gesellschaft, die sich ja zur Familie mitzählte. War irgendein Mitglied des Fürstenhauses gestorben, so gingen alle Hochdorfer Damen in Schwarz, als hätten sie ihren eigenen Onkel verloren.

Das war alles nicht eben kurzweilig zu sehen, aber es kann bereits Kurzweil sein, die eine Langeweile mit einer anderen zu vertauschen.

Manuela und Edelgard möchten allein sein. Und gerade das ist das Schwierigste, was man sich in diesem Hause wünschen kann. Hier ist Herde, und in Herde lebt man. Immer ist einer vor, hinter oder neben einem. Beim Schlafen, beim Lernen, beim Essen, beim Spazierengehen. Manuela und Edelgard suchen eine Kammer neben dem Turnsaal auf. Das ist ihre Entdeckung, dort werden Geräte aufbewahrt. Aber heute finden sie auch diesen Platz schon besetzt. Oda und Mia sitzen eng aneinandergedrängt mit hochroten Gesichtern beisammen. Sie fahren auseinander, als die beiden eintreten. Bös zischen sie ihnen entgegen: »Wir waren zuerst hier!«

»Aber wir wollen euch ja nicht stören«, sagt Edelgard, die errötet ist, und beide ersteigen eine schmale Leiter. Sie führt auf den Boden. Der Boden ist so niedrig, daß man nur gebückt gehen kann, aber in seiner Mitte ist die Turmuhr. Von der Uhr sieht man hier natürlich nichts. Sie hat ein Türmchen ganz für sich allein mit einem Dach darauf. Hier sieht es aus wie ein vierkantiger Schrank aus rohem Holz, der zwei große Löcher wie Fenster hat. Da kann man hineinkriechen und sich in diese Fenster setzen. Es tickt sehr laut, und die riesenschweren Gewichte hängen über Manuelas Kopf. Wenn eins herabfiele, wäre sie unfehlbar tot. Aber diese Uhrgewichte fallen nicht herab, sie sinken nur langsam an schweren Ketten, und wenn man sich den Kopf stößt, weiß man, daß es später geworden ist. Das konnte man nun nicht verlangen, daß Frau Alemann Manuela dort finden würde. Tante Irene war zu Besuch gekommen und wartete im unteren Korridor, daß man Manuela benachrichtige. Schließlich drang das Rufen an Lelas Ohr, und schnell, damit man das Versteck nicht entdecke, eilte sie hinunter.

Tante Irene hatte viele kleine Pakete mitgebracht, und Manuela, zum Frühstück nicht satt geworden, konnte es nicht abwarten, bis der Besuch gegangen war, und biß herzhaft in den Kuchen. Auf allen Bänken saßen Besucher mit teils verlegenen, teils gelangweilten, teils vergnügten Stiftskindern in ihrer Mitte. Das »Kaninchen« patrouillierte spionierend, höflich begrüßend und ermahnend auf und ab. Geschenke, wie Schokolade und Bonbons, mußten abgeliefert werden, und es verlangte die ganze Geschicklichkeit von Tante Irene, während eines Scheingesprächs ein Päckchen in Manuelas zu diesem Zweck entleerte Tasche zu schmuggeln. Liebevoll strich sie Lela übers Haar.

»Es geht dir doch gut, mein Kind?« fragte sie zärtlich.

Lela sah glücklich zu ihr auf. In diesem Augenblick, da nur ein Mensch nach ihrem Ergehen fragte, fand sie, daß es ihr wirklich gut gehe. Und dann – Tante Irene hatte wirklich Mutters Stimme, und sie sagte eigentlich auch ganz ähnliche Worte wie Mutti, und wenn sie ihr ins Gesicht sah, so hatte Lela Muttis Gesicht deutlich vor sich und gar nicht mehr das von Tante Irene.

Trotzdem sieht Lela sich einen Augenblick scheu um, ehe sie antwortet:

»Danke, ganz gut.«

Tante Irene scheint erleichtert zu sein. Sie macht sich öfters Sorgen um das Kind. Ihre Sache ist solche Stiftserziehung nicht. Und Manuela sieht immer so blaß aus, wenn sie sie sieht, und ist so wunderbar verschlossen – aber das mag ja wohl auch in diesen Entwicklungsjahren liegen.

Jetzt kommt Fräulein von Kesten vorüber und begrüßt Frau von Kendra.

»Nicht wahr, Fräulein von Kesten, nächsten Sonntag darf Manuela uns doch besuchen kommen?«

Und das »Kaninchen« verneigt sich höflich lächelnd.

»Wenn sie brav ist und diese Woche keinen Tadel bekommt...«

»Das wollen wir doch nicht hoffen!« Tante Irene verabschiedet sich von Fräulein von Kesten und umarmt das Kind. Vor der Tür draußen atmet sie auf. Die Luft da drin legt sich ihr jedesmal schwer auf die Brust, aber es ist ja möglich, daß Kinder das nicht so empfinden. –

Auf irgendeine Weise verging der Sonntag eben immer. Manuela war Fräulein von Bernburg im oberen Korridor begegnet, und sie hatte ihr über den Kopf gestrichen: »Na, wie geht's?« Und Lela hatte das Herz bis zum Hals geschlagen, weil sie an ihre Tasche voll verbotener Schokolade dachte.

Als abends alle zwölf Kinder in den Betten lagen und das Licht noch brannte, erschien ganz unerwartet das »Kaninchen« in der Tür des Schlafsaals. Sie trug einen großen Kasten, es war die Schublade einer Kommode, und darin befänden sich bereits allerhand Dinge, hauptsächlich Süßigkeiten, Schokolade, Obst – aber auch Parfüm, Schmuck und Geld. Vor Schreck erstarrt, blickten die Kinder sie an.

»Wer hat hier verbotene Sachen im Bett versteckt?« fragte sie fast lächelnd. Man konnte sich dem Eindruck nicht entziehen, daß dieser Raubzug dem »Kaninchen« Spaß machte. Zuerst war alles stumm und verlegen. Dann fing sie an, die einzelnen aufzurufen, die ihr verdächtig schienen. Diejenigen, die Besuch gehabt hatten, und solche, die bei Verwandten und Freunden gewesen waren.

»Ilse!« – und bohrend traf Fräulein von Kestens Blick die arme Ilse, die aber die Haltung nicht aufgab, sondern wie einer, der beim Kartenspielen zu verlieren versteht, mit einem leisen »Na, meinetwegen...« unter ihre Matratze griff und drei Schlagsahnetörtchen hervorholte. Sie waren zwar etwas zerdrückt, schienen aber doch den Zuschauern noch verlockend genug. Angeblich wurden all diese Dinge aufgehoben und den Kindern zum Ausgang oder zu den Ferien zurückerstattet. Aber erstens verdarb vieles, und am Ende schien auch nicht mehr alles da zu sein. Für jetzt war es Gewißheit, daß die guten Dinge, deren Genuß man sich in Stille, Frieden und Dunkelheit der Nacht hingeben wollte, verloren waren.

Fräulein von Bernburg war nicht da. Das war Manuela ein Trost, als sie, vor aller Augen, mit den nackten Füßen in die Pantoffeln schlüpfend, im Hemd, wie sie war, ihre Schokolade abliefern ging.

Sechstes Kapitel

»Also, offengestanden, ma chère, ich verstehe Sie nicht.« Mademoiselle saß in einem bequemen Stuhl im Zimmer Fräulein von Bernburgs. Die beiden Damen tranken Tee und knabberten Gebäck. Fräulein von Bernburg hatte sich zurückgelehnt und war scheinbar in das Bild vertieft, das über Mademoiselle an der Wand hing. Sie hinderte die Französin nicht, weiterzusprechen, obwohl sie diese Dinge schon oft von ihr gehört hatte. Sie hatte nur ein heiteres Lächeln für das, was Mademoiselle mit soviel Eifer hervorsprudelte.

»Eh bien, Sie sind eine schöne Frau. Sie sind jung. Ja, wie ich höre, haben Sie Vermögen. Sie haben Faszination. Sie sind klug. Sie könnten eine große Rolle in der Gesellschaft spielen. Ich verstehe Sie nicht. Aristokratin. Sie können zu Hof gehen. Sie könnten heiraten...«

Da lachte Fräulein von Bernburg ihr ins Gesicht. Aber Mademoiselle schüttelte den Kopf.

»Warum lachen Sie, Fräulein von Bernburg? Ich sage die Wahrheit. Sie sind eine Persönlichkeit – und was tun Sie? Sie versauern hier in diesem Militärhaus für Mädchen. Enfin, ich, ich bin alt. Ich war immer Lehrerin. Aber eines Tages nehme ich auch mein Geld und gehe nach Paris. Oh, Paris – das wäre etwas für Sie! Nicht hier sitzen und alt werden und vertrocknen...«

»Aber liebe alte Nelke, ich bin doch gerne hier.«

»Mais non, niemals – sagen Sie das nicht.«

Nun wird Fräulein von Bernburg ernst.

»Doch, meine Liebe. Nicht nur gern, ich liebe mein Leben so, wie es ist.«

»Mais comment – immer die ungezogenen Kinder, immer die Kesten, immer diese Oberin. Dieu me pardonne – das ist kein Leben.«

»Das ist volles, gutes, herrliches Leben. Ich liebe die Kinder. Ich freue mich über sie.«

»Sans doute, aber – Sie sind doch so streng. Selten lachen Sie mit ihnen und machen Spaß.«

»Das tun sie untereinander genug. Die Kinder brauchen Ernst. Sie müssen einen Halt an uns haben. Wir müssen ihnen die Mutter ersetzen und den Vater zugleich.«

»Aber Sie sind nie intim mit ihnen. Sie halten Abstand. Immer Entfernung.«

Ein Schatten geht über Fräulein von Bernburgs Gesicht.

»Aber nein, ich denke, ich bin ihnen auch eine Freundin, wenn sie's brauchen. Sie wissen alle, daß sie zu mir kommen können, wenn sie es nötig haben.«

»Nun gut, aber Sie selbst. Sie führen ein Leben voll Entsagung – wozu? Es gibt soviel...« Die kleine Mademoiselle gerät in Erregung.

»Für mich nicht«, sagt Fräulein von Bernburg leise. »Für mich gibt es nur eins: die Liebe der Kinder. Sehen Sie, Mademoiselle, die Kinder brauchen doch jemanden, an den sie glauben können.«

»Ah ça«, und Mademoiselle zuckt die Achseln, »wenn Ihnen das genügt. – Ich war auch einmal jung – ich hätte nichts damit anfangen können, für niemanden ein Ideal zu sein als für kleine Mädchen.«

Fräulein von Bernburg ist aufgestanden, und indem sie ihre beiden Hände auf den Tisch stützt:

»Mir ist es genug, Mademoiselle«, sagt sie ernst. »Ein Ideal ist etwas unerhört Hohes. Ein Ideal zu sein für alle diese armen Mädel, die man so jung unter Fremde schickt – fort von Hause, fort von Geschwistern und Mutter – das wäre das Größte, was ich erreichen möchte.«

Die kleine zerknitterte Mademoiselle hat sich gleichfalls erhoben.

»Sie sind sehr selbstlos, Fräulein von Bernburg. Im allgemeinen sind mir selbstlose Menschen immer ein bißchen verdächtig. Meistens sind sie die Allereigennützigsten. Aber Sie – ich bewundere Sie. Ich kann nicht sehen, wo bei Ihnen der Eigennutz stecken sollte.«

Fräulein von Bernburg ist errötet bis tief unter die Wurzeln ihres schönen, von dem Häubchen der Stiftsdamen nur wenig bedeckten Haares.

»Eigennutz ist gewiß schon in dem Glück, zu lieben, Mademoiselle – und aus diesem Eigennutz begehen wir ja auch Fehler über Fehler.«

Ein schrilles Glockenzeichen.

Die kleine Mademoiselle rafft ihre Handarbeit zusammen. »Die Glocke macht mich verrückt. Glauben Sie, oft möchte ich mir die Ohren zuhalten, bloß um die Glocke nicht zu hören…«

Und dann, als keine Antwort erfolgt, kopfschüttelnd: »Sie sollen Ihr Herz nicht zu sehr an dieses Haus hängen. Sie werden es auch einmal müde sein – immer die Kinder; sie kommen und gehen – immer an Ihnen vorüber.«

»Ja«, sagt Fräulein von Bernburg und ist in diesem Augenblick nicht imstande zu lächeln, während Mademoiselle ihr im Abgehen die Hand drückt. »Immer an mir vorüber. Das ist wahr. Aber ich vergesse sie nicht. Und einige von den Kindern, glauben Sie mir, Mademoiselle«, und zum ersten Male gerät ihre beherrschte Stimme in ein seltsames Zittern, » *einige* werden auch mich nicht vergessen!«

Es war Religionsstunde. Die erste Stunde am Tag, die täglich Fräulein von Bernburg der III. Klasse selber gab. Es war totenstill im Raum. In dieser Stunde wurde kein Unfug getrieben. Aufrecht stand Fräulein von Bernburg vor der Klasse und hörte ein Kirchenlied ab, das die Aufgabe des heutigen Tages war. Gewohnt glatt sagte man das Lied auf. Jedes der Kinder lernte gut, das war selbstverständlich. Manuela sah in Fräulein von Bernburgs Gesicht. Sie wartete, daß auch Fräulein von Bernburg einmal nach ihr hinsehen würde, aber es geschah nicht. Alle rief sie auf, nur Manuela nicht. Warum? Lelas Augen bekamen einen grenzenlos sehnsüchtig-traurigen Ausdruck. Nervös spielten ihre Hände mit dem Lineal. Sie war so weit weg. – Da klang es: »Manuela!«

Schnell riß sie sich auf.

»Dritte Strophe.«

Manuela schwindelte es. Der ganze Raum drehte sich.

»Oh, daß ich tausend Zungen hätte…«

begann sie. Ach nein, das war ja die erste Strophe – die dritte – die dritte … Richtig:

»Was schweigt ihr denn, all meine Kräfte…«

Weiter – weiter! Sie fühlte Fräulein von Bernburgs Blick auf sich, sie hörte auch, daß Ilse neben ihr etwas flüsterte. Aber sie verstand nichts, sie sah starr in Fräulein von Bernburgs Gesicht und hatte alles vergessen.

Fräulein von Bernburg sah sie traurig an, nahm ihr Buch hervor: »Wieder nichts gelernt!« – und Lela konnte sich setzen.

Lela hatte ununterbrochen das Gesangbuch in der Tasche. Zu jeder Gelegenheit am Tage lernte sie. Des Nachts bewahrte sie das Buch unter ihrem Kopfkissen auf. Wenn sie sich des Morgens ankleidete, lernte sie. Aber sobald Fräulein von Bernburg »Manuela!« rief, war alles wie weggeblasen. Dann war ihr Kopf leer, waren ihre Knie weich, ihre Hände kalt und feucht. – Wenn sie es ihr nur einmal sagen könnte. – Sie wartete auf den Abend. Sie wiederholte es sich hundertmal, was sie sagen würde und wie sie es sagen würde. Daß sie nichts dafür konnte, daß es nur die Angst war, und daß sie doch so viel, viel lernte für sie, nur daß es nichts nützte. Zitternd kniete sie in ihrem Bett. Fräulein von Bernburg hatte das Licht abgedreht und ging leise von einer zur andern. Noch zwei Betten, und dann war sie bei ihr, Lela. Ihr Herz klopfte zum Zerspringen. Sie gab sich selber ihr Ehrenwort, daß sie jetzt »alles sagen« würde. Und – breitete die Arme aus und warf sich, alle Kraft verlierend Fräulein von Bernburg um den Hals, die fast das Gleichgewicht verlor und erschrocken das zitternde Kind festhielt.

»Aber Manuela, Manuela«, sagte sie leise und beschwichtigend. Zart versuchte sie, die Arme um ihren Hals zu lösen. Lela griff gierig nach den Händen, sich an das erinnernd, was sie sich doch vorgenommen hatte, und drückte ihr heißes Gesicht hinein. Die Hände wehrten sich nicht. Sie ließen geschehen. Sie nahmen das tränennasse Gesicht des Kindes auf, und Fräulein von Bernburg beugte sich herab und küßte den bebenden Mund.

»Ruhig, Manuela!« – Ihre Hand streichelt den Kopf, der auf ihrer Schulter gebettet liegen bleibt, und das Kind ahnt nicht, daß sie selber in diesem Augenblick vielleicht noch viel mehr des Trostes bedürfe.

»Ruhig, mein Herz – nicht so aufgeregt sein!«

Und vorsichtig nimmt sie Manuelas Schultern und drückt sie hinab auf ihre Kissen.

»Schlaf gut.« – Und von Lela kommt ein leises »Danke«. –

Seit Wochen brachten die Vorbereitungen zum Geburtstag der Oberin Abwechslung in das Einerlei des Lebens. Wie alljährlich sollte an diesem hohen, in den Mai fallenden Tag eine Festvorstellung der Schülerinnen stattfinden, und diesmal war einem ungeschriebenen Gesetz zufolge – Mademoiselle Œuillet an der Reihe, den Kindern die Aufführung eines französischen Stückes einzustudieren. Nach langem Zögern war ihre Wahl auf Voltaires Zaïre gefallen, ein klassisches Stück, das sich durch Schwung der Verse und Ritterlichkeit der Gesinnung auszeichnete, ohne Probleme aufzurollen, die dem jugendlichen Alter der Darstellerinnen allzu fernlagen.

Die Lehrerinnen ließen in diesen Wochen ein wenig in ihren strengen Lernanforderungen nach. Überall, wo man ging und stand, traf man auf Kinder, die eifrigst studierten und memorierten.

Manuela, die Mademoiselles besonderer Liebling schien, war die Rolle des Kreuzritters Nérestan zugefallen, dessen von Edelgard zu verkörpernde Schwester Zaïre von Orosman, dem in Jerusalem herrschenden Sultan, gefangengehalten wurde. Der Part des leidenschaftlich liebenden und keinem Christen an Edelmut nachstehenden Orosman war Ilse zugedacht worden, und sie deklamierte unaufhörlich mit fürchterlich blitzenden Augen die lang rollenden Alexandriner der französischen Dichtung.

Selbst im Garten, wo die Kinder gelegentlich mit Umgraben und Jäten beschäftigt wurden, setzte man die wilden Proben voll Eifer fort. Man vergaß die Arbeit und geriet in Hitze. Selbst Edelgard, die noch vor kurzem vor Frühlingsheimweh immer wie in einem Flor von Tränen gestanden hatte, ließ sich mitreißen.

Manuela stand auf der Bank und reckte den Arm hoch in die Luft. Den einen Fuß ritterlich vor sich hingestellt, den Spaten, mit dem sie eben noch Erde umgeworfen hatte, wie ein Schwert gepackt, skandierte sie laut und begeistert, wie berauscht vom Wohlklang der Silben:

> »Vous, le sang de vingt rois, esclave d'Orosman!
> Parente de Louis, fille de Lusignan,
> Vous, chrétienne et ma sœur, esclave d'un soudan...!«

Sie schwieg – sie wartete. Jetzt hätte Edelgard einzusetzen gehabt, die schöne Zaïre, dem Moslim Orosman in Liebe zugetan und schon bereit, seine Gattin zu werden. Aber Edelgard überhörte ihr Stichwort. Edelgard und Ilse, sah Manuela wie erwachend, Edelgard und Ilse lachten.

»Was ist denn? War es so schlecht?« fragte sie ängstlich.

»Ach, Lela, du bist ja zum Schießen!« Ilse bog sich. »Du sprichst ja wie eine Schauspielerin – mach jetzt mal richtig, ja?«

Aber Lela wirbelte den Spaten in der Luft umher. Ihre Haare waren unordentlich und nahe daran, sich zu lösen. Ihr gerötetes Gesicht der Sonne entgegenhaltend, rief sie: »Ach was, ich kann das nicht anders sagen, ich bin ja viel zu froh! Alles ist so schön, der Garten und die Sonne und ihr und alles. Und ich werde jetzt zum ersten Male im Leben so sein können, wie ich bin.«

Sie sprang von der Bank und legte ihren Arm um Edelgard.

»Du, Edel, stell dir doch nur mal vor: so, die Haare offen und das silberne Hemd, und das Trikot in Silber, kein Rock! – und dann steh' ich so da, und dann sagt Oda zu mir:

> »O brave Nérestan, chevalier généreux,
> Vous qui brisez les fers de tant de malheureux...«

Selig warf sie die Arme in die Luft: »Kinder, ich muß ihr doch gefallen! – Dann, wenn ich so lachen und weinen kann wie nie – so frei, so...«

»Na, hör mal«, wirft Ilse bedenklich ein: »Lachen und weinen kannst du doch so auch.«

»Nie genug, Ilse. Nie so, wie wenn man vorgibt, ein anderer zu sein und doch man selber ist.« Und näher tretend zu Ilse, leiser: »Du, Ilse, glaubst du, daß Fräulein von Bernburg was vom Theater versteht?«

»Keine Ahnung hat sie!«

»Ach, Ilse...« Manuela ist ernstlich betroffen.

»Wenn ich es dir sage!« beharrt Ilse, sich an Manuelas Enttäuschung weidend. »Neulich, wie sie meinen Schrank revidierte, sagte sie: »Na, Ilse, komischen Geschmack hast du lauter männliche Schauspieler.«

»Ach, das hat doch gar nichts mit dem zu tun, was ich meine.«

»Unsachliches Urteil ist das. Jawohl.«

Das pausbäckige Dienstmädchen Johanna schleppt einen schweren Korb mit Wäsche die Treppe hinauf. Auf jedem Absatz bleibt sie stehen und macht eine kleine Pause. Dann betritt sie den Schlafsaal Nummer I und legt auf jedes Deckbett ein Paket mit frisch gewaschener Wäsche. Als sie vor Bett Nummer 55 steht, verweilt sie, kramt in Manuelas Sachen, hält ein Nachthemd gegen das Licht, prüft die Strümpfe und legt schließlich alles mit einem Seufzer wieder zusammen hin. Langsam geht sie aus dem Zimmer.

Fräulein von Bernburg hört ein Klopfen an ihrer Tür.

»Herein«, ruft es von drinnen, und als Fräulein von Bernburg, die allein sitzt und am Schreibtisch beschäftigt ist, sich halb umwendet, setzt Johanna linkisch an:

»Ich habe die Wäsche gebracht, Fräulein von Bernburg.«

»Gut, Johanna, dann können Sie gehen.«

Aber Johanna steht da und geht nicht, sondern fährt fort:

»Fräulein von Bernburg...«

»Ja, was ist, Johanna?«

»Ich wollte nur noch sagen, die Wäsche von Nummer 55, die ist gar nicht mehr schön.«

»So.«

»Ja – ganz kaputt.«

»Na, dann wird Nummer 55 sie schon stopfen.«

Johanna ist in Verlegenheit. Sie nimmt allen Mut zusammen.

»Ich würd's gern machen für Fräulein Manuela.«

»Ach, Unsinn, Johanna! Sie haben selber genug Arbeit. Sie brauchen nicht auch noch anderer Leute Arbeit zu tun.«

»Aber für Fräulein Manuela tät' ich's gern.«

»So?«

»Ja – ich weiß nicht – sie ist so'n liebes Kind – und dann, sie tut mir leid. Sie weint so viel in der Nacht. Das Kopfkissen ist morgens oft ganz naß.«

Fräulein von Bernburgs Stimme wird abweisend. »Ach, Johanna, das bilden Sie sich ja ein.«

»Nein, gewiß nicht – sie wird wohl Heimweh haben.«

»Ja, wahrscheinlich.«

Einen Augenblick ist alles ruhig. Johanna wartet und knüllt ihre Schürze in den Händen, Fräulein von Bernburg scheint nachzudenken. Dann wendet sie sich zu dem Mädchen:

»Holen Sie mir mal die Wäsche von Nummer 55 her.«

Johannas gute Augen leuchten auf, nun, da sie erreicht hat, was sie wollte. Sie läuft zurück zum Schlafsaal, packt fieberhaft Manuelas ganzen Wäschehaufen auf ihre Arme und legt ihn, jedes Stück mit einem gerührten Gemurmel, Fräulein von Bernburg vor.

Fräulein von Bernburg untersucht eingehend die Sachen, die Johanna ihr reicht.

»Sagen Sie Fräulein von Meinhardis, sie möchte zu mir heraufkommen. Sie ist jetzt im Garten.«

»Ach, gern, Fräulein von Bernburg!« Johanna, erlöst; hat im Eifer einen richtigen Knicks gemacht und ist davongestürzt.

Ganz außer Atem richtet sie den Befehl aus, und Manuela, von Edelgard begleitet, steigt zögernd die Treppe hinauf.

»Du, Edelgard, was kann sie nur von mir wollen? Ich hab' furchtbare Angst.«

Vor der Tür angekommen, möchte sie am liebsten wieder umkehren.

»Du, wenn nur nicht irgendwas Schlimmes los ist! Wenn sie nur nicht böse ist. – Edelgard – nein...« Sie hält Edelgard, die durch Anklopfen dieser Szene ein Ende machen will, die Hand fest.

»Nicht, du, wart noch einen Augenblick!« Und indem sie notdürftig ihre Haare glättet, gewinnt sie Zeit.

»Aber, Lel, sie wartet doch!«

»Ja«, Manuela nimmt eine aufrechte Haltung an, und Edelgard klopft für sie an die Tür.

Einen Augenblick bleibt Lela an der Tür stehen. Sie wartet auf ein Wort. Fräulein von Bernburg wendet ihr, schreibend, den Rücken.

»Komm mal her«, sagt sie dann in trockenem Kommandoton. Und Lela gehorcht und steht neben ihr am Schreibtisch. Dann hebt Fräulein von Bernburg den Kopf.

»Sag mal, Kind, hat man dir denn keine neue Ausstattung gegeben, als du ins Stift kamst?«

»Nein, Fräulein von Bernburg.« Manuela schämt sich.

»Wo warst du denn – damals?«

»Zu Hause, Fräulein von Bernburg. Unsere Hausdame meinte, es ginge noch.«

Fräulein von Bernburg nimmt ein Taghemd auf und hält es zwischen sich und Manuela in die Luft. Die Achseln sind abgerissen, ein großes dreieckiges Loch ziert den unteren Teil. Die spärliche Spitze ist in Fetzen. Fräulein von Bernburg lächelt.

»Und was meinst *du*?«

Über Manuelas Gesicht gleitet ein scheues Lächeln.

»Es geht nicht mehr, Fräulein von Bernburg.«

»Ja, wirklich, das geht nicht mehr. Wenn wir damit die Tafel in unserer Klasse abputzen...«

Manuela lacht: »Dazu ist's gerade gut.«

»Aber du hast dann ein Hemd zuwenig.«

Fräulein von Bernburg steht auf und geht zum Schrank. Nach einigem Suchen hat sie, was sie braucht, gefunden. Sie kehrt mit einem Taghemd zurück und hält es Lela hin. »Die Achseln mußt du dir etwas einnähen, es wird ein bißchen groß sein, aber du wächst ja noch.«

Manuela hält, was sie ihr reicht, mit beiden Händen an sich gepreßt. Tränen der Freude stürzen ihr in die Augen.

»Für mich? Nein, das kann ja gar nicht sein!« stammelt sie. »Tausend, tausend Dank! Aber das ist doch viel zu schade für mich!«

Fräulein von Bernburg lacht, als sie Manuelas Freude sieht. Sie läßt es auch geschehen, daß Manuela nun ihre Hand an sich reißt und sie küßt. Aber als Manuela weitersprechen will, versagt ihr die Stimme. Ohne sich halten zu können, schluchzt sie auf, und Fräulein von Bernburg stützt das wankende Kind mit ihren Armen. Diese freundliche Bewegung nimmt Manuela die letzte Fassung. Fräulein von Bernburg führt sie zu einem Sessel und setzt Manuela nieder. Wortlos wartet sie, bis Lela einigermaßen zu sich kommt.

Lela ringt nach Fassung. Noch immer schluchzend und stockend will sie sich entschuldigen: »Ich weiß wirklich nicht, warum ich weine. Ich bin gar nicht unglücklich. Wirklich nicht.«

Und sich die Augen wischend, die immer wieder naß sind, sieht sie betreten zu Fräulein von Bernburg auf.

»Wein dich nur aus, Kind. Das schadet nichts. Aber – sag mal – hast du das öfters? Hast du Heimweh?«

»Heimweh?« fragt Lela ganz erstaunt. »Nein.«

»Und du mußt einfach so ohne Grund auf einmal...« Fräulein von Bernburgs Stimme ist warm, ernst und liebevoll.

»Ja, ich weiß nicht ...Ach, heut bin ich doch gerade so froh – aber manchmal...«

Fräulein von Bernburg hat sich einen Stuhl neben den Manuelas gezogen und sich ganz dicht zu ihr hingesetzt. »Manchmal?« fragt sie sanft.

Aber Manuela will nicht sprechen. Das, was zu sagen wäre, kann man doch ihr, gerade ihr nicht sagen. Fräulein von Bernburg wartet, dann, etwas enttäuscht:

»Hast du denn kein Vertrauen zu mir?«

»Ach, doch!« stottert Manuela. »Aber das, das ist sehr schwer zu sagen.«

»Willst du's mal versuchen? Wenn ich dir sage, daß ich es sehr, sehr gerne wissen möchte?«

Lela hält das Hemd fest umklammert und blickt in ihren Schoß:

»Wenn ich abends zu Bett gehe und Sie die Tür zumachen, dann habe ich – solche Sehnsucht, weil Sie nicht mehr da sind, und ich muß immer auf die Tür starren, und dann denke ich, das darf ich nicht, und halt' mich fest am Bett!«

Fräulein von Bernburg ist aufgestanden und wendet Manuela den Rücken zu. Manuela blickt ihr nach:

»Immer sind Sie so weit weg, immer so fern, nie kann man bei Ihnen sein und nie Ihre Hand fassen und Sie küssen, nie nah sein!«

»Aber, Kind – sag mal...«

Allein Lela läßt sie gar nicht mehr zu Worte kommen. Zu lange hat sie dies alles zurückgedrängt. Beide Arme um die Hüften der vor ihr stehenden Frau, läßt sie die Worte aus sich hervorstürzen.

»Ich kann, ich kann nicht anders. Ich liebe Sie, liebes Fräulein von Bernburg! Ich liebe Sie, so, so sehr wie meine Mutter – ja und noch viel, viel mehr! Wenn ich Ihre Hände sehe, zieht es mich hin, sie zu fühlen. Ihre Stimme, wenn Sie rufen, packt mich, reißt mich – ich kann nichts dafür, ich liebe, liebe Sie!«

Jetzt nimmt Fräulein von Bernburg energisch die Hände des Kindes und befreit sich. Sie geht durchs Zimmer, weit fort, bis an die Wand, und Lela verfolgt sie, erschrocken über das, was geschehen ist, mit den Blicken.

Dann hat Fräulein von Bernburg sich gefaßt:

»Hör mal zu, Manuela. Das alles darf ich mir gar nicht anhören, was du mir da erzählst. Ich glaube, du übertreibst das jetzt, ohne es vielleicht selber zu wollen. So schlimm kann das alles nicht sein. Du mußt dich zusammennehmen. Man muß sich beherrschen können. Verstehst du? Jeder Mensch muß sich beherrschen können, Manuela. Ich beherrsche mich auch!«

Groß schlägt Manuela die Augen auf. Sie ist zu kindlich, um auch nur zu ahnen, welch schweres Geständnis die Frau da drüben ihr eben gemacht hat. Sie hat nur die Zurechtweisung gehört, und sie beugt sich. Zitternd und mit einem letzten Aufschluchzen gibt sie ihr Versprechen:

»Ja, Fräulein von Bernburg!«

»Und dann will ich dir etwas sagen, und du mußt das ganz vernünftig aufnehmen.«

Fräulein von Bernburgs Stimme ist sanfter geworden, und sie nähert sich wieder dem Kinde:

»Ich habe dich sehr lieb, Manuela. Und doch kann ich mich nicht um dich mehr kümmern als um die anderen, das weißt du doch. Aber wenn dir mal was fehlt, dann darfst du immer zu mir kommen.«

Leise nimmt sie Lelas Kopf, ihre Hand hält Lelas Kinn in die Höhe, so daß beide sich in die Augen sehen:

»Bist du nun zufrieden?«

»Danke, tausend Dank!« Und noch einmal küßt Lela leise und ehrfürchtig die geliebte Hand, diese schöne Hand, die so duftet nach Lavendel und Mutter.

Lela ist bis zur Treppe gegangen, und da bleibt sie stehen. Rechter Hand ist ein Fenster. Von da sieht man weit hinaus über die benachbarten Baumwipfel hinweg. Die Mauer, die den Stiftsgarten umschließt, sieht man gar nicht. Wieder, nur stärker als schon einmal vorher, hat sie das Gefühl, bisher gar nicht gelebt zu haben. Nur wenn man dieses Gefühl der Auflösung hat, nur wenn man anscheinend gar nicht da ist, sondern in einem anderen Wesen aufgeht, ist man ganz. Wenn sie nun die Treppe hinuntergeht, wird sie wieder ganz nur Lela sein, und das will sie nicht. Ihre Hände halten die weiße Leinwand, sie preßt das kühle Tuch an sich, um sich zu beweisen, daß sie nicht träumt. Sie will sich am liebsten gar nicht rühren, um den Duft des Zimmers und der Frau nicht von sich zu schütteln, und um nichts zu zerstören, was doch eben noch wahr gewesen ist.

Vorsichtig nimmt sie Stufe für Stufe und wartet, ob sich ihr Zustand verändert. Nein, es bleibt. Sie geht hinab, aber sie bleibt dabei oben im Zimmer, in dem Sessel sitzend, ihre Arme um Fräulein von Bernburg. Das ist wirkliche Wirklichkeit. Das, was hier hinabsteigt und ins Schrankzimmer geht und den Schrank öffnet, das ist nicht sie, das ist Traum.

Lela faltet ihr Geschenk zusammen und legt es wie ein Heiligtum in den Schrank. Jetzt schrillt die Glocke, Oda, Ilse, Lilly und Edelgard stürmen herein. Das Leben geht weiter. Lela fühlt sich gar nicht gestört. Das alles scheint keine Beziehung zu ihr zu haben und hindert sie gar nicht, da zu bleiben, wo sie eigentlich ist. Im Sessel, in einem Zimmer, oben im vierten Stock.

Bei der alten Marie in der Garderobe sieht es schlimm aus. Kartons, die die dicke Last nicht tragen können, mit Staub bedeckt, aus Bodenkammern hervorgeholt, platzen und lassen goldene Tressen, weißen Mull, froschgrüne Seide und knallrote Fetzen herausquellen. In jeder Pause rennen die Mädel die Treppen hinauf, werfen ihre Uniform ab und schlüpfen in phantastische Hüllen. Die schwarzhaarige Oda mit den nie ganz geöffneten Augen steht nachdenklich vor dem Spiegel. Das hellgraue Trikot und rote enge Wams des Ritters Châtillon stehen ihr herrlich. Ein weißer Spitzenkragen zwingt sie, das Kinn hoch zu tragen, ein breiter Ledergürtel hängt lose um ihre schmalen Hüften, und ernst spielt ihre Hand am Degenknauf. Lela ist hinter sie getreten. Lela ist ganz in hellem Silber. Oda betrachtet die Gestalt hinter sich im Spiegel, und als sei das nur gespielt, legt sie einen Arm um Lela und zieht sie zu sich heran.

»Du, weißt du, Lel, daß du schön bist?«

»Ach, Oda...«

»Nein, im Ernst. Sieh dich mal ganz genau an. Außerdem bin ich nicht die einzige, die das sagt. Meine Schwester, die gestern hier war, hat auch von dir gesagt, daß du mal eine aparte Schönheit wirst.«

Lela durchfuhr es mit brennendheißer Freude, aber sie wollte es nicht zeigen. Sachlich fuhr Oda fort:

»Sieh doch mal deine Beine an – wunderbar gewachsen.« Und Oda fuhr mit der Hand daran herab, wie Männer, die Pferde mustern.

»Aber Oda, laß!« Manuela schämte sich.

»Und deine Hüften sind so fabelhaft schlank. Sehr, sehr knabenhaft. Deine Taille kann ich mit meinen Fingern umspannen, wenn ich will« – und Oda tat es.

»Aber Oda, du kneifst mich ja.«

Im Hintergrund kicherte etwas. Beide fuhren herum. Marie krächzte:

»Nee, nee, lassen Sie sich nicht stören, meine Damen! Warum sollen Sie sich nicht gegenseitig mal 'n bißchen angucken!« Und wieder kicherte sie. Den beiden war die Lust vergangen. Schweigend streiften sie die Kostüme ab, zogen die Uniform über, banden die steifen Schürzenbänder zur vorschriftsmäßigen Schleife und betraten Arm in Arm die Treppe. Plötzlich packte Oda Lela fest und wild in die Arme und drückte ihren Mund auf den Lelas.

»Du, du – du gefällst mir.«

Odas Hände schlossen sich wie Eisen um Lelas Brust. »Du, laß uns Freundschaft schließen! Laß mich bei dir sein, bitte, du, bitte!«

Lela kämpfte wütend gegen Oda an, so daß Oda taumelte und sich am Treppengeländer festhielt. In Lelas Augen standen Tränen der Empörung und Wut. Rot im Gesicht, zischte sie Oda an: »Du – laß das sein, ja?« Fieberhaft brachte sie ihre herabgerutschte Schürze in Ordnung und faßte an ihre Haare, die am Herabgleiten waren. Oda war stehengeblieben, und unerschüttert betrachtete sie Lela.

»Du Kindskopf du – bist ja doch froh, wenn ich dich anrühre!«

»Nein, nein, das ist nicht wahr!«

»Na – dann vielleicht, wenn jemand anders dich anrührt?«

Und listig, leise die Wirkung beobachtend: »Vielleicht – Fräulein von...«

Weiter kam sie nicht. Manuela stampfte mit dem Fuß auf den Boden, und es fehlte nicht viel, so hätte sie sich auf Oda gestürzt. Da kam von unten die Stimme von Mademoiselle:

»Est-ce qu'on parle français là-haut?«

Und verstummt gingen beide die Treppe hinab.

Jeder Schrank hatte zwei Abteilungen. Links diejenige, wo man Kleider aufhängen konnte, und darüber ein Hutfach und rechts viele Fächer übereinander, wo Wäsche, Strümpfe, Extraschuhe und in den Mittelfächern Familienbilder und sonstige Andenken untergebracht werden durften. Nähzeug, Handarbeiten, auch harmlose Spiele hatten hier ihren Platz. Auch diese Fächer waren bei manchen Kindern mit buntem Papier austapeziert. Der Schrank war die Heimat, das einzige Private, was man besaß. Abends, vor der Andacht, war eine Pause, wo man sich mit dem Schrank beschäftigen konnte. Da im Schrankzimmer keine Stühle, sondern eben nichts als Schränke waren, einer neben dem anderen, ohne Zwischenraum, nur schmale Gänge, so blieb einem nichts anderes übrig, als sich in den Schrank zu setzen. Die kurzen Kleider, die an Haken hingen, reichten nicht bis hinunter, so konnte man gut im Kleiderabteil sitzen und die Beine in den Gang hinausstrecken oder sie türkisch an sich ziehen.

Manuela räumte alle Fächer um. Da war ein Gegenstand, der in die richtige Umgebung kommen mußte. Ilse saß in ihrem Schrank und war hinter einem aufgeklappten Nähkasten heimlich damit beschäftigt, ihre Ringe und Armbänder für den Sonntag blank zu putzen.

»Du, Manuela«, flüsterte sie nach dem Nebenschrank hinüber. »Mir ist was Feines geglückt«, und noch leiser fuhr sie fort: »Du, ich habe einen tollen Brief durchgeschmuggelt. Einen, der sich gewaschen hat, sag' ich dir.«

»Aber Ilse, wie hast du das denn gemacht?«

»Ach, ich hab' die Köchin getroffen, die hat heute Ausgang. Ich hab' ihr das Kuvert vorn in den Busen gesteckt. Sie hat gequietscht. Und dann hab' ich ihr für die Besorgung meine allerschönste Postkarte geschenkt, weißt du, die, wo drunter stand: »Le Baiser« – wo die Dame im Ballkleid auf dem Sofa saß und der Herr im Smoking sich über sie beugte und sie abknutschte. Liese fand das fein.«

»Was hast du denn geschrieben?«

»Alles, alles, was ich so auf dem Herzen hatte! Daß der Fraß ein Schlangenfraß ist und ich immer Hunger habe. Daß mir die viele Beterei zum Kotzen ist. Daß es immer so kalt ist und wir frieren. Daß wir, wenn wir unwohl sind, uns nicht hinlegen dürfen usw. usw. Ach, Kinder, mir ist richtig wohl. Wenn mein kleiner Papa das zu lesen kriegt, dann wird er sicher Mitleid haben, und wenn er mich nicht gleich 'rausnimmt aus dem Lokal, dann wird er mir doch jedenfalls was zu futtern schicken. Mensch, dann machen wir ein tolles Nachtfest! Ich freu' mich schon drauf.«

Wenn Pakete von Angehörigen kamen, wurden sie geöffnet, und der Inhalt wurde der Empfängerin gezeigt, aber nicht übergeben, sondern aufgehoben für den Sonntag, wo alles Eßbare ratenweise an sie ausgeliefert wurde. War man geschickt wie Ilse, so konnte man auch mit Hilfe des Herrn Alemann, der gegen Prozente nicht abgeneigt zur Beihilfe war, einiges beiseite schaffen.

»Wenn das bloß nicht 'rauskommt, Ilse!« meinte Lela zaghaft.

»Ach was, höchstens fliege ich – na, dann habe ich ja erreicht, was ich wollte. Mir Wurscht.«

»Aber was willst du denn machen, wenn du nun fliegst?«

»Ich machen? – Gott, ich weiß nicht! Ich möchte bald heiraten, allerdings keinen Infanterieoffizier, die sind zu langweilig. Am hübschesten finde ich die Husaren. Natürlich kann es auch ein Schauspieler sein. – Und du, was möchtest du, Lela?«

»Ich – ich heirate doch nicht.«

»Warum denn nicht?« Ilse ist verblüfft.

»Ich weiß es nicht.«

»Na, dafür mußt du doch einen Grund sagen können.«

»Ich mag Männer nicht.«

»Ach, ich schon – du. Du kennst eben keine richtigen.«

»Doch.«

»Und hat dich mal einer verehrt?«

»O ja!« – Fritz, denkt Lela, und es wird ihr ganz wehmütig ums Herz.

»Na – und? War das nicht nett?«

»Ja, aber heiraten ist doch was anderes.«

»Natürlich, noch viel netter. Mich hat mal einer ganz doll abgeküßt, du, ich hab' mich zwar gewehrt, aber schön war's doch.«

»Bitte, hör auf, Ilse, mir wird schlecht.«

»Aber was willst denn du später machen, wenn du nicht heiraten willst?«

»Weiß nicht, wahrscheinlich allein bleiben.«

Ilse schüttelt den Kopf, erhebt sich und nimmt stumm von der Schrankwand eine Postkarte ab. Die Karte stellt ein rotes Mohnfeld dar mit einer Mädchengestalt, die, blind, mit einem Stock ihren Weg hindurch sucht. Ilse reicht die Karte Manuela hin. Lela blickt auf, nimmt das Bild, besieht es lange und sagt freundlich:

»Danke schön, Ilse.«

Ilse reicht ihr auch einen Reißnagel, und Manuela befestigt das Bild an ihrer Schranktür.

Frau Oberin sitzt am Schreibtisch und ist damit beschäftigt, die Zeitung zu lesen. Fräulein von Kesten steht abwartend daneben. Endlich legt Frau Oberin die Zeitung weg, und das »Kaninchen« darf sich zum drittenmal, seit sie das Zimmer betrat, verbeugen. »Kaninchen« hält eine Mappe in der Hand. Vor dem Blick, der auf sie fällt, knickt sie zusammen.

»Die Rechnungen – zur Unterschrift – Frau Oberin.«

Gnädig nimmt Frau Oberin die Mappe entgegen. Ohne Kneifer geht es nicht. Frau Oberin entnimmt ihrer Taille, dort, wo sie sich über den Busen mit vielen kleinen Perlmutterknöpfen schließt, den Kneifer und setzt ihn auf.

»Hm.« Sie haut einen Stempel, der ihre Unterschrift trägt, unter ein Blatt. »Sparen, Kesten, sparen.«

»Jawohl, Frau Oberin«, und Fräulein Kesten knickt zusammen.

»Die Fleischerrechnung ist zu hoch.«

»Wir tun das Äußerste, Frau Oberin.«

»Äußerste?« kommt es zweifelnd vom Schreibtisch her. Fräulein von Kesten windet sich.

»Die Wahrheit zu sagen, Frau Oberin: Die Kinder klagen manchmal über Hunger.«

»Hunger?«

Empört hat Frau Oberin den Kneifer von der Nase genommen und mustert das arme »Kaninchen«, das schon bereut, etwas so Unerhörtes gesagt zu haben.

»Hunger? Kinder klagen immer – haben immer was auszusetzen. Davon dürfen Sie gar keine Notiz nehmen, Kesten. Und dann: Hungern stärkt den Charakter. Nur keine Verweichlichung – das können wir nicht gebrauchen!« – und laut fährt der Stempel auf ein anderes Blatt.

»Jawohl, Frau Oberin.« Und zaghaft: »Ich dachte nur …«

»Nicht denken, meine Liebe. Gehorchen! Wir Preußen sind groß geworden durch Gehorchen. Nicht durch Völlerei.«

»Wie wahr, Frau Oberin! Wie wahr!« haucht das ergebene kleine Fräulein. Sie nimmt die Mappe entgegen und flüstert diskret:

»Darf ich wegen der Theateraufführung noch einiges …«

»Na also, schießen Sie los.«

»Hier ist die Liste der einzuladenden Damen. Und hier das Menü – und dann eine kleine Rechnung für die Dekoration …«

Frau Oberin mustert alles eingehend.

»Schön, ja – was heißt Menü? Bowle – aber wieso denn? Die Leute in der Küche werden doch nicht auf einmal Neuerungen einführen wollen. Seit Jahr und Tag gibt's hier ein winziges Glas Schwedenpunsch – und Schluß.«

»Zu Befehl, Frau Oberin.«

»Na, und dann – dann sorgen Sie diesmal dafür, daß die Kinder nicht zu laut werden. Die können sich weiß Gott auch amüsieren, ohne soviel Lärm zu machen.«

»Gewiß, Frau Oberin. Ganz recht, Frau Oberin.«

»Sagen Sie mal, Kesten, können wir nicht Kohlen sparen? Es ist hier immer überall viel zu heiß.«

»Frau Oberin, es ist draußen wieder so kalt geworden. Und in den Klassen muß doch stündlich gelüftet werden, und bis es dann wieder warm ist...«

»Macht nichts. Nicht verweichlichen die Kinder! Und dann passen Sie doch mal auf, daß unsere Krankenzimmer nicht immerzu voll sind. Das ist doch alles Unsinn. Ich war in meinem ganzen Leben nicht krank.«

Das Kaninchen warf gegen ihren Willen einen Blick auf die kranken Füße der Oberin. Schnell wollte sie die Sünde gutmachen.

»Frau Oberin haben eine wunderbare Konstitution!«

»Ach was – Konstitution! Einen Willen muß man haben! Sich zusammennehmen können! Diese ewige Husterei von den Kindern bei der Andacht zum Beispiel ist einfach Ungezogenheit. Ganz überflüssig, sagen Sie ihnen das, Kesten – energisch.«

»Gewiß, Frau Oberin, ich werde...«

»Sie werden und werden und immer werden Sie. Aber ich kann mich abstrapazieren und immer wieder dasselbe sagen: Straffer die Zügel halten, Kesten – straffer...«

Frau Oberin erhebt sich, und Kesten, entlassen, geht, so gut sie kann, rückwärts zur Tür, um mit einem: »Vielen Dank, Frau Oberin« zu verschwinden.

»Nee, nee, nu laß doch bloß ...Da stimmt wat nich mit den Brief.« Und Herr Alemann läßt Frau Alemann nicht aus der Stube. »Det is mit Bleistift jeschrieben un denn allet so vawischt, det man nischt mehr lesen kann, un denn von de Post zurückjeschickt. Ick sage dir, det is een jeschmuggelta Brief – so wahr icke Alemann heeße.«

»Wenn er jeschmuggelt is, denn jibst du ihn erst recht her, Alemann. Det is Vorschrift. Und Vorschrift is Vorschrift.«

Herr Alemann legt den Kopf schief. Er besieht die Rückseite des Briefes. Absender Ilse von Westhagen, ist deutlich zu lesen.

»Jott, Bettiken, wenn bloß de kleene Westhagen keenen Krach kriegt – nee, det Kind tut ma leid. Warum soll denn nu so'n armet Ding nich mal an Muttern schreiben dürfen, wie ihr der Schnabel jewachsen is?«

Bettiken ist anderer Ansicht.

»Det jeht dich un mich jar nischt an. Wat hier von de Post abjejeben wird, det wird abjeliefert. Und wenn et 'ne Bombe is, vastehste?«

»Jaja, ick weeß ja – aba et jibt doch Fälle, wo det mit die Pflicht nich so janz klar is. Zum Beispiel im Krieg, wenn da nu een Soldat...«

Weiter kam er nicht. Das Haustelefon schrillte, und Frau Alemann, die sich schneller bewegte als er, war schon am Apparat:

»Jawohl, Fräulein von Kesten! – Die Minute jekommen, de Post – jawohl, ick bring se.« Und abhängend: »Die weeß janz jenau, wann de Post kommt.«

Alemann ist betroffen und läßt sich den unheimlichen Brief kampflos aus der Hand nehmen. Bettiken stürzt damit die Treppe hinauf.

Herr Alemann hat in diesem Augenblick nichts zu tun, und warum soll er denn da nicht mal in die Küche gehen und nachsehen, was die alte Liese für heute abend zusammenbraut? Er wird nicht allzu freundlich begrüßt. Als einziges männliches Wesen im Hause, das noch dazu in einer, wenn auch machtlosen Opposition steht zu den meisten Regeln der Anstalt, wird er von dem Weibervolk ziemlich verachtet. Aber heute handelt es sich doch um etwas, wozu man einen Mann gebrauchen kann, nämlich den schwedischen Punsch, den es heute abend zu geben hat.

In dieser Angelegenheit hält sich Alemann mit Recht für sachverständig. Liese, die dicke Köchin, ist nicht ganz seiner Meinung, aber eben, um ihn von seiner Überflüssigkeit zu überzeugen, reicht sie ihm eine Probe hin. Herr Alemann schlürft, bewegt seine Lippen, streicht mit dem Taschentuch den Schnurrbart trocken und sagt dann gedehnt und mißtrauisch ein einziges Wort.

Herr Alemann sagt: »Na...«

Im Waschraum neben dem Schlafsaal I ging es laut zu. Wohl hatte jede Kabine einen Vorhang, den offenzulassen bei Strafe verboten war, aber heute war man viel zu aufgeregt, um an derlei zu denken. Diejenigen Mädchen, die bei der Aufführung nicht mitzuwirken hatten, standen umher oder halfen hier etwas annähen, dort beim Frisieren oder wurden im letzten Augenblick noch einmal in die Garderobe geschickt, um etwas Vergessenes zu holen.

Manuela war sehr ruhig. Wenigstens zeigte sie äußerlich keine Aufregung wie etwa Ilse, die schon von Kopf bis Fuß der Türke Orosman war und wie verrückt von einer Kabine zur anderen lief:

»Du, guck mal, mein Bart! – Du, bitte, was sagst du zu diesen Hosen?«

Die Hosen waren auch drollig genug. Sie waren offensichtlich für Ilse zu groß, denn sie reichten ihr bis unter die Arme und hatten, eingezogen am Bund, eine ganz unheimliche Weite. Die Hauptsache aber war Ilses Turban. Den hatte ihr der junge Papa geschickt. Es war eine riesige Kugel, aber doch ganz leicht, und wurde natürlich, ob Ilse schrie oder nicht, als Ball durch den schmalen Gang zwischen den Kabinen gerollt und durch die Luft geworfen. Endlich hatte Ilse ihren langen Bart befestigt, mit Hilfe von Edelgard, die, ganz in hellen Schleiern, etwa einer Odaliske ähnlich sehen sollte, aber mit ihrem breiten Gretchengesicht viel eher wie ein deutsches Rautendelein wirkte. Ilse war geradezu martialisch. Manuela stand vor ihrem Spiegel und sah sich selber in die Augen. Ihre Haare waren gelöst, das silberne Wams saß wohltuend fest um ihren Körper und zog fast die Schultern herab, als trüge sie ein Gewicht. Durch das Fehlen des Rockes hatte sie das Gefühl, als sei sie gewachsen. Ihr Gang war verändert. Es hatte plötzlich Wichtigkeit, wie man einen Fuß vor den anderen setzte. Verantwortung. Und doch war es gut, so frei zu sein. Kein Rock hinderte sie jetzt, einen Fuß auf einen Stuhl zu stellen und den Schuh zuzubinden. Man konnte seine Beine plötzlich ganz anders gebrauchen. Lela schob die Stiefel, die sie abgeworfen hatte, mit dem Fuß zur Seite. Einige Verse ihrer Rolle murmelnd, kniete sie nieder und stand wieder auf. Dann ließ sie den einen Fuß auf dem Schemel stehen und stützte sich mit dem Ellbogen auf das Knie. Wie gelenkig einen das alles machte! Sie fühlte, wie sie langsam mehr und mehr zum Ritter Nérestan wurde.

Schließlich setzte sie sich auf das Stühlchen und legte frei das rechte Bein über das linke. Nicht so, wie man das auch im Kleiderrock tat, sondern der rechte Fuß lag nur mit dem Gelenk auf dem linken Knie, während sie die linke Hand in die Hüfte stemmte, wo sie den Degen spürte. Den Kopf gegen die Wand gelehnt, träumte sie sich in ihre Rolle hinein.

»Manuela, wie sitzt du denn da!«

Das »Kaninchen« war ganz unerwarteterweise hereingeplatzt. Die Kesten hielt sich aber nicht weiter auf bei Lela, sie hatte Wichtigeres zu tun. Es war ein solcher Lärm im Waschraum, daß man sie gar nicht bemerkte. Ilse stand, einen Arm um Edelgard gelegt, da und deklamierte laut einen Satz ihrer Rolle:

>»Le voilà donc connu ce secret plein d'horreur,
> Ce secret qui pesait à son infâme cœur...« –

als Fräulein von Kesten plötzlich vor ihr stand. Als wäre eine Bombe geplatzt, war es mit einem Male totenstill im Raum. Das »Kaninchen« hatte einen Brief in der Hand und hielt ihn Ilse unter die Nase.

»Kennst du vielleicht diese Schrift?«

Ilse konnte vor Schreck gar nicht antworten. Nur der große Kugelturban des kühnen Sultans senkte sich, ohne daß sie es bemerkte, wie in Mitleid befangen etwas auf die Seite. Fräulein von Kesten wendete den Brief um, dessen Aufschriftseite, mit Bleistift geschrieben, in der Tat fast ganz verwischt war.

»Mach das auf!«

Ilse nahm zuerst ihren Turban ab und schob dann den langen Bart, der mit einer Drahtschlinge um ihren Kopf befestigt war, zur Seite, weil er sie offenbar bei der Beschäftigung hinderte. Sie öffnete den Brief – aber zu lesen brauchte sie ihn nicht. Fräulein von Kesten entriß ihr heftig das Blatt und warf einen Blick darauf. Dann tat sie einen zweiten Blick gegen Ilse, die ganz verdonnert in ihren Hosen dastand und ungeduldig an ihrem langen Bart zerrte, weil er ihr zu diesem Auftritt so gar nicht zu passen schien.

»So«, schleuderte ihr das »Kaninchen« ins Gesicht. »Jetzt will ich dir mal was sagen: Kinder, die Briefe schmuggeln und darin Lügen über das Stift verbreiten, brauchen auch nicht Theater zu spielen. Hast du mich verstanden?«

Die Umstehenden machten große, traurige Augen. Aber solange Fräulein von Kesten vor ihnen stand, wagten sie es nicht, ein Wort zu sagen noch sich zu rühren. Nur Manuela hatte sich erhoben und, an die Kabinenwand gelehnt, die Szene beobachtet. Es sah fast aus, als hätte sie Lust, ihren Degen zu packen und ihn dem »Kaninchen« hinterrücks zwischen die Schulterblätter zu jagen.

Das »Kaninchen«, die feindliche Atmosphäre fühlend, trabte hinaus. Keiner fand gleich die Sprache zurück. Ilse riß sich das Kostüm vom Leib und rannte davon. Erst dann begann der Sturm von allen Seiten.

»Kein Vergnügen wird einem gegönnt.«

»Hätte doch warten können bis morgen.«

»Wer soll nun den Orosman spielen?«

»Eine muß die Rolle ablesen.«

»Die große Rolle! Das verdirbt das ganze Stück.«

»Fräulein von Bernburg hätte das nie gemacht.«

»Natürlich nicht.«

»Ach, ich mag gar nicht mehr mittun!« – Da erschien die alte Marie auf der Bildfläche, aufgeregt war sie hereingesegelt: »Los, los, Kinder, Fräuleins, et jeht los!« Unten war alles in fieberhafter Aufregung. Mademoiselle Œuillet lief hin und her. Der Bühnenvorhang hing in einer breiten Schiebetür, die das allgemeine Wohnzimmer von einem der Schulräume trennte. Die Bühne bildete ein breites Podium, durch große spanische Wände abgetrennt von dem dahinterliegenden Zimmer. Einige Teppiche und grüne Pflanzen sollten dem Raum einen orientalischen Charakter geben. Die Kinder saßen schon sämtlich auf ihren Sitzen. Nur die vordere Parkettreihe war noch leer, sie war reserviert für die »Damen«, für Frau Oberin, das hohe Geburtstagskind, und ihre Gäste.

Ilse war in das nun völlig menschenleere Schrankzimmer gestürzt. Wild riß sie ihren Schrank auf. Mit einem Krach flog ihr Koffer, der oben auf ihrem Schrank stand, herunter. Geöffnet lag er vor ihr auf dem Boden. Ohne Besinnen packte sie Wäsche, Schuhe, Bücher mit beiden Armen und warf sie hinein. Einige Mühe machten ihr die Reißnägel – denn ihre Schauspieler wollte sie niemandem hinterlassen. Auch sie sollten mit. Jetzt konnte man leicht weg. Alle waren bei der Aufführung. Selbst Herrn Alemann hatte sie hinaufschleichen sehen. Und wenn die Tür zu war, gab's ja noch Fenster. Sie, Ilse, hatte genug von der ganzen Sache. Das ließ sie sich nicht gefallen, sie nicht! Sie würde einfach mit dem nächsten Zug nach Berlin fahren. Ihr kleiner Papa würde das schon verstehen. Alles, was recht war. Ilse schimpfte laut vor sich hin und ermutigte sich selbst zu ihrem Entschluß, indem sie auf sich einredete: »Ist doch auch wahr! Diese verdammte Kesten! Einmal ist eben Schluß, jawoll!« Sie trat auf den Koffer, damit er zuginge. Der Koffer wollte nicht. Sie setzte sich darauf, auch das half nichts. Ilse war rot und heiß vor Anstrengung, und zum Kofferschloß niedergebeugt, hatte sie nicht bemerkt, daß jemand zu ihr getreten war.

»Was machst du denn da?«

Ilse erstarrte. Aber Fräulein von Bernburg sah ganz freundlich aus. Ilse stand auf und gab ihrem sich wieder aufsperrenden Koffer einen wütenden Fußtritt.

»Aber so mißhandle ihn doch nicht, Ilse – der Koffer kann doch wirklich nichts dafür.«

Weinerlich sagte Ilse: »Nein.« Ihr schöner tränenloser Zorn begann sich zu lösen, und das ärgerte sie furchtbar.

»Komm mal her«, und Fräulein von Bernburg legte ihren Arm um Ilse.

»Du hast dir da mal wieder ganz überflüssigerweise was eingebrockt. Mußt du denn immer alles tun, was verboten ist?«

»Ich kann doch nicht dafür, daß es verboten ist!« schluchzte Ilse.

Unwillkürlich mußte Fräulein von Bernburg lächeln. Aber das freilich konnte Ilse nicht sehen, deren Kopf nun tieftraurig vornüber auf ihrer Brust hing.

»Aber du weißt doch, daß das sehr ungezogen ist, was du da gemacht hast?«
»Ja«, sagte Ilse kleinlaut.
»Da hat man dann eben die Folgen zu tragen, nicht wahr?«
»Ja.«
»Und hat nicht gleich wie eine Wilde davonzurennen, nicht wahr?«
»Ja.« Ilses Stimme wurde immer leiser.
»Ist es nicht viel anständiger, die Konsequenzen zu tragen, wenn man was angestellt hat?«
»Ja.« Ilse schmolz und löste sich in Tränen auf.
»Du hast deine Strafe verdient, verstehst du? Und es ist ganz ungerecht, das irgend jemand anderem nachzutragen als dir selber. Siehst du es ein?«
»Ja.« Ilse war am Ende ihrer Kräfte.
»So, und nun benimm dich, wie du kannst! Ich lass' dich jetzt allein und geh' hinunter. Wenn du auskneifen willst, so hast du jetzt eine ausgezeichnete Gelegenheit. Wenn du dir aber die Sache anders überlegst, so wasch dein Gesicht ab, kämm dich und verdirb das Fest deinen Kameradinnen nicht mit einem beleidigten Gesicht.«

Eine wohlgemeinte kleine, gutmütige Ohrfeige – und Fräulein von Bernburg war verschwunden. Erst dann hob Ilse ihr feuchtes Gesicht und lächelte selig hingerissen Fräulein von Bernburg nach.

Unbemerkt hatte Fräulein von Bernburg wieder im Zuschauerraum Platz genommen. Gerade lachte man über die arme Marga, die in aller Eile die Rolle des Orosman hatte übernehmen müssen und der es nicht leicht fiel, den Turban zu balancieren und dabei die gar nicht einfachen Verse Voltaires abzulesen. Alles amüsierte sich, aber dann betrat Lela die Szene. Das Kind war wie ausgewechselt. Im Augenblick, da sie aufgetreten war, schien die Bühne zu klein. Sie füllte sie zu sehr aus, sie füllte den Saal – sie schien das ganze Haus zu füllen. Tiefe Stille trat ein. Ihre dunkle Stimme trug, ohne daß sie sich anstrengte, weithin, auch wenn sie leise sprach, ja dann vielleicht am meisten. Ihre Eindringlichkeit, ihre Innigkeit und Wärme packten jeden, der draußen im verdunkelten Raum saß. Frau Oberin wurde schon unruhig. Sogar das »Kaninchen« rückte auf ihrem Stuhl hin und her, als geschehe hier doch etwas gegen die Ordnung. – Aber was nur? Hätte nicht Mademoiselle vielleicht ein anderes Stück wählen sollen? –

Die Kinder folgten Manuelas kleinster Bewegung, ihre Augen hingen an ihr wie gebannt. Heimlich hielten sie einander bei den Händen. Manuela war über sich hinausgeraten. Man glaubte ihr alles, man litt mit ihr, man opferte sich mit ihr, wurde gut und kühn – und weinte zuletzt, weil die arme Edelgard vom Schwert des eifersüchtigen Orosman durchbohrt am Boden lag.

Als der Vorhang fiel, fuhr ein Rauschen durch den Saal. Alle guten Manieren vergessend, tobten die Kinder. Frau Oberin applaudierte wohlwollend. Mademoiselle Œuillet verneigte sich bescheiden. Von unten her brauste es: »Manuela, Manuela! Bravo! Bravo!« Und Stühle rückten und Hände klatschten und Lela, sich kaum auf den Beinen haltend, einen Arm um Edelgard, den anderen um Marga, verbeugte sich ernst und sehr blaß. Ängstlich suchte sie Fräulein von Bernburgs Blick und fing ihn auf. Fräulein von Bernburg lächelte ihr nicht zu wie die übrigen. Als dächte sie über etwas sehr Ernstes nach, so ruhte ihr Blick in dem des Kindes.

Die Klassen warteten ab, bis Frau Oberin mit ihren Gästen den Saal verlassen hatte, und stürmten dann hinaus. Alles riß an Lela. Jeder wollte eine Hand, einen Kuß, ein Wort.

Lela wäre jetzt so gerne allein gewesen. Aber man ließ das nicht zu. Alles drängte, in ihrer Nähe zu sein. Sie war den Kindern unwirklich geworden, jeder wollte sie berühren und mit ihr sprechen, wie um festzustellen, ob denn das wirklich Manuela war. Mademoiselle Œuillet hatte, nachdem auch sie viele Komplimente über die ausgezeichneten Leistungen der Kinder eingeheimst hatte, das Bedürfnis, Manuela ein paar anerkennende Worte zu sagen. Sie war wirklich selber erstaunt über das Spiel, die elegante Flüssigkeit und musikalische Aussprache dieses Kindes, die in den Proben niemals wie heute zum Ausdruck gekommen waren.

Manuela mußte erst aus einem Knäuel von Kindern losgelöst werden.

»Eh bien – du hast deine Sache gut gemacht, Manuela.«

»Glauben Sie das wirklich, Mademoiselle? Jetzt, wo es vorbei ist, habe ich das Gefühl, ich hätte es noch viel besser machen müssen. Meinen Sie nicht?«

Mademoiselle wollte sich auf keine ernsten Diskussionen einlassen.

»Mais non, mais non, que pensez-vous? Es war sehr gut so – wir sind doch keine Schauspielschule – wir sind doch hier keine Akteure – mehr – besser – aber es wäre doch gar nicht fein gewesen – nicht ladylike – mais Manuela – quelle idée – du willst doch keine Professionelle werden.«

»Nein, das würde ich nie wagen. Dazu habe ich nicht genug Talent. Ich meine nur...«

»Aber, aber – nix da! Geh zu den anderen Kindern und unterhaltet euch gut!«

Da war offenbar nichts zu machen.

Aber jetzt fiel Manuela etwas anderes ein. Ohne Rücksicht darauf, daß man auf dem großen Korridor weder »schreien« noch »rennen« durfte, tat sie beides und rief nach Ilse. Ilse erschien auch, Manuela legte einen Arm um sie, und Ilse ließ sich den ungewohnten Kuß von Lela gefallen.

»Du, Lel, ich bin schon wieder ganz vergnügt. Brauchst mich gar nicht mehr zu trösten. Im ersten Moment habe ich mich allerdings bombenmäßig geärgert. Aber dann, dann kam die Bernburg...«

»Ja?« fragte Manuela langgedehnt. »Und...?«

»Ach – na – ja – dann bin ich eben zu den anderen hinuntergegangen.«

»Wo hast du denn gesessen?«

»Gleich hinter den Damen.«

»Du«, Manuela zieht Ilse in eine Fensternische. »Was haben denn die gesagt?«

»Ach, die Gärschner meinte: Du hättest gut gelernt, aber dein Kostüm sei ein bißchen unanständig.«

Manuela hört nicht recht zu.

»Und die Evans?«

»Die Evans, die sagte: ›Oh sweet, isn't she a darling?‹ –
Verstanden hat sie natürlich kein Wort.«

»Und – und die anderen Damen?«

»Die Oberin hat sogar gesagt, du hättest direkt schöne Beine.«

Manuela stampfte auf mit dem Fuß.

»Ach, laß die...«

»Du – schöne Beine sind gar nicht zu verachten! Ich habe gar nicht gewußt, daß du schöne Beine hast!« Und Ilse geht um Manuela herum, die, peinlich berührt, ein Bein hochzieht. Dann packt Lela Ilse an beiden Armen und sieht ihr halb lachend, halb flehend ins Gesicht:

»Du, Ilsekind, bitte – was...«

Ilse klemmt schon die Augen zu: »Was *sie* gesagt hat?«

Manuela nickt energisch, und Ilse spricht ganz leise und Manuela fest dabei ansehend:

»Ja, das ist merkwürdig – die Bernburg hat kein einziges Wort gesagt.«

Manuela ist blaß geworden. Eine tiefe Enttäuschung legt sich über ihr Gesicht.

Da faßt Ilse sie um:

»Aber du, *Augen* hat sie gemacht, sag' ich dir, Augen...«

In diesem Moment erscheint Marga.

»Kinder, wo bleibt ihr denn? Wir sind alle längst im Eßsaal und warten auf Manuela!«

Noch einmal flammt Applaus auf, als Manuela den Saal betritt. Ihr Platz ist reserviert, und Edelgard und Marga sitzen an ihrer Seite. Das »Kaninchen« schlüpft in den Saal. »Na, Kinder, ihr bleibt heute ohne Aufsicht – macht keinen Unfug, benehmt euch ordentlich! Verstanden?«

Ein lautes »Jawohl, Fräulein von Kesten« begleitet sie hinaus. Kaum ist die Luft rein, so ergreift Ilse das Wort.

»Also, Kinder, nun trinken wir mal auf das Wohl unserer Helden! Was?«

Alle sind einverstanden. Sie ergreifen die Gläser:

»Der Ritter Nérestan soll leben, hoch, hoch, hoch!«

Sie setzen zu trinken an, aber die meisten nehmen rasch und enttäuscht das Glas wieder vom Munde:

»Pfui Deibel, was ist denn das?«

Ilse war die erste, Lilly folgte.

»Das soll Schwedenpunsch sein!«

»Schweinekram«, sagt eine traurige Stimme.

»Haarwasser.«

»Zucker mit Spiritus«, eine andere.

»Da wird einem ja glatt schlecht!«

Alle setzen ihre Gläser schnell wieder auf den Tisch. Nur Manuela hat das ihre geleert. Edelgard bemerkt es:

»Aber Manuela, du hast ja ausgetrunken!«

Und Manuela lacht frech und übermütig alle an:

»Macht nix! Wie's schmeckt, ist mir heute ganz Wurscht! Ich mach' einfach die Augen zu, dann schmeck' ich nichts. Hauptsache: Es ist Alkohol.«

»Also, du, wenn es dir schmeckt, kannst du meins auch haben!« und Ilse von Treischke schiebt ihr Glas über den Tisch zu Manuela hin.

»Meins auch.«

»Meins auch.« Und von allen Seiten bringt man ihr die Gläser.

»Fein, Kinder. Danke – wird alles konsumiert!«

Marga mahnt: »Manuela, wir sollten doch jeder nur eins trinken.«

»Oho!« Ein entrüsteter Chor stellt sich ihr entgegen.

»Mensch, laß doch Manuela in Ruh – laß sie doch, wenn sie will!« Und Marga fühlt sich überstimmt.

Manuela steckt ihren Arm unter den Margas: »Komm, Marga, dieses Glas trinke ich ganz allein auf das Wohl meiner lieben Pflegemutter und verzeihe dir heute alles, was du Gutes an mir getan hast. Prost!«

Alles lacht, und Marga, brummig, aber doch kein Spielverderber: »Na, dann prost, du verrücktes Huhn!«

»Ach«, und Manuela wirft beide Arme in die Luft, »warum soll ich nicht mal 'n bißchen verrückt sein?« Und dann, nachdenklich: »Ich glaube, ich bin schon ein bißchen verrückt, denn es geht mir ausgesprochen gut – tadellos geht es mir.«

»Na, diesen Ausspruch müssen wir aber rot anstreichen in unserem Kalender.«

Diesmal war es Oda gewesen, die sich in das Gespräch gemischt hatte. Oda hatte Manuela seit jenem Zusammentreffen gemieden – aber wie sie nun zu ihr hinübersah, nahm Manuela wieder ihr Glas:

»Prost, Oda – seien wir gut, ja?«

Manuela wollte um jeden Preis heute mit allen Menschen ausgesöhnt sein, und Oda stand auf, ging mit ihrem Glas feierlich um den Tisch:

»Lela«, bat sie leise, »sag mir eins: Kannst du mich denn nicht ein bißchen liebhaben?«

Manuela erschrak ein wenig, aber dann rief sie laut, daß alle es hören konnten:

»Ja, natürlich hab' ich dich lieb, alle habe ich heute lieb – ohne Ausnahme!«

Sich umwendend nahm sie Edelgard in die Arme:

»Kinder, sieht Edelgard nicht süß aus?«

Edelgards Haare waren hellblond, und der helle Schleier und das weiße fließende Gewand standen ihr wirklich herrlich.

»Wunderbar sieht sie aus! Aber so eine gute Schauspielerin wie du ist sie noch lange nicht. Viel zu leise hat sie gesprochen.«

Das kam von Oda, die auf ihren Platz zurückgekehrt war.

»Ach, Oda, das mußte sie doch! Sie war doch ein Mädchen.«

»Aber du, Lela, was, du warst ein Mann? Deine Stimme war auch ganz dunkel, und dann hattest du auf einmal Bewegungen, so echt – dir hat man heute abend geglaubt, daß du – daß du eigentlich ein halber Junge bist.«

»Prost, Oda!« Und beide leeren die Gläser. Lela steht aufrecht am Tisch, während die übrigen sitzen.

»Ach, Kinder, es war jedenfalls schön, seine Gefühle mal so 'rausbrüllen zu können!«

»Wieso, das waren doch gar nicht deine Gefühle«, meint Mia.

»Doch, das waren meine.«

»Ach wo! Die Edelgard wurde doch gar nicht deine Geliebte. Es kam doch 'raus, daß sie bloß deine Schwester war.«

Manuela lächelt:

»Ja, meine Schwester, aber das ist doch auch schön – nicht?«

Als müßten sie sie doch alle verstehen, sah sie sich im Kreise um. Da ertönte von der anderen Seite des Saales her Musik. Marga hatte sich ans Klavier gesetzt. Mia war zu Manuela getreten:

»Komm, Ritter, wollen wir tanzen?«

Manuela legte ruhig ihren Arm um Mia. Gemeinsam traten sie hinter dem Tisch vor, wo man Platz gemacht hatte. Es waren nicht viele Paare, die tanzten. Die meisten saßen lieber umher und sahen zu. Aber Manuela war ein gesuchter Partner, weil sie führen konnte. Mia war ein dunkelhaariges Mädchen mit hellgrauen Augen. Sie hatte etwas Zigeunerhaftes im Typ. Obwohl sie Lelas Schlafsaalnachbarin war, wußte Lela nichts von ihr. Mia sprach wenig. Sie war meistens mürrisch, ging ihrer Wege und schien sich außer um Oda um wenig zu kümmern. Und auch diese Freundschaft, hieß es, war einseitig. Mia, sagte man, ließe sich Odas Zuneigung nur gefallen. Aber nie machte sie Oda Geschenke.

Manuela schwindelte es ein wenig. Sicher und geschickt führte sie Mia unter die anderen Paare. Bewundernd sah man den beiden zu.

»Du, Lela«, sagte Mia plötzlich leise und legte ihren Kopf an den Lelas. So konnte man doch besser tanzen. Dicht lagen beide Gesichter aneinander.

»Ja?«

»Du – ich möchte dir was zeigen, aber das darf niemand sehen außer dir.«

»Ja, Mia, was ist es denn?« Manuela war nicht sehr neugierig, aber sie wollte heute zu niemandem unfreundlich sein. »Komm mit mir hinaus in den Korridor. Dann zeig' ich's dir. Wenn wir jetzt hinaustanzen, merkt's keiner.«

Und Lela führte Mia geschickt hinaus, zwischen den Tischen. In einer halbhellen Fensternische blieben sie stehen. Wortlos knöpfte Mia die Manschette ihres Ärmels auf und fing an, ihren linken Arm zu entblößen. Manuela sah ihr zu. Auf dem weißen schmalen Oberarm Mias war eine furchtbare Wunde, die Haut geschwollen und rot. Zuerst glaubte Manuela, es müsse ein schlecht heilendes Impfzeichen sein, aber dann bemerkte sie, daß die blutigen, zum Teil verschorften Striche ein Monogramm bildeten: »E. v. B.«

Entsetzt blickte Manuela auf den Arm und dann auf Mia.

»Ich lasse das nicht heilen...«

»Aber Mia, tut es denn nicht furchtbar weh?«

»Ja, das soll es ja. Ich fühle es immer, immer – und heute wollte ich, daß du es siehst.«

Manuela zog vorsichtig den Ärmel herab, ein wenig zitterte dabei ihre Hand. Sie wußte nicht, was sie sagen sollte.

»Mia, liebe...«

Dann, als sei plötzlich ein Entschluß in ihr gereift, riß sie Mia in den Saal zurück und rief laut über die Tische hin: »Kinder! Ich muß auch eine Rede halten!«

Schnell kippt sie noch ein Glas, das ihr irgend jemand hinhält, hinunter. Sie will einen Stuhl besteigen und hat einen Fuß schon auf den Sitz gestellt, aber da sie plötzlich unsicher wird, muß sie sich helfen lassen. Dann steht sie.

»Meine sehr verehrten Herrschaften...«, beginnt sie, hoch über den Köpfen der Zuhörer.

Alles lacht.

»Na ja, so fängt man doch an!« Es schwindelt ihr ein wenig, und eigentlich weiß sie nicht, wie sie weiterreden soll. Deshalb entschließt sie sich, den Ton zu ändern:

»Also, Kinder, ich muß euch was sagen…«

»Was denn?« Man rückt an sie heran. Manuela beugt sich herab und hält sich an Edelgard und Oda fest, die neben ihr stehen:

»Sie hat mir was geschenkt«, kommt es dann hastig heraus.

Einzelne Zwischenrufe: »Wer? Was?«

Alle beginnen sich zu interessieren.

»Mir«, und Lela steht wieder aufrecht. »Mir! Ein Hemd, und ich habe es an. Ich fühl's hier auf meiner Brust, auf meinem Körper, kühl – gut!« Und wie sie noch immer kein Verständnis und nur fragende Blicke sieht, schreit sie es heraus:

»Fräulein von Bernburgs Hemd – mir geschenkt…«

In diesem Augenblick ist die kleine graue Gestalt des »Kaninchens« hinter den Kindern aufgetaucht. Niemand hat sie bemerkt. Alle hängen an Manuelas Gestalt, die im glänzenden, silbernen Schuppenkleid mit gelösten Haaren über ihnen steht. »Jawohl – mir!« Und dann leiser und hastig: »An ihren Schrank ist sie gegangen und hat ein Hemd herausgenommen und es mir gegeben, ich soll es tragen, tragen und an sie denken. – Nein, das hat sie nicht gesagt, aber ich weiß es doch nun…«

»Was denn? Was?« fragen erschrockene Stimmen von unten.

Das »Kaninchen« verschwindet. Lela breitet die Arme aus: »Daß sie mich liebhat – das weiß ich.« Den Kopf bescheiden schüttelnd: »Ihre Hand hat sie auf meinen Kopf gelegt, ihre schöne weiße Hand. Das geht durch einen durch und ist so schwer, daß man knien möchte und…«

In diesem Augenblick sind Frau Oberin und hinter ihr Fräulein von Kesten eingetreten. Einige der Kinder haben sie bemerkt und sind wie zu Stein erstarrt.

Lela legt beide Hände auf ihre Brust: »Das hier zu fühlen, macht gut! Von jetzt an will ich nur gute, reine Gedanken haben. Ich will ein guter Mensch sein!« Und lauter und lauter: »Es kann mir nichts mehr geschehen – sie, sie ist ja da – sie…« Einen Augenblick stockt sie, und dann, als besinne sie sich auf den eigentlichen Zweck ihrer Rede, greift sie hastig ein Glas auf:

»Unser aller Geliebte, unsere Heilige, unsere Gute – unser einziges, herrliches Fräulein von Bernburg soll leben!«

Da endlich bemerkt sie die Bewegung der Kinder. Frau Oberin reißt diejenigen, die ihr im Wege sind, zur Seite und bleibt dicht vor Manuela stehen, die sich mit letzter Kraft zusammennimmt und ihr ohne Furcht ins Gesicht sieht:

»Alle sollen es wissen – *sie*, sie ist das Wunder, sie ist die Liebe, die höher ist als alle Vernunft…« Da entfällt ihr das Glas und zerbricht. Sie selbst hat die Augen geschlossen und fällt in die Arme Edelgards und Odas, die sie auffangen.

Eine unheimliche Stille verbreitet sich. Entsetzt weichen die Kinder zurück. Fräulein von Kesten rennt geschäftig umher: »Wasser! Hebt sie auf! Tragt sie weg!«

Laut stößt Frau Oberin den Stock auf den Boden: »Ein Skandal – ein Skandal!«

Die Schwester des »Krankenhauses«, eines abgelegenen Teils des Stiftes, ist schon herbeigeeilt. Sie, Edelgard und Ilse tragen Manuela den Korridor entlang. Herr Alemann steht vor seiner Portiersloge.

»Schnell!« ruft ihm aufgeregt Fräulein von Kesten zu. »Rufen Sie Herrn Oberstabsarzt an. Er möchte sofort herkommen! Es ist ein Kind ohnmächtig geworden!«

Herr Alemann sieht in voller Ruhe dem merkwürdigen Zug nach und sich den Kopf kratzend, begibt er sich ans Telefon.

Im Krankenzimmer angelangt, legt man Manuela, die noch immer die Augen fest geschlossen hat, auf ein bereitstehendes Sofa. Schwester Hanni befühlt Lelas Puls.

»Ihr könnt gehen!« herrscht Fräulein von Kesten Edelgard und Ilse an. »Na, wird's bald?« Fräulein von Kesten ist sehr nervös. So bleibt den beiden nichts anderes übrig, als leise hinauszugehen.

Drin bemüht sich Schwester Hanni, dem Kind das Kostüm auszuziehen. Fräulein von Kesten geht im Zimmer auf und ab. Schwester Hanni befühlt Lelas Stirn, läßt ihre Hand auf Lelas Herzen ruhen. Kopfschüttelnd kniet sie nieder, zieht Lela Schuh und Strümpfe aus und breitet dann eine weiße wollene Decke über das Kind.

Endlich ertönt im Korridor draußen Säbelrasseln. Das ist Herr Oberstabsarzt. Die Behandlung der Stiftskinder ist für ihn nur eine Nebenbeschäftigung, eigentlich behandelt er ausschließlich Soldaten. Aber er hat nichts dagegen: »Nette Mädelchen«, pflegt er zu sagen, »immer bloß Kinderkrankheiten ...«

Eintretend hebt er zwei Finger an die Mütze. »Guten Abend«, wünscht er dröhnend. Umständlich und stöhnend nimmt er dann die Mütze vom Kopf, legt den grauen Militärmantel ab, fährt sich über den weichen Schnurrbart, koppelt den Säbel los und legt ihn Schwester Hanni in die Arme.

»Ein außergewöhnlicher Fall, Herr Oberstabsarzt«, sagt Fräulein von Kesten.

»Soso«, knurrt der Oberstabsarzt. Und an Manuela herantretend: »Na, wo fehlt's denn?«

Er tastet nach dem Puls, beugt sich herab: »Was denn – bewußtlos?« Das »Kaninchen« nickt verkniffenen Mundes.

»Na, wie ist denn das passiert? Nu erzähln Se schon mal, Fräulein von Kesten. Is wat losgewesen hier?«

Wenn der Herr Oberstabsarzt einen Schreck kriegte, war er nicht höflich. Stotternd erzählte »Kaninchen« in kurzen Zügen, welche Ereignisse der Ohnmacht vorausgegangen waren. Als sie zu dem Hauptpunkt kam, der Rede, deren Inhalt sie schamhaft verschwieg, beugte sich der alte Herr über das Kind und roch an seinem Mund. Roch noch einmal, um sich zu vergewissern und fiel dann laut lachend auf den nächsten Stuhl. Er rieb sich die Knie vor Vergnügen. Er prustete, bis er husten mußte. Entsetzt starrten ihn Fräulein von Kesten und Schwester Hanni, die im Hintergrund gewartet hatte, an. Er blickte zwischen beiden Frauen, krebsrot im Gesicht und selig lächelnd, hin und her, und als gelte es, den besten Witz zu erzählen, platzte er heraus:

»Besoffen – stockbesoffen!«

»Was?« Fräulein von Kesten hatte einen Schritt gemacht. Schwester Hanni verbiß ein Lachen und nahm mühsam ihr Gesicht zusammen.

»Herr Oberstabsarzt!« Fräulein von Kesten konnte kaum sprechen. »Wie können Sie nur so was sagen!«

Der alte Herr erhob sich wieder und untersuchte Manuela nochmals.

»Ich kann's nicht ändern, es stimmt – und gründlich hat sie's besorgt.«

Dann blickte er von unten herauf Fräulein von Kesten ins Gesicht. »Was für ein verdammtes Zeug haben die Mädels denn da gesoffen? Das stinkt ja nach Sprit! Die Kleine hat eine recht nette Alkoholvergiftung.«

»Aber ich versichere Ihnen, Herr Oberstabsarzt, Sie irren sich. Jedes Kind hat nur ein ganz kleines Glas bekommen, von unserer Köchin selbstbereiteten Schwedenpunsch.«

Aber der alte Herr läßt sich nicht beirren.

»Na, lassen Sie das Kind sich mal gründlich ausschlafen, morgen oder übermorgen wird hoffentlich alles wieder gut sein.«

»Herr Oberstabsarzt – ich rechne mit Ihrer Diskretion ...«

»Was denn – Diskretion? Wegen dem Schwips? Lieber Gott, gnädiges Fräulein! Da ist doch nu reine nischt dabei! Warum soll denn einer nich mal 'n Schwips haben? – Aber was ich sagen wollte, Schwester, bringen Sie die Kleene richtig in die Klappe, und wenn was ist, rufen Sie mich ruhig an. Det Herz gefällt mir nicht sehr. Beobachten Sie genau den Puls – vielleicht braucht sie 'ne kleine Spritze. Ich lasse Ihnen was da.« Und er legte das Nötige auf den Tisch.

Oben im Schlafsaal Nummer I herrschte eine gedrückte Stimmung. Ohne ein Wort zu reden, entkleideten sich die Kinder in ihren Waschkabinen. Man hörte nur das Wasser rauschen, wenn ein Hahn offen war. Schneller denn je war man fertig. Eine nach der anderen huschte auf leisen Pantoffeln hinüber ins Bett. Fräulein von Bernburg sagte nur leise »Gute Nacht« und drehte das Licht aus.

Dies war das Ende eines herrlichen Festtages. Es blieb auch noch lange ruhig im Schlafsaal. Edelgards leises Schluchzen war zu hören. Neben ihr und Mia stand das leere Bett. Ilse schlüpfte hinüber zu Edelgard.

»Du, Mensch, heul doch nicht! Was kann denn schon passieren? Die Manuela kriegt eben 'ne Standpauke, und dann vielleicht drei Tage Arrest oder die grüne Kokarde. Das haben andere auch schon überstanden.«

Oda war zu Mia hinübergehuscht, und Mia legte ihren Arm um Oda. »Du, ich bin mit daran schuld ...«

»Du?«

»Ich hab' ihr meinen Arm gezeigt, und da hat sie auf einmal einen ganz sonderbaren Blick gekriegt und ist weggerannt in den Saal, und – ich hab' so Angst um sie, Oda.«

»Ich auch, Mia.«

»Du, wie die Oberin sie angesehen hat, hast du das gesehen? Wie einen Haufen Dreck. Ich glaubte schon, sie würde nach ihr treten.«

»Sie wird's noch tun, du. – Aber vielleicht können wir ihr helfen – ich helf' ihr, wenn ich kann.«

Marga und Ilse von Treischke sind anderer Meinung. Marga fühlt sich mit beleidigt, weil es ihr Pflegekind ist, das hier diesen Skandal gemacht hat. Es konnte leicht sein, daß man sie, Marga, mit zur Verantwortung zog.

»Glaubst du, es kommt 'raus, wieviel sie getrunken hat?« meint sie verzweifelt. »Und ich hab's euch doch noch gesagt du erinnerst dich doch, du bist mein Zeuge – ich habe gesagt: ›Jeder darf nur ein Glas trinken‹ – hab' ich oder hab' ich nicht ...?«

»Natürlich hast du ...«

»Du wirst sehen, ich krieg' morgen einen Krach von Fräulein von Kesten.«

»Ach du – wo das ›Kaninchen‹ dich so zärtlich liebt! – Aber die arme Manuela ...«

Fräulein von Gärschner und Fräulein von Attems waren sich einig: »Ein unmögliches Kind. So was sollte man entfernen. So was gehört nicht hierher. Betrinkt sich – es ist nicht zu glauben. Und dann diese Schwärmerei ...« Sie müssen beide spöttisch lächeln. »Na ja«, sagt die Gärschner, »Fräulein von Bernburg möchte ich ja heute auch nicht sein. Es hat doch alles seine Schatten- seiten. Mag ja ganz nett sein, wenn alle Kinder einen vergöttern – aber was zuviel ist, ist zuviel. Schließlich muß man doch die Zügel in der Hand behalten. Die Ursache von einem Exzeß wie diesem möchte ich nicht sein«, und auch Fräulein von Attems schüttelt den Kopf.

»Nein, lieber etwas weniger beliebt – aber alles in seinen regelmäßigen Bahnen. Solche Aus- brüche sind ja vulgär.«

Beide schreiten den Korridor entlang. Sehr mit sich zufrieden, denn ihnen wird so etwas nicht passieren. Das würde ja die Stellung gefährden – und die Pension, die man zu erwarten hat. Innig sagen sie sich gute Nacht und werden auch bestimmt ausgezeichnet schlafen.

»Ach nee, gottedoch, nee, Johanna, nu heulen Sie doch nich!«

Marie rührt in ihrem Milchkaffee, und Johanna sitzt zusammengekauert auf einem Schemel. Sie redet auf die weinende Johanna ein. »Wat soll denn nun schon groß passieren! So'n Getue in dem Hause da – wegen det bißken Liebe. Und denn wegen een kleinen Schwips. Lieber Jott, det kleene Meechen war nich vergnügt – det war keene robuste –, die gehört hier nich her, hab' ich immer gedacht.«

»Na, sehn Se«, fährt Johanna los. »Das ist die Gemeinheit. Wenn es unsereins nicht paßt, denn kündigen wir und sagen adjö und gehn zu Muttern. Aber die Fräuleins hier, die können nicht kündigen. Die sind gehalten wie die Soldaten und müssen ihre Zeit absitzen. Und ich weiß nich, aber die kleene Manuela – se is doch ...« Und Johanna muß zum Taschentuch greifen. Marie findet diesen Kummer übertrieben. »Na, nu hörn Se mal auf. Vielleicht schicken sie ihr nach Hause – denn is se ooch zufrieden.«

»Nee«, wirft Johanna ein. »Ohne Fräulein von Bernburg wird die nicht wieder froh.«

»Nu, nu fangen Se nich ooch noch an, Meechen! Trinken Se mal Ihren Kaffee aus und gehnse gefälligst schlafen.«

Johanna war Gehorchen gewohnt, schluckte den kalten Kaffee und schob ab in ihre Kammer.

Unter Murmeln kramte Marie noch lange in ihrer Garderobe herum. Einen nachdenklichen Augenblick lang stand sie mit Manuelas silbernem Schuppenhemd unter der Lampe.

Und schön hat sie doch damit ausgesehen – wie'n Engel. Na, was will unsereins machen.

Herr Alemann stapft gelassen durch das nächtliche Haus. Er öffnet jede Klassentür und leuchtet mit seiner Taschenlampe in alle Winkel. Er kommt vom Kellergeschoß herauf, wo er nachgesehen hat, ob die Hähne nicht tropfen. Ob das Gas richtig abgedreht ist und die Türen nach außen verschlossen sind. Er hat nachzusehen, ob nirgends Licht brennt, und ob nirgends ein Rest von etwas Eßbarem oder Trinkbarem zurückgeblieben ist. Hinter ihm wird es jedesmal dunkel, alle noch brennenden Lampen werden abgedreht. Herr Alemann rasselt mit seinen Schlüsseln wie ein Gefängniswärter. Manchmal bleibt er stehen und horcht, ob irgendwelche Geräusche an sein Ohr dringen. Schlägt da ein Laden im Wind? Flattert ein Vorhang? Oder spricht da noch jemand? Stöhnt einer im Schlaf oder hustet einer – muß man es melden? –

Im großen Korridor bleibt er stehen. Die Türritzen des Zimmers von Frau Oberin verraten noch Licht. Schnelles Sprechen dringt an sein Ohr. »Na, natürlich!« brummt er und geht weiter. Frau Oberin und »Kaninchen« werden nicht belauscht von Herrn Alemann. Herr Alemann ist müde und will zu Bett gehen.

Aber Bettichen ist noch sehr aufgeregt. Solche Ereignisse wie die des heutigen Tages lassen sie nicht so schnell zur Ruhe kommen:

»Nu sage bloß – besauft sich so 'n Kind! Na, wenn det meine Göre wäre, ich wüßte … Einfach 'n paar hintendrauf – und gut.«

Obwohl sich Herr Alemann vorgenommen hatte, nicht über die Sache zu reden, dies war zuviel.

»Nu will ich dir mal wat sagen. Ich bin hier der einzige Fachmann im Hause, und ick sage dir, det kleine Fräulein kann einem bloß leid tun. Mir stößt er ja auf, der Fusel, wat soll denn da so 'n armes Würmchen machen, mit dem kleenen zarten Magen?« Das alles begleitete er mit einer Handbewegung, die Betti von Rechts wegen hätte erledigen müssen.

»Ick habe die Giftpulle gesehen. Jestunken hat ja das Zeug…« Betti will eine Einwendung machen. »Jestunken, sage ick dir, und so meine ich es. Und denn hat die Luise doch noch Gott weiß was 'reingegossen. Arrak sollte es sein – und Weißwein und Zucker und irgend 'nen koddrigen Likör. Wie 'n Reiher speit die Kleene die ganze Nacht, hoffentlich. Und nu dem armen Kind noch wat nachsagen. Det macht euch Spaß!« Und Alpmann haut mit der dicken Hand auf den Nachttisch.

Das schien sein letztes Wort zu sein, deshalb wagte Betti zum Schluß nur noch eine gewöhnliche Spitze:

»Na ja, wenn du sie nur in Schutz nimmst. Da hat se was dran … an so 'nem Kavalier.«

Herr Alemann gab vor, schon zu schnarchen.

Die Tür von Frau Oberins Zimmer öffnet sich. Ein Schatten huscht heraus und schließt die Tür. Der Schatten braucht kein Licht, er weiß hier auch im Dunkeln Bescheid. Er huscht zur Treppe, geräuschlos hinauf, und an Fräulein von Bernburgs Tür klopft es leise. Drin hat man darauf gewartet. Ein Wort hin, eines her – und der Schatten huscht hinunter um die Ecke und verschwindet in der Zimmertür mit dem Namensschild: »Fräulein von Kesten«. Ein Schlüssel knirscht leise im Schloß, ein wenig huscht es hierhin, ein wenig huscht es dorthin. Auf dem Bett liegt ein langes, steifes Nachthemd mit langen Ärmeln und hochgeschlossenem Halskragen. Eine Schublade wird zugeschoben – für morgen früh einiges zurechtgelegt. Das Spitzenhäubchen liegt auf der Kommode, das Licht löscht aus.

»Das Kind muß exemplarisch bestraft werden.«

Frau Oberins Stock dröhnt auf dem Fußboden. Frau Oberin geht auf und ab. Fräulein von Bernburg steht blaß und gefaßt am Tisch neben der Lampe.

»Dieses Kind ist eine Pest! Sie steckt uns die anderen an! So was wird Mode! Das Kind gefährdet das Haus, den Ruf der Anstalt.«

Fräulein von Bernburg zuckt nicht zusammen. »Der Ruf?« wiederholt sie nur leise fragend.

»Ist wichtiger als alles andere.«

»Darf ich fragen, was Frau Oberin beschlossen haben?«

»Beschlossen. Was soll man denn beschließen – beschließen.«

Fräulein von Bernburg wartet ab. In vorbildlicher Haltung steht sie vor ihrer Vorgesetzten. Sie wartet ihr Urteil ab – ihres –, denn was hier beschlossen wird, das wird über sie beschlossen werden.

»Sie, meine Liebe. Sie sind schuld an der Sache. Wenn Sie sich zu erinnern belieben, so habe ich es Ihnen schon einmal gesagt. Sie züchten hier einen ganz ungesunden Enthusiasmus für Ihre eigene Rechnung.«

»Frau Oberin ...«

Aber Fräulein von Bernburg soll nicht zu Wort kommen. »Sie hätten diese Schwärmereien beizeiten eindämmen müssen. Alles hat seine Grenzen. Sie sehen, wohin das führt.« Und als spräche sie mit sich selbst: »Eine ungesunde Sache – beschließen?« Sie setzt sich und blickt in das ganz unbewegliche Gesicht der jungen Frau ihr gegenüber.

»Na, vor allen Dingen natürlich – mal weg von Ihnen! Schluß! Strich! Aus! Verstehen Sie?«

»Ja.« Die Antwort kommt wie ein Hauch.

»Und dann auch von den anderen Kindern weg! Isolieren! Wegsperren! Nicht die anderen auch noch verrückt machen lassen! Am liebsten würde ich ja ihrem Vater schreiben, er soll sie sich abholen. Aber wie soll ich denn einen so auffallenden Schritt der Frau Prinzessin erklären? Das ist ja die Schwierigkeit. Die Sache muß vertuscht werden. Die Dienstboten reden viel zuviel.«

»Dienstboten!« sagt Fräulein von Bernburg, und ihr Ton ist gegen ihren Willen bitter.

»Jawohl, daraus entstehen die größten Unannehmlichkeiten. Tratsch. Gerede. – Also: kommen wir zur Sache: Manuela wird isoliert!«

»Aber wenn nun, Frau Oberin, ich bitte zu bedenken – wenn das Kind einen Nervenzusammenbruch erleidet? Das Kind ist übernervös, sie ist zart – sie ...«

Fräulein von Bernburg hat ihre schmalen Hände fest ineinander gelegt.

»Das geht mich gar nichts an! Nervenzusammenbruch – was für Ausdrücke sind das? Als ich ein Kind war, gab es das nicht. Fräulein von Bernburg, wir haben hier Soldatenkinder zu erziehen.«

»Ich fürchte für Manuela, Frau Oberin. Sie ist schwach. Sie wird sich eine Trennung von mir und den Kindern zu Herzen nehmen.«

»Eben das soll die Strafe sein! Fräulein von Bernburg, ich erwarte von Ihnen Gehorsam.«

»Ich weiß, daß ich zu gehorchen habe. Aber, Frau Oberin, ich bitte Sie, lassen Sie mich das Kind langsam von seiner Exaltiertheit zurückführen.«

»Langsam? Exaltiertheit? Wissen Sie, um was es sich in Wirklichkeit handelt? Manuela ist unnormal veranlagt.« Frau Oberin macht einen Schritt auf Fräulein von Bernburg zu. »Und wissen Sie auch, wie die Welt über solche Frauen denkt – unsere Welt, Fräulein von Bernburg?«

Fräulein von Bernburg weicht dem Blick nicht aus. Ihr Mund hat sich ganz eng geschlossen. Fest sieht sie der alten Frau ins Gesicht.

»Ich weiß es, Frau Oberin.«

Und dann leiser, als spräche sie nur zu sich selber:

»Manuela ist kein schlechtes Kind. Aber sie soll ein freier, selbständiger Mensch werden – und deshalb will ich sie von mir loslösen.«

»Na, wenn Sie das nur einsehen. Ich denke, wir haben uns für heute nichts mehr zu sagen.«

Fräulein von Bernburg steht noch, als hätte sie nicht gehört, daß sie entlassen ist – erst an der Stille merkt sie, daß Frau Oberin wartet.

Als denke sie noch immer über etwas nach, geht sie langsam zur Tür.

»Gute Nacht, Frau Oberin.«

»Gute Nacht, Fräulein von Bernburg.«

Aber in der Tür überfällt die Gehende noch einmal die Angst, die entsetzliche Angst.

»Frau Oberin, wenn Manuela um ... Wenn sie es nicht erträgt ... Ich meine, wenn das Kind krank wird ...«

»Dann schicken wir sie wegen Krankheit nach Hause.«

Und als sei dies die endgültige Lösung, legt Frau Oberin ihren Stock auf den Tisch, um zu zeigen, daß sie nun aber allein zu sein wünscht.

Im Krankenzimmer brennt ein Nachtlicht. Ein mattgrüner Schein liegt über dem Bett und dem schlafenden Kind. Draußen geht eine Tür. Es wird leise gesprochen. »Wie geht es ihr, Schwester Hanni?«

»Besser, Fräulein von Bernburg. Sie war furchtbar unruhig, das Herz sehr matt. Ich habe ihr eine Spritze geben müssen. Aber sie ist noch sehr erschöpft. Sie muß absolute Ruhe und Schonung haben, sagt Herr Oberstabsarzt.«

Schwester Hanni öffnet die Tür und läßt Fräulein von Bernburg eintreten. Sie schiebt ihr einen Stuhl hin, aber mit einer Handbewegung lehnt Fräulein von Bernburg ab.

Sie steht am Fußende des Bettes. Schwester Hanni ist gegangen. Manuela hat den Mund geöffnet, als wollte sie sprechen. Aber die Augen sind fest geschlossen. Dunkle Schatten umrahmen sie. Das Gesicht scheint eingefallen, was es aber nicht weniger kindlich macht. Die eine Hand liegt auf der Brust, die andere, nach ihrer Kleinkindergewohnheit, hinter ihrem Kopf. Frau Käte pflegte diese Hand von dort wegzunehmen und sie zu der anderen auf die Brust zu legen. Aber das wagt Fräulein von Bernburg nicht. Sie legt ihre eigenen Hände zusammen auf den kühlen, weißen Rand des eisernen Bettes, als wollte sie beten. Ihr Gesicht verändert sich plötzlich. Ihre Haltung gibt nach. Der strenge Mund wird weich und zittert ein wenig. Die Augen schließen sich halb über den dunklen Pupillen, der Blick bleibt auf dem Kinde haften, obwohl die Lider sich senken. Wie müde geworden, fallen die Schultern herab.

Mit letzter Energie wendet sie sich weg und geht, sich flüchtig am Tisch stützend, hinaus. Draußen ist niemand. Die Gänge dunkel. Nur schnelle Schatten spielen an den weißen Wänden. Der Wind reißt die mageren Bäume mit erstem Grün vor den Fenstern hin und her. Die Straße ist naß. Die Laternen geben unsicheres Licht. Ein müder Schritt erklimmt die Treppe. Zwei Fenster bleiben hell.

Das Meer blendete so sehr, daß man alle Sonnenstores hinuntergelassen hatte. So ergab sich ein warmes Dämmerlicht. Die elektrischen Ventilatoren summten eine leise Melodie und ließen die Palmen und Blumen, die umherstanden, leicht erzittern. Von den Pflanzen ging eine warme Feuchtigkeit aus. Oberstleutnant von Meinhardis hatte sich in seinen tiefen Sessel zurückgezogen, in dem er mehr lag als saß. Dies war die Stunde am Tag, mit der man absolut nichts anfangen konnte: nach dem Lunch. Seine Damen hatten sich zurückgezogen – er ging nicht schlafen, er fürchtete, durch solche Angewohnheiten dick zu werden. In diesem Gedanken zog er die Weste etwas herab und besah sich seine neuen Schuhe. Sie waren aus weißem Leder mit braunen Kappen und brauner Einfassung. Eine neue Mode, die man natürlich mitmachte. Der Mokka war kalt geworden, und Meinhardis griff nach seinem Zigarettenetui, als er leise Schritte hörte.

Den Kopf halb nach rückwärts gewendet, sah er ein helles Kleid hinter den Palmen schimmern. Ein Lächeln auf den Lippen, und ohne sich beim Anzünden seiner Zigarette stören zu lassen, rief er leise: »Na, komm her, Kleine!«

Die »Kleine« war schon ziemlich groß, aber ihre Mutter hatte eine Art, sie anzuziehen, die diesem 12jährigen Kind bereits die Technik beibrachte, jünger zu erscheinen, als sie wirklich war. Ihr Seidenkleidchen war entschieden zu kurz, ihre Haare lagen in langen Korkzieherlocken auf ihren schmalen Schultern wie bei Dreijährigen, und ihre riesige hellrote Haarschleife brachte zwar ihr blasses Gesicht und die kohlschwarzen Augen vorteilhaft in Erscheinung, paßte aber nicht zu ihrem Alter. Unwillkürlich hatte ihre Koketterie auch eine kindliche Note angenommen, die gar nicht ihrem Wesen entsprach.

Angeredet sprang sie um die Palmen herum und flog »Onkel Meinhardis« um den Hals. Der lachte und befreite sich von den dünnen Ärmchen.

»Na, du kleiner Racker? Was machst du denn hier? Warum schläfst du nicht um diese Zeit?«

»Ach – ich...«, sagte sie zögernd. Und sich in einen Stuhl fallen lassend, blickte sie Meinhardis von unten her in die Augen. Pamela hatte fast ihre ganze Kindheit in Hotels zugebracht. Ihre Mutter war kränklich und konnte das heimatliche Klima nicht vertragen. Überall, wo sie waren, wurde eine Miß oder eine Mademoiselle oder eine Signorina engagiert, um sich mit dem Kind zu beschäftigen. Heute war sie eine vollkommen erwachsene kleine Dame, die sehr beleidigt war, wenn man sie zu Kindergesellschaften einlud. Nur wenn es ihr paßte, wie zum Beispiel jetzt, das Baby zu spielen, so tat sie es mit großem Geschick. Meinhardis hatte nicht von Anfang an ihr Interesse erregt. Eigentlich war er ihr zu alt – zu sehr »Onkel«. Der Eintänzer zum Beispiel, der immer eine Verbeugung machte, ehe er sie aufforderte, und sie genau wie alle anderen Damen behandelte, gefiel ihr eigentlich besser. Aber da war die Dame Ray. Pamela fand diese Ray einfach scheußlich – und ein Parfüm hatte die...

»Was hast du denn heute schon alles verbrochen?« fragte Meinhardis.

»Ich habe italienische Stunde gehabt. Und dann bin ich mit Signorina spazierengegangen.«

»Ist sie hübsch, deine Signorina?«

»Die? Ach, Signorinas sind nie hübsch.«

»Ja, da kannst du recht haben. Ich finde das auch. Wo sind eigentlich die schönen Italienerinnen? Die, die hier herumlaufen, sind alle dick und blaß...«

»Und haben fettige Haare«, ergänzte Pamela sachkundig. Es trat eine Stille ein. Pamela seufzte.

»Warum seufzt du denn?« fragte Meinhardis.

Pamela gab sich einen Ruck. »Ich wünsch' mir etwas...« Aber sie wurde einen Schatten dunkler, nicht rot, eher bräunlich flog ihre Haut an in solchen Fällen. Meinhardis fing an, sich zu interessieren. Er setzte sich auf und blickte sie an. Aber Pamela brachte es nicht gleich heraus. Sie hatte sich das so genau ausgedacht, wie sie es sagen würde. Aber nun stellte es sich heraus, daß es doch sehr schwer war. –

Abends nämlich, wenn sie im Bett lag und der Meerwind durchs Fenster strich, hatte sie die Gewohnheit, aufzustehen und ans Fenster zu treten. Von unten her hörte man die Jazzband, und auf der Terrasse saßen die Gäste in Smokings und großen bunten Abendkleidern und nackten Schultern. An einem bestimmten Tisch abseits saßen Ray und Meinhardis. Manchmal auch verloren sich die beiden im dunklen Hotelgarten. Dann sah man nur die Zigarre glühen und konnte erkennen, ob sie gingen oder stehengeblieben waren. Dann konnte Pamela furchtbar traurig werden und zählen: zwölf, dreizehn, vierzehn, fünfzehn – wann, wann war man eigentlich erwachsen?

Sie stand auf und drängte sich an den Onkel an, wieder legte sie ihren Arm um seinen Hals. Meinhardis fühlte ihren schmalen Körper an seinen Knien.

»Na, los, sag's mir ins Ohr!«

Pamela brachte ihr Gesicht an sein gepflegtes Haar und sog den gemischten Duft von Tabak und Seife gierig ein.

»Ich möchte gerne mal mit dir abends Spazierengehen!«

Meinhardis lachte aus voller Kehle: »Du bist gut! Nein, du bist wirklich gut! – Und vielleicht wollen wir im Mondschein Kahn fahren auf dem Meer – ja?«

Pamela war ganz ernst und andächtig geworden, ihr Herz klopfte rasend.

»Ja – und – und wirst du – lieb sein mit mir?«

Meinhardis mußte sich geradezu umsehen, ob das auch niemand gehört hatte. Aber es war niemand da. Und so klopfte er Pamela auf die Schulter und sagte lachend:

»Natürlich – ich hab' doch kleine Mädchen furchtbar gern! Ich hab' doch selber eins – ein bißchen älter als du freilich.« Und kaum hatte er das gesagt, bekam sein Gesicht einen ganz wehmütigen Ausdruck.

Die Antwort war Pamela nicht ganz recht, aber sie zeigte keine Enttäuschung.

»Wann?« fragte sie bloß.

»Wann du willst – heut abend meinetwegen.«

»Du bist das schlechteste Kind, das jemals in unserem Hause Aufnahme gefunden hat!« Frau Oberin stampfte mit dem Stock auf. Manuela saß, sich krampfhaft aufrecht haltend, vor ihr in ihrem schmalen Eisenbett. »Benommen hast du dich wie der letzte Straßenkerl! Geprahlt, getobt hast du – deine ganze Sündigkeit hinausgeschrien hast du, damit es jeder sieht und hört, was für eine du bist! Schämst du dich denn gar nicht?« Frau Oberins Stimme wurde scharf und schneidend: »Prügeln sollte man dich, wenn du nicht zu groß wärest.«

Manuelas Hände krampfen sich in die Matratze. Kaum hält sie noch an sich.

»Und«, ruhiger und berechnender kommt es nun von oben auf sie herab, »und was du Fräulein von Bernburg angetan hast…«, Lela hebt den Kopf und starrt entsetzt in das böse Gesicht vor ihr, »…das wird sie dir wohl niemals verzeihen!«

Ein furchtbares Zittern überkommt das Kind. Aber Frau Oberin bemerkt es nicht.

»Ich werde dir Herrn Konsistorialrat schicken. Der soll dich mal vornehmen. Vielleicht begreifst du dann deine ganze Schande – und die Schande, die du über dieses Haus gebracht hast.«

Frau Oberin wendet sich zum Gehen. An der Tür bleibt sie stehen und noch einmal nach dem Bett hinblickend, ergänzt sie sachlich:

»Deine Strafe wirst du später erfahren.«

Die Tür öffnet und schließt sich – und drinnen hört man nur noch den Stock, der dumpf – tak, tak – sich entfernt.

Mit einem Aufschrei läßt Manuela sich auf das Kissen fallen. Schwester Hanni stürzt zu ihr: »Manuela! Kind…«

Aber Manuela bricht in ein maßloses Weinen aus. Der ganze Körper ist vom Schreien geschüttelt. Als hätte eine fremde Macht sie in Händen und schüttle sie, so fliegen ihre Glieder, so bewegt sich ihr Kopf, so krümmt sich ihr Leib. Unverständliche Laute brechen aus ihr hervor:

»Hanni, Schwester Hanni, helfen Sie mir! Helfen – Sie – mir! – Was hab' ich denn getan? Ich hab' doch nichts getan gegen Fräulein von Bernburg! Sie … Ach – ich liebe sie doch, ich tue doch nichts, um sie zu beleidigen – ich – ich etwas gegen sie tun…«

Ein fürchterliches Lachen bricht aus ihrem verzerrten Mund. Schwester Hanni muß alle Kraft anwenden, das tobende Kind festzuhalten.

»Hanni – ich muß zu ihr – ich muß zu ihr – gleich – sofort – sie – sie kann doch nicht böse sein – ich hab' ihr ja nichts getan!«

Mit beiden Füßen ist Manuela schon aus dem Bett. Hanni packt sie und zwingt sie wieder zurück. Sie hört jemanden kommen. Es ist ein leiser Schritt, Schwester Hanni kennt ihn. »Manuela, Kind, sei ruhig – mein Gott, es kommt jemand!«

Plötzlich ist eine Erschöpfung eingetreten, und Manuela sinkt kraftlos nach rückwärts. Da öffnet sich auch schon die Tür, und Fräulein von Kesten steht im Zimmer.

Fräulein von Kesten ist gelaufen, sie ist aufgeregt und eilig. Soeben ist ein wichtiger Anruf gekommen. Gerade war Frau Oberin nicht in ihrem Zimmer, als Frau Prinzessin sich anmelden ließ, und sie, Kesten, hat das Gespräch entgegengenommen. Eiligst war sie dann auf die Suche gelaufen, hatte Frau Oberin im Korridor erwischt und mußte nun schnellstens weiter mit der aufregenden Botschaft, die im Augenblick alles andere in den Hintergrund drängte.

»Schwester Hanni, Frau Prinzessin war so gnädig, ihren Besuch für heute nachmittag anzumelden. Frau Oberin wünscht, daß alle Kinder zum Empfang da sind« – mit einem Blick auf Manuela: »Alle!« – Mit dir spreche ich gar nicht, sagte der Blick. Wie verwerflich dein Betragen war, wirst du ja begriffen haben. »Schwester Hanni, Manuela muß unter allen Umständen um drei Uhr wohl sein. Verstehen Sie?«

»Ich will mein möglichstes tun, Fräulein von Kesten, aber…« Das »Kaninchen« hebt abwehrend die Hand.

»Bitte, kein Aber – Manuela muß!«

Und eilig wie sie gekommen, verschwindet sie wieder.

Fräulein von Kestens Glacéhandschuhe rochen nach Benzin. Sie waren auch nicht mehr tadellos weiß. Sie hatten nicht die wohltuend kühle Glätte und Prallheit neuer Glacés. Sie waren

wie abgelegte Häute voller Runzeln, die auch ein heißes Bügeleisen nicht hatte glätten können. Sie hatten eben schon manchen Dienst getan und waren dabei nicht allzu gut behandelt
worden. Denn Glacéhandschuhe und Aufregung waren in diesem Falle eng verschwistert und
das eine bedingte sozusagen das andere. Während das blasse Kind Manuela in das frisch gestärkte weiße Kleid schlüpfte und die unbequemen harten Lackschuhe über ihre so unsicher
auftretenden Füße zog – schlüpften Fräulein von Kestens knochige, verwaschene Hände in ihre
müden Hüllen.

Frau Alemann rannte mit dem Staubtuch die Korridore auf und ab und wischte den letzten
Staub von Türklinken und Fenstern. Herr Alemann schob bedächtig die Einfahrtstore zurück,
und Frau Oberin befestigte den Elisabethorden mit der kleinen roten Schleife auf ihrer linken
Schulter. Johanna fegte die kleinen trockenen Lorbeerblätter zusammen, die beim Hereintragen
der beiden Lorbeerpyramiden abgefallen waren. Fräulein von Kesten untersuchte die Schrauben,
die den roten Teppich, der bis hinaus ausgelegt war, befestigten. Damit sich ja keine löse, das
gibt Falten, und darüber könnte – Gott behüte! – die Frau Prinzessin stolpern.

Auf dem oberen Korridor hat das Getrampel der hölzernen Absätze der Lackschuhe aufgehört. In tadelloser Ordnung, mit wassergeglätteten Haaren, weißen Zwirnhandschuhen und
hellgescheuerten Gesichtern stehen die Kinder da.

»Immer müssen wir warten«, räsoniert Ilse.

»Ruhig!« wird sie von Marga verwiesen.

»Ach, quatsch nicht – ich möchte überhaupt wissen, was dir seit gestern in die Krone gefahren
ist, immerzu machst du dich wichtig!«

»Laß sie!« sagt Edelgard.

»Kinder, ich finde, wir sehen aus wie die Ehrenjungfrauen vor der Feuerwehr am Sonntag-
morgen.« Hinter Ilse entsteht ein allgemeines Gepruste.

Mia setzt sich in Hockstellung.

»Kinder, bin ich müde.«

»Und mich drücken diese ekelhaften Schuhe!« stöhnt Ilse von Treischke.

»Sie sind zwei Nummern zu klein.«

»Nee, deine Füße sind zwei Nummern zu groß.«

Wieder wird unterdrückt gelacht.

Diesmal schneidet »Kaninchens« Stimme die Lustigkeit ab: »Ruhe – stillgestanden!« Sie geht
nah an die Reihen heran mit der Hand richtet sie aus:

»Marga, etwas hinein – Oda, Mia, vor! Gerade Linie halten! Hände an die Seite! Kopf hoch!
Edelgard, Kopf hoch, hab’ ich gesagt!« – Dann geht sie zur Glocke und läutet. Es entsteht eine
absolute Stille. Das kleine graue Fräulein richtet sich auf, mustert die Reihen, und mit erhobener,
scharfer Stimme teilt sie ihnen die Verordnungen mit, die herauszugeben ihr Amt ist.

»Ich habe euch noch eine Mitteilung zu machen. Es ist ein unerhörter, sehr trauriger Fall von
Unbotmäßigkeit vorgekommen. Frau Oberin würde euch gerne den Anblick des betreffenden
Kindes ersparen. Aber da die Frau Prinzessin ihren Besuch angesagt hat, muß eine Ausnahme
gemacht werden. Manuela von Meinhardis wird aus dem Krankenzimmer heraufkommen. Frau
Oberin verläßt sich auf euer aller Taktgefühl und erläßt den strengen Befehl, keinerlei Umgang
mit ihr zu pflegen. Wer das Wort an Manuela von Meinhardis richtet – macht sich strafbar!«

In diesem Augenblick erscheint Manuela am unteren Ende des Korridors. Um ihren Platz
neben Edelgard zu erreichen, muß sie die ganze Front der sie verzweifelt anstarrenden Kinder
abschreiten. Sie bemüht sich, gradaus zu sehen. Ihr Gang ist unsicher. Es überkommt sie ein
maßloses Gefühl der Verlassenheit. Eine furchtbare Kälte legt sich um ihr Herz. Dumpf fühlt
sie das Losgelöstsein aus einer Gemeinschaft, und es hämmert in ihrem Kopf wie besessen:
Warum – warum nur? – Edelgard und Ilse müssen auseinandertreten, um ihr Platz zu machen.
Manuela hat ein Gefühl, als rücke man von ihr ab. Nur leicht streift ihr Ärmel denjenigen
ihrer Nachbarinnen. Kein Händedruck gibt ihr Mut.

»Ihr wißt, wie ihr euch zu verhalten habt!« sagt Fräulein von Kesten und beobachtet scharf
Manuelas Nachbarinnen. – Der offene Wagen auf Gummirädern fährt geräuschlos über das

holprige Pflaster Hochdorfs. Eine müde Frühlingssonne hat nach dem langen Regen die Damen wohl zu dieser kleinen Fahrt vor die Stadt veranlaßt. Obwohl neben dem Kutscher ein nur ganz bescheiden galonierter Lakai die Arme verschränkt, weiß in ganz Hochdorf jeder, wer hinter dem Sonnenschirm versteckt ist. Und es gehört zum Takt, zur Sitte und guten Erziehung, vor diesem Gefährt in einen tiefen Hofknicks zu versinken. Ungeachtet des Umstandes, daß es heute etwas naß ist. Jeder, der nicht stehenbleibt und nicht grüßt, beweist damit, daß er nicht zum Hof gehört, und das ist ein Bekenntnis, das zu machen sich jeder bessere Mensch scheuen wird. Diese Dinge gehören in Hochdorf zur Tradition wie die Jagdtrophäen an den Wänden der Zimmer, wie die Hirschknöpfe an den Röcken der Hochdorfer Herren. Die Frau Prinzessin, die ein gutes Herz hatte, wäre sehr erschrocken, wenn man das Erschießen eines extra dazu gejagten Hirsches einen Mord genannt hätte. Die Frau Prinzessin war eine wirklich gute Mutter, soweit die Etikette ihr das erlaubte – und wie sie nun vor den vielen weißgekleideten Mädchen stand und sie alle einen so musterhaften Knicks machten, ging ihr das Herz auf. Sie freute sich an dem Anblick.

»Ach, es ist schön, Frau Oberin, so viele glückliche Kinder zu sehen!«

Die Frau Prinzessin konnte nicht wissen, daß die Kinder am Umsinken waren und seit einer halben Stunde dort standen, weil sie, die Frau Prinzessin, später gekommen war. Sie konnte auch nicht wissen, daß die Kinder sich heimlich fragten, ob der Besuch wohl etwas zu essen mitgebracht hatte. – Wenn die hohe Frau, was ihr natürlich nicht in den Sinn kam, gefragt hätte: »Kriegst du genug zu essen?«, so hätte jede krampfhaft geantwortet: »Jawohl, Königliche Hoheit.«

Jetzt trat die hohe Frau zu den Damen. Eine nach der anderen versank zum Handkuß, und für jede hatte die Prinzessin ein freundliches Wort bereit.

»Was macht der Haushalt, Fräulein von Attems?«

»Ich danke, Königliche Hoheit«, war die Antwort.

»Lernen die Kinder fleißig, Mademoiselle?«

»Ausgezeichnet, Königliche Hoheit.«

»Und wie ist es mit der Gesundheit der Kinder?« Die Prinzessin wendet sich wieder an Frau Oberin, die, dicht hinter ihr stehend, bereit ist, jede gewünschte Auskunft zu geben.

»Vorzüglich, Königliche Hoheit, vorzüglich!«

Die gütigen Augen unter dem großen Hut und den schönen grauen Haaren, die in altmodischer Frisur zu einem Bausch gebettet unter dem Hut liegen, blinzeln die Kinder an.

Da trat Gräfin Kernitz, die Hofdame, dicht heran und flüsterte etwas unter den großen Hut.

»Jaja«, nickte die Prinzessin, »ich weiß, liebe Kernitz. – Liebe Oberin, die kleine Beckendorf...«

Kaum ist der Name gesprochen, ruft Fräulein von Kesten das gewünschte Kind auf, und Anneliese von Beckendorf beugt sich zum Handkuß über den tadellosen Glacéhandschuh Ihrer Königlichen Hoheit.

»Na, wie gefällt es dir hier?« Und ohne eine Antwort abzuwarten, spricht die Prinzessin dem Kind freundlich ins Gesicht:

»Schön, natürlich...« Und Anneliese ist entlassen.

Wieder nähert sich Gräfin Kernitz – aber es ist gar nicht nötig zu erinnern, Frau Prinzessin denkt von allein daran: »Die kleine Meinhardis...«

Unsicheren Schrittes, was die hohe Dame sich als Erregung und Schüchternheit deutet und ihr doppeltes Wohlwollen hervorruft, nähert sich Lela und versinkt in einen zittrigen Hofknicks. Es ist schwer, das Knie so tief zu beugen.

»Ja«, Frau Prinzessin betrachtet Lela, welche die Augen niedergeschlagen hat, »ja, du siehst deinem Vater sehr ähnlich, sehr. – Ich habe auch deine Mutter gekannt, eine religiöse Frau – ich hoffe, du wirst ihr nachschlagen.« Dann stutzt sie, und Manuela vergessend, sieht sie erschrocken Frau Oberin ins Gesicht – und vorwurfsvoll: »Aber blaß – blaß, liebe Oberin.«

»Nur eine kleine, unbedeutende Unpäßlichkeit«, stottert Frau Oberin.

»Doch nicht ansteckend?« fragt Ihre Königliche Hoheit erschrocken.

»Nein, durchaus nicht, durchaus nicht!«

Frau Prinzessin setzt sich in Bewegung, ohne auf Manuela, die noch immer wie in einem Dämmerzustand dasteht, im geringsten zu achten.

»Ja, man ist ängstlich, liebe Oberin, wenn man selbst so viele Kinder hat.«

»Gewiß, Königliche Hoheit. Durchaus begreiflich!« Und beide Damen gehen über den Korridor ins Zimmer der Oberin.

Gräfin Kernitz ist nun diejenige, die ihre Anordnungen zu treffen hat. Sie ist eine alte Dame und im Hofdienst ergraut. In solchen Augenblicken ist sie nicht verlegen. Sie wendet sich zu Fräulein von Kesten:

»Die Kinder können gehen.«

Und das »Kaninchen« gibt die Order weiter:

»Die Kinder können gehen. Umziehen, weiße Kleider abliefern, keinen Lärm machen und ab in die Klassen!«

Die Mädchen gehorchen.

»Ja – und die Damen auch!«

Die Damen hatten nicht auf die Aufforderung gewartet. So nahm die alte Gräfin auf der Bank Platz, um die Rückkehr ihrer Herrin zu erwarten. Nach ihr setzte sich auch Fräulein von Kesten.

»Ein herrlicher Tag heute«, begann die Gräfin das Gespräch und Fräulein von Kesten mußte ihr beipflichten. Während des Besuches der Frau Prinzessin hatten Lelas Augen vergeblich die Augen Fräulein von Bernburgs gesucht. Sie fühlte es erkaltend: Fräulein von Bernburg wollte sie nicht beachten. Gleichgültig blieb das Gesicht da drüben, unbeweglich. Ein vorwurfsvoller Blick wäre ja eine Wohltat gewesen! Manuela hatte nur einen Gedanken, einen Wunsch, eine Besessenheit: Hin zu ihr! Zu ihr! fühlte sie, dann ist alles gut. Sie muß doch begreifen, sie muß doch verstehen, daß ich sie liebe – und nichts, auch nichts je tun würde, um sie zu betrügen. Und wieder gleitet ihr Blick ab an der unbeweglich starren Maske des geliebten Menschen.

Niemand sprach mit ihr, die Kinder verliefen sich, ohne sie anzusehen. Aber das war alles gleichgültig in diesem Augenblick. Sie mußte Fräulein von Bernburg sprechen, und so stürzte sie wie gejagt zu einer Seitentreppe, um oben Fräulein von Bernburg den Weg abzuschneiden, bevor sie ihr Zimmer betrat.

Sie mußte drei Stockwerke ersteigen. Die Treppe war steil, und ihre Knie waren schwach. Sie hatte das Gefühl, als versänken die Stufen unter ihrem Tritt. Um nicht zu fallen, hielt sie sich am Geländer, aber es gab nach. Es schwindelte ihr. Und Eile tat not. Einmal wieder im Krankenzimmer, würde sie nicht so leicht wieder heraufkommen können, und zu ihr mußte sie – und jetzt und gleich!

Wie schmerzte sie der Kopf, und wie schwer war es doch, zu behalten, was sie sagen sollte und was sie wollte. Der Herr Pfarrer hatte gesagt – was war es nur? – um Verzeihung bitten. – Jaja, das wollte sie – gerne, gerne! Der Atem blieb aus. Manuela mußte sich an einen steinernen Eckpfeiler lehnen. Ihre Brust arbeitete schnell. Aber keine Zeit versäumen, nur weiter! Ach – ihre Hand fassen – und – ja, sie wußte wieder – das Unrecht. Sie hatte unrecht getan, natürlich – was für ein Unrecht, das wußte sie auf einmal nicht mehr. Aber wie sie ganz klein war, hatte Mutti gesagt: »Wenn man unrecht tut, muß man es wiedergutmachen.« Damals hatte sie einer Schulkameradin eine Puppe geschenkt, die einzige, die sie gern hatte. Warum, wußte sie jetzt nicht mehr. Aber nachher würde ihr das schon einfallen, es war ja nicht wichtig. Jetzt hört sie Schritte. Es ist halb dunkel, aber Lela weiß, wer es ist. Sie hat Angst, tobende, sehnsüchtige Angst, aber sie steht mitten im Weg – und Fräulein von Bernburg kann nicht an ihr vorüber. Sie will reden und kann es nicht – wo ist denn die Stimme? Und was war es doch noch – die Knie wanken! Nicht fallen, nicht fallen! denkt sie.

»Nun, was willst du noch?«

Lela streckt beide Arme aus. Sie hebt den Kopf, und ihr Mund ist wie zu einem Schrei geöffnet – ihre Augen, gehetzt, starren Fräulein von Bernburg ins Gesicht.

Einen Augenblick nur sieht Fräulein von Bernburg erschrocken in das verzweifelte Gesicht, und ihr Versprechen, nicht mehr mit Manuela zu reden, ist vergessen.

»Hast du mir etwas zu sagen, Manuela?«

Lelas Kopf fällt auf ihre Brust: »Ja.«

»Also gut – komm mit.«

Fräulein von Bernburg öffnet die Tür. Lela geht ihr nach, und die Tür schließend, bleibt sie davor stehen. Ihre Hände greifen, nach Halt suchend, an das glatte weiße Holz. So steht sie und wartet.

Im dunkelnden Zimmer flammt ein Licht auf. Eine Hand hat die Schreibtischlampe angezündet. Ohne sich nach ihr umzuwenden, steht Fräulein von Bernburg vor dem Tisch. Ein wenig ist ihr Kopf gesenkt, und ihre Hände halten die Tischkante fest.

Manuela sieht auf die dunkle Gestalt. Jetzt soll sie sprechen. – Wie war es doch? – Sie sollte um Verzeihung bitten.

Sie beginnt leise zu zittern. Zuerst die Knie, und langsam geht es über auf den ganzen Körper. Stille liegt zwischen den beiden Frauen, und trotzdem ist der dunkle Raum wie mit Toben erfülle Manuela lehnt den Kopf an die Tür, sie schließt die Augen, zwingt den zitternden Mund zum Gehorsam. Leise und körperlos, wie auswendig Gelerntes und Fremdes, ziehen die Worte nach drüben hin, wo die Frau steht, die den Kopf tiefer gesenkt hat, die Arme nun fest gestemmt auf dem Tisch vor ihr.

»Ich bin gekommen, um Verzeihung zu bitten für das große Unrecht – Unrecht, das ich Ihnen getan habe.« Es entsteht eine Pause. – Hofft sie etwas? Glaubt sie, die dort am Tisch, vor dem Licht, die dunkle Gestalt wird sich umwenden? – Nein. Die Gestalt dort wendet sich ihr nicht zu, sie kommt ihr nicht zu Hilfe. Langsam sinkt Fräulein von Bernburg auf den Armstuhl. Den Kopf stützt sie in die Hand. Es bleibt still.

Von neuem beginnt Manuela; wie eine Litanei klingt es:

»Ich will mit Fasten und Beten alles abbüßen, was ich Unrechtes getan habe, damit mir die große Sünde…« Wieder entsteht eine Pause, aber es geschieht nichts. Manuela hofft auf ein Zeichen. Stumm fleht sie um eine kleine Geste. Aber es kommt nichts, sie wartet umsonst. – Hört Fräulein von Bernburg, was sie sagt? Sie weiß, ihre Worte haben keine Kraft. Wie sollten sie auch? Fremde Worte. Da rafft sie sich auf zum letzten, was sie noch weiß: »So wahr mir Gott helfe!«

Ein dumpfer Schlag reißt Fräulein von Bernburg in die Höhe. Manuela ist kraftlos zur Erde gefallen – ihr Kopf liegt auf dem harten Boden.

»Kind, Liebling – du – komm!« Hastige, warme, gute kleine Worte flüstert sie ihr zu, aber Manuela hört nichts. Die Augen fest geschlossen, das Gesicht totenblaß, die Glieder ohne Willen, liegt sie da. Zwei Hände halten ihren Kopf, greifen nach dem Herzschlag, fühlen ihren Puls – sie weiß es nicht. Dann wird sie aufgehoben – auf das Sofa getragen und hingebettet. Eiskaltes Wasser berührt ihre Schläfen – da öffnet sie die Augen. Jetzt ist sie ruhig. Sie hat alles vergessen, was war. Sie sieht in das ernste Gesicht, das so nahe dem ihren ist. Sie sieht die dunkelbraunen forschenden Augen auf sich gerichtet. Sie fühlt, daß ihre beiden Hände gefangen liegen in den kühlen Händen Fräulein von Bernburgs. Ihr Kleid ist geöffnet – sie kann atmen. Es scheint ein böser Traum vorüber zu sein. Jetzt ist es gut. So liegen, fühlt sie, sie spüren und von ihren Händen gehalten sein – ihr Blick auf mich gerichtet, in mich hinein – in meine Augen – so ist es gut, und so soll es bleiben für immer!

Fräulein von Bernburg nimmt des Kindes Hände und bettet sie ihr zusammengelegt auf die Brust. Aber dann steht sie auf. Um sprechen zu können, darf sie nicht nah sein. Raum schaffen, Abstand, wenn das gesagt werden soll, was gesagt werden muß.

»Manuela!« – Das Kind rührt sich nicht. Die Hände liegen so, wie sie es hat haben wollen, nie wird Manuela die Hände von dort wegnehmen, ohne ausdrücklichen Befehl.

»Manuela, du mußt jetzt deine ganze Kraft zusammennehmen. Du mußt versuchen zu verstehen!«

Wozu redet sie so, fühlt das Kind. – Kraft? – Kraft hat sie keine mehr. Sie will auch keine mehr haben. Wozu? Sie kann nur daliegen. Ohne ausdrücklichen Befehl kann sie auch nicht aufstehen.

»Manuela, wir beide, wir müssen uns trennen.«

Es ist so schwer, Worte zu begreifen, wenn man so müde ist. Aber Manuela gibt sich Mühe. –
Wie war das? »Trennen« – und »wir«? Langsam reiht sich Laut neben Laut vor ihr auf. Die
beiden Worte stehen vor ihr in der Luft: »Trennen« und »wir«. – »Wir«, fühlt sie – wie schön
das Wort ist! Zum erstenmal umfaßt es uns beide zusammen in einem Wort – sie und mich. Ja:
»Wir« – aber trennen jetzt, wo sie doch zusammen sind? –

»Hast du mich verstanden, Kind?«

Nein, sie hat wohl nicht verstanden.

»Von jetzt an wirst du nicht mehr mit den andern Kindern leben. Du wirst im Isolierzim-
mer wohnen. Nicht im gemeinsamen Speisesaal essen, nur den Schulunterricht wirst du mit
ihnen haben.«

Das berührt Manuela nicht. Aber es kommt ihr ein Gedanke, und plötzlich ist die Angst da.
Die Angst fährt in sie und reißt sie ohne ihren Willen in die Höhe:

»Und schlafen...«

»Nicht mehr in meinem Schlafsaal.«

»Und – und die Spaziergänge nicht mit...«

»Nicht mit den andern Kindern, nicht mit mir.«

Manuela steht aufrecht da.

»Und die Religionsstunden...«

»Nicht von mir – vom Herrn Pfarrer.«

Wie ein Vogel, der sich in ein Zimmer verirrt hat und mit dem Kopf gegen alle Wände
schlägt, rasen Manuelas Gedanken hin und her.

»Aber ich muß doch...«

»Nein – du sollst mich nicht wiedersehen.«

Manuela steht. Wie war das? Plötzlich fällt die Erkenntnis in sie hinein wie ein glühender
Stein.

»Nicht – wiedersehen?« Die Worte reißen sich aus ihr heraus wie glühende Fetzen. »Sie nicht
wiedersehen?« Das ist das Ende! Es ist ja nichts außer ihr! Keine Heimat, keine Familie, keine
Welt!

»Nein!« – hört sie sich sagen: »Nein!« – Wild, trotzig, bestimmt, wie ein Mensch sich fest-
krampft am Rettungsboot, um nicht zu versinken: »Nein« – bis ihm einer die Finger abhackt.

»Du hast zu gehorchen.« – Ganz fremd und hart hat sie das gesagt – die dort, die da steht.
Manuela weiß nicht, daß diese Härte eine Flucht ist vor sich selber. Eine Angst, nur ja zu Ende
zu kommen – wie auch immer, nur schnell. Keine Seitenwege – es ist nur noch Kraft für einen
kurzen Weg da, und der muß schnell zurückgelegt werden.

»Du mußt gehorchen. Tun, was man dir sagt. Du mußt geheilt werden.«

»Geheilt? – Wovon?«

Schwer, einzeln, einsam kommt jedes Wort allein auf sie zu. Eines nach dem anderen:

»Du darfst mich nicht so liebhaben, Manuela, das ist nicht gut. Das muß man bekämpfen,
das muß man überwinden, abtöten.«

Leise spricht das Kind die Worte nach: »Man muß – muß abtöten ... Warum?« Ihr Blick wan-
dert hinüber zu Fräulein von Bernburg. »Man« hat sie gesagt. – Sie auch? Muß sie denn auch ...?
Hin stürzt sie, sie fällt, sie wirft ihren Kopf gegen die Knie der Frau vor ihr. Rasend schnell,
verwirrt und wie im Fieber bricht es aus ihr hervor:

»Liebes, geliebtes Fräulein von Bernburg! Nicht – das haben Sie nicht gesagt! – Sie wissen
doch, Sie wissen es ja – ich kann das nicht überleben! Das ist ja der Tod.« Und ganz ruhig:
»Sagen Sie ein Wort – sagen Sie es ganz leise: ›Ich verlasse dich nicht.‹ Dann will ich still sein –
ich will alles tun, alles über mich ergehen lassen, ich will gehorchen und gut sein.«

Manuela wartet auf ein Zeichen. Es kommt nichts. Ihre Hände werden sanft, aber bestimmt
gelöst, ihr wiedergegeben, sie fallen der am Boden Knienden in den eigenen Schoß. Fräulein
von Bernburg tritt weg von ihr. Einen Schritt. Sie muß ein Ende machen, sonst...

»Manuela, steh auf!«

Jetzt erhebt sich das Kind, aber sie ist plötzlich kein Kind mehr. Sie ist unheimlich ruhig geworden. Ruhiger als die Frau, die vor ihr steht.

»Ja, ich gehe«, und mit einem irren Lächeln sieht sie der anderen ins Gesicht. »Liebes Fräulein von Bernburg, ich gehe!«

Sie macht keine Bewegung, die Hände zu küssen. Es ist, als fühlte sie gar nichts mehr.

»Adieu, liebes Fräulein von Bernburg.« Wie im Traum geht sie zur Tür – öffnet sie und hat sie geschlossen.

Fräulein von Bernburg hat verzerrten Gesichts eine rasche Bewegung zur Tür hin gemacht. Aber an der Tür ist sie stehengeblieben. Mit beiden Händen faßt sie sich an den Kopf.

»Nein«, sagt sie laut vor sich hin und noch einmal: »Nein!«

Manuela hört sie nicht mehr. Sie ist wie im Schlaf. Bewußtlos, nichts sehend, nichts fühlend, wird sie höher getrieben, höher – Stufe für Stufe führt die weiße Treppe empor. Manuela geht mit halb geschlossenen Augen. Du darfst nicht hinabblicken, es wird dir schwindeln, du darfst nicht ...

»Vater unser, der Du bist im Himmel – das ist das Ende – das ist der Anfang – geheiligt werde Dein Name ...« Leise, auf Fußspitzen schleicht, stürzt, rennt atemlos Edelgard den Korridor entlang, nimmt den ersten Treppenabsatz, den zweiten ...

»Edelgard!« Eine scharfe Stimme reißt sie zurück. »Wo willst du hin?«

Edelgard bleibt stehen und blickt verzweifelt die Treppe hinauf, ohne auf Fräulein von Kesten zu achten.

»Komm herunter da – du hast da oben gar nichts zu suchen!«

Und Edelgard, an Gehorsam gewöhnt, wendet sich langsam um. Gesenkten Kopfes steht sie vor Fräulein von Kesten.

»Was soll das bedeuten, Edelgard?«

Edelgard nimmt sich zusammen. »Ich – Fräulein von Kesten – ich suche Manuela«, erklärt sie mit bleichen Lippen.

»Du und Ungehorsam, Edelgard? – Das ist ja recht nett, das ist ja ganz neu.«

Edelgard hebt Kopf und Blick.

»Manuela ist nicht schlecht, Fräulein von Kesten!« sagt sie mutig, ja beinahe hochmütig in Fräulein von Kestens unruhige Augen hinein.

Fräulein von Kesten ringt nach einer Antwort. Aber sie soll ihr erspart bleiben. Von unten her kommen unterdrückte Rufe:

»Manuela! Manuela!«

Fräulein von Kesten beugt sich über die Rampe:

»Ruhe da unten! – Seid ihr denn alle verrückt geworden?« Eine ungeheure Bewegung scheint sich der Kinder bemächtigt zu haben – Empörung flackert auf – Angst – unerklärliche Angst – den unteren Korridor entlang rennen sie: »Manuela!« Alle Türen öffnen sie: »Manuela!« Im Schlafsaal, in den leeren Schulklassen hört man es leise fragen: »Manuela ...«

»Komm mit!« herrscht Fräulein von Kesten Edelgard an und eilt nach unten.

Aber schon kommt es näher, schon jagt es die Treppe hinauf, drückt einfach Fräulein von Kesten an die Mauer und stürmt weiter. –

Vor Fräulein von Bernburgs Tür machen sie halt.

Keine Antwort kommt auf ihr Klopfen.

Die Tür ist verschlossen.

Mit letztem Mut trommelt Oda gegen die Tür.

»Manuela!«

Aber Manuela ist weit weg. Sie will nichts mehr hören – oder hört wirklich nichts mehr. Ganz oben beim allerletzten Treppenabsatz steht sie am Fenster – weit sieht man da über Baumwipfel und Dächer. Es ist ein hohes, schmales Giebelfenster. Das Gesims geht ihr kaum bis zum Knie. Mit der einen Hand hat sie den Fensterflügel geöffnet, mit der andern hält sie sich fest. –

Die frische Luft weht um ihre Stirn. Sie ist ganz klar – ja überklar, wie die Sterbenden sind. Weit ist es bis da unten, aber frei und kühl wird es sein – und sie wird draußen sein – nicht mehr drinnen – weit – draußen – und – frei...

Ein Hauch zittert durch die hohen Bäume. Die Sonne geht unter. Auf der Straße ist alles still. Unbewußt bewegen sich die Lippen:

> »Wenn ich auch gleich nichts fühle
> Von Deiner Macht,
> Du führst mich doch zum Ziele
> Auch durch die Nacht...«

Dann breitet sie die Arme aus:

> »So nimm denn meine Hände
> Und führe mich
> Bis an mein selig Ende...«

»Manuela! Manuela! Manuela!«

»Warst du im Schrankzimmer?«

»Ja!«

»Im Garten?«

»Auch!«

»Wenn wenigstens Fräulein von Bernburg...«

Plötzlich ertönt eine wahnsinnige Glocke. Es läutet.

»Was ist?«

»Das kommt von unten.«

Warum hört es nicht auf? Wer läutet so? Warum stürzen sie alle die Treppen hinunter?

Herr Alemann, mit offenem Uniformkragen, reißt zitternd an der Tür. Er kann das Tor nicht allein öffnen, er muß sich helfen lassen. Fräulein von Bernburg ist neben ihm. – Jetzt!

Manuela liegt auf den harten Steinstufen vor ihnen. Herr Alemann breitet die Arme aus und hindert die Nachdrängenden, Fräulein von Bernburg zu folgen.

Fräulein von Bernburg kniet nieder. Leise nimmt sie Manuelas Kopf in den Schoß. Ihre Hand liegt auf Manuelas Herzen. – Aber da drin ist es still.

Das Haus ist erstarrt. Niemand spricht. Niemand drängt sich herzu.

Man läßt die beiden allein: Fräulein von Bernburg und Manuela.